JING

SHEN

SHI

YI

DE

WEI

MEI

BIAO

DA

王佐红——著

精神诗意的唯美表达

王佐红文学评论集

黄河出版传媒集团
阳光出版社

图书在版编目（CIP）数据

精神诗意的唯美表达：王佐红文学评论集 / 王佐红著. -- 银川：阳光出版社, 2017.3
ISBN 978-7-5525-3520-4

Ⅰ. ①精… Ⅱ. ①王… Ⅲ. ①中国文学－当代文学－文学评论－文集 Ⅳ. ①I206.7-53

中国版本图书馆CIP数据核字(2017)第071213号

精神诗意的唯美表达：王佐红文学评论集　　王佐红　著

责任编辑　靳红慧
封面设计　晨　皓
责任印制　岳建宁

黄河出版传媒集团
阳　光　出　版　社　出版发行

出 版 人　王杨宝
地　　址　宁夏银川市北京东路139号出版大厦（750001）
网　　址　http：//www.yrpubm.com
网上书店　http：//www.hh-book.com
电子信箱　yangguang@yrpubm.com
邮购电话　0951-5014139
经　　销　全国新华书店
印刷装订　宁夏凤鸣广告彩印有限公司
印刷委托书号　（宁）0004419

开　　本　720mm × 980mm　1/16
印　　张　16.5
字　　数　200千字
版　　次　2017年4月第1版
印　　次　2017年4月第1次印刷
书　　号　ISBN 978-7-5525-3520-4
定　　价　29.80元

序　一

清风不识字，何故乱翻书。一个人在某一个时期大概要成为理想派，我却是永远的唯美主义者。依靠大学的三尺讲台谋稻粱，喜欢的是艺术与生活的自在。从事中国现当代文学批评和研究，自然多一些与学生们的交流和探讨。2016年是我教书写作比较繁忙的一年，沙枣正飘香，无雪又望春，岁末年初，佐红在送来友人辗转赠阅的《纸上的敦煌》一书时，交我他评论集《精神诗意的唯美表达》的清样，让我写个序。写序是最难推脱的事。耕读传家，中国人讲究道德文章，最看重立德立言的事。读书写作的交往，最敏感的莫过于为他人写序。一本书的序跋后记，犹如人的脸面、穿着，也是显现庄严相的琉璃飞檐……在爱书人眼里，那是需要阅历，需要学问，需要举重若轻的气象和自信。被人誉为“湟水刀客”的一个普通教授，哪有诸多书卷气啊，只是佐红信任我而已。

大学毕业后，有不少学生和我保持联系，大多是喜欢读书和重情义的男孩子。在银川工作的佐红，我烦劳的次数比较多。多年师生成兄弟，在相互熟悉的交往中，自然多了平淡如水的人生情谊。佐红来自人文荟萃的西海固，始终保持着勤奋热情上进的精神。这种精神成就了他读书写作的美好追求，也逐步安稳了生活。从大学开始，不论是诗歌小说，还是散文，佐红都用心耕耘过。虽不能说已取得了多么大的成就，但读书写作涵养了他内敛的精神和力量，也在宁夏80后文学创作的圈子里产生了一些反响。

与文字结缘，人们读书思考的深浅有别，但追求自我的精神却是一样的。

回想起来，那是2005年秋天，我从上海复旦大学进修回来，有幸遇上刚升大三的佐红、攀峰、喜喜、宏福、杨森、郭萍、杨丽等一拨喜欢文学喜欢写作的学生。为了专业也为了兴趣，在现代经典文本之外，我们课余研讨了不少宁夏60后作家的作品。这些讨论的书面稿后来发表在《朔方》《黄河文学》《文学报》《文艺报》，还有《作品与争鸣》《民族文学》《创作与理论》等区内外报刊上。随后，2006年我招收了第一届研究生田燕、青萍、和侃，而从大一的田鑫、大二的张伟、穆国虎，到大三的张宇、吴松鹤、王今龙，也都是诗歌的爱好者和文学社团的骨干领导，因此我们得到学校团委的认可，在人文学院的支持下，借着《黄河文学》进校园的大型活动，成立了宁夏大学“黄河文学读书会”。2016年是“雨巷”文学社成立十五周年和“黄河文学读书会”成立十周年的大年，我们专门举办了“诗歌沉静美好的心灵，文学照亮青春的靓丽”为主题的系列纪念活动，特别邀请了宁夏部分作家、诗人、批评家和往届读书会会员回到校园，重温青春的美好和读书的理想。

十多年坚持写作的佐红，出了一本文集，一本诗集，现在要出评论集，我的喜悦是难以言表的。

感物比兴，摇荡性情，从文学的本质来说，兴观群怨，诗以言志、文以载道。江流天地外，山色有无中，“知人论世”也好，“以意逆志”也好，研究一个时代的文学或一个作家的创作，则需要历史和文化的双重视角。现代文学批评特别注重审美批判的思想性和文本细读的学理性。在认同王国维“境界说”的同时，李生滨崇尚审美批评的“性情说”。贴着作家的情感去理解文本，在文本细读的基础上解读现实的人及其存在的困境。这是“京派”文学课和小说专题课研讨中，师生反复探讨的实践路径。

佐红对乡土文学，对西海固作家情有独钟。此书上半部分“阅读与批评”，二十多篇文章以西海固作家和诗人的创作为主要对象，辨析讨论不仅客观、真挚且严谨，也蕴含了细致的审美体验和生活感悟。这种认真阅读的选择性评说，不是理论的贩卖，也少有矫情的夸饰。下半部分“编辑与欣赏”，佐红尊重每一个作者的精神成果，在编辑校对的欣赏中，其书评形成了平易谦和的行文风格，也体现了当下文字工作者少有的敬业精神。

文如其人，佐红评论文章最显著的特色是诚恳质朴。也许有人崇尚宏大的建构、前卫的话语，但我相信，真正喜欢文学而读书的人，会在佐红的评论集阅读中找到共鸣的东西。读书写作首先在于完成自己，这是与邹慧萍女士谈论其散文创作时，我阐发的观点。文学评论是体贴他人的专业阅读，需要耐心，更需要诗意情怀。在这个非常功利的年代，有这样一本淳朴的集子问世，我乐于写序介绍。

期待方家的指正，我们会在读书前行的路上一起努力。

不负期望，不忘初心。

湟水　李生滨

丁酉年正月于木石斋

序　二

王佐红打来电话，说要出新书了，嘱我写个序言。我傻了一小会儿。印象里曾经有个人叫我写序，我大概问了下情况，是写散文的，我认真考虑后没敢答应。我是个写小说的，说实话对散文本身知道的不多，对这个写散文的朋友和他的作品，知之更少，所以我不写这个序言肯定是明智的。

我的第一反应是，老同学你要出诗集呀，这是第几本？其实我已经在脑子里寻找推脱的说辞，对于诗歌，我一直有坚持阅读的习惯，但要对一本诗集正经八百地写一个所谓的序言来，说实话我觉得自己真不够格，而且肯定也写不好。

王佐红说是评论集。我沉默了一下，脑子有些迟钝地转动着。王佐红写诗歌，也写评论，这些年只要我能在刊物上看到的评论都不会放过，抓住细细地看，因为他是我熟悉的人，看这个熟悉的人除了诗歌、散文，究竟怎么写评论。阴暗点说，我想看看这个人究竟会不会写评论，能写到什么水平。因为一直以来，我觉得小说是当下生活里的现实主义者对生活的碎碎念，散文已经向人间烟火拔高了一大步，诗歌就是一个人在癫狂状态的吟唱，必须有一些神性在里面的。评论，则总是感觉离我们很远，离柴米油盐鸡零狗碎的现实更遥远，没有相当水平的人，你敢写评论？所以我固执地觉得写评论的，肯定不是教授就是大学者，不是胡须白花花就是头顶谢出半个明亮的壳儿。王佐红我太了解了，我们同学四年，一起在校园文学社起步创作，就算曾经有些日子我回老家务农做村妇，他上了大学深造，可是时光也仅仅是隔了十年啊，十年他能修炼成一个须发皆白的老学究？就算他偶尔写写评论，可真的足够出一本选集了吗？

想不到他的坚持真的要出成果了。这一刻我是欣喜的。欣喜之余，我利用这些年学来的世故，圆滑地跟自己的老同学转圜，我说恭喜你啊，要出新书了，可是这序言我不会写，写不好。其实我内心已经决定要写了，但是我隐隐地希望他能给我一个相对宽泛的标准，所以我以退为进。

果然，王佐红上当了，说不怕，你随意点，随便写。我得寸进尺地试探——那我能写写我对你的印象吗？王佐红毫不犹豫，说行，怎么写都行。我拍了一下双手，好，既然这么好商量，那这个序我就写定了，而且看这架势是，想怎么写就怎么想，那深层次的意思是，我想怎么揭王佐红的老底就怎么揭。

其实细想，我还真知道王佐红不少的“底细”。

我们是宁夏固原民族师范学校2003届（5）班同学。1999年秋季我们进入该校。从开学报到到军训到正式上课，我们都不认识，没有什么理由需要认识，直到有一天我参加了“春花”文学社征文比赛并获了一等奖，我的作品在校刊《春花》刊登了。有一天一个男同学走到我课桌前，跟我询问写作的事，我一时觉得很紧张，因为我很少和男同学正式交谈，内心深处又有一点点自我满足的沾沾自喜感，我沉着地应答了他的几个问题，似乎最后他说自己也想写，我当时就鼓励他写，不管是什么，写出来再说。过了几天他拿着稿纸来了，上面写着几篇文章。我当时就看了，觉得惊诧，他写的正是我们这样的学生在校园里的内心感受，有无聊，有空虚，有压抑不住的恶作剧的冲动，也有隐隐地追求什么的理想。说实话我也不会判断这究竟是好还是不好，我建议投稿，投给《春花》。

很顺利，下一期《春花》出来，给王佐红发了两篇，王佐红就这样在我们班，甚至师范学校的文学圈，一炮走红，成了小名人。

我们的文学交往也一直持续，一起参加文学社活动，有时候也交换着看看稿子，还一起去过一次《六盘山》编辑部。

王佐红的才华不仅仅在写作上，他很快就成了我们班的团支部书记，接着又担任校园学生记者团主要负责人，所以他从此就忙起来了，身影总是匆匆忙忙地穿梭在各种校园活动当中。

他这一忙，我们的交流就少了，他写了一些散文、小小说之后，接着写诗了，班上都将他喊作诗人。

王佐红自己肯定不知道，一度，他是我们宿舍里卧床夜谈议论的对象，总有人时不时提到王佐红这个名字，姐妹们的话题从他的个头到走路的姿势，到泛黑的面孔，到幽默而古怪的性格，到处处闪现的才华光彩……如今细细回味那时候的情景，姐妹们的口气里有赞赏，有艳羡，也有那么一点点的爱慕。

就是因为最初我们那一点交往，王佐红一直谦虚地称呼我老师，我拒绝几次，他固执不改，我也就厚着老脸“笑纳”了，其实文学这条路上，谁敢真的自傲到称谁的老师呢？

师范毕业后我们各奔东西，就业形势恶劣，大家前途迷茫，那时候手机刚刚兴起，而我家还没有电话，所以我一头扎进大山销声匿迹。后来才知道有几位同学上了大学，王佐红就在其中，上完宁大后他辗转一阵，进了宁夏人民出版社。

我的第一本书《父亲的雪》就是王佐红帮我联系的，我一直记着他给我电话中说的那番话，那种同学之间的牵挂、希冀和祝愿，让我动容，心存感激。

算起来，王佐红是我们班为数不多的在师范期间有过公开恋爱经历的同学。就业前景不好，每一个人都活在巨大的担忧当中，班里气氛一直很压抑，能忘却一切地去谈一场恋爱，现在想起来那真是值得的。在最好的年华里，不去谈一场彻底的恋爱，成天板着脸像小老头儿小老太太一样担忧着未来，那时候的我们是多么傻啊！所以我们后来提起王佐红，首先提到的不是他的文采和口才，而是他和一位漂亮女生携手演绎的那一段风花雪月——他自己肯定不知道，那已经是我们班共同的青春记忆，像师范校园里那些灿烂的花儿一样，像那座已经消失的中等师范学校一样，深深地留在了我们共同的记忆里，至今难忘。

仔细阅读了王佐红的这本《精神诗意的唯美表达》，有温暖，也有喜悦，有感动，更有感慨。流年不居，这些年我们为了生计，在不同的生活轨道里滑行、挣扎，我每天从事枯燥的办公室工作，王佐红更是比我忙碌许多，料想他能分配给文学的时间，并不会比我多，但是我们一直坚持着文学，拿什么证明我们在坚持，就是我们写出的文字，这本《精神诗意的唯美表达》。

《精神诗意的唯美表达》评述范围比较宽泛，关注到宁夏的大部分作家，比如石舒清、郭文斌、漠月、火会亮、阿尔、马金莲等，同时目光也突破宁夏文学版图的范畴，投向外界，如凌淑华、方方等人的作品。题材涉及小说、诗歌、散文、评论。虽然是一本专业性比较强的枯燥的学术评论集，但也曲折地记录了王佐红在一个时间段内阅读的视线范围，思索的深度和广度，以及内心的感悟和奔突。

我慢慢地读着，一点点感受着，同时禁不住揣摩他这段时间的真实内心，并试图去猜想他这些年的生活现实。我们班的十年聚会由一些同学吆喝着，最后却没能聚起来，所以我们这些师范的同学也就没有在分别14年后团聚到一起，我也没有见到王佐红好几年了。

幸好还有文字，还有文学，我们在文字里阅读着彼此，感悟着彼此，祝福着彼此。

纵是岁月叠加，时光厚了又薄，薄了又厚，有了文字，我们的同窗之谊，文学之念，历久弥新，散发着馨香。

愿《精神诗意的唯美表达》迎来属于自己的蓝天。

马金莲

2017年1月8日写于宁夏西海固

目 录

阅读与批评

编辑与欣赏

阅读与批评

现代乡土文学的艰难守望

——兼谈火会亮的乡土小说

回顾百年来曲折和复杂的中国乡土小说史，鲁迅、沈从文、赵树理、高晓声、贾平凹等作家分别站在了各自时代的高峰，创作出了一批无愧于时代的佳作。

“从五四新文学运动到20世纪80年代晚期，乡土文学一直是广义的中国现代文学的主流，这种局面的形成和乡土在整个中国现代社会中无可取代的重要地位有关。”[①] 中国是一个乡土的中国，作为一个农业文明高度发达的古国，其文学的产生发展必然起承于深厚的乡土文明。近代以来，中国乡土在现代化大潮的冲击下，乡土精神的裂变显得艰难而疼痛，乡土的现代化也成为现代化步伐中最为迟滞的一块。20世纪战乱不息的动荡和变革给中国农村带来了持续的创伤抚慰，外患内乱频繁发生造成大半个世纪中国农村生活的凋敝，随后发生了新中国成立后土地改革的动荡狂热，80年代农村中国土地承包后的欢欣和复苏，从90年代至今，在市场经济的冲击下，农村经济再次陷入衰败和萧条。这些都使得不同时代的作家们无数次地把目光投向了疲惫的中国乡土。

鲁迅作为中国现代文学伟大的开拓者，他的创作也成为我国百

① 轩红芹：《“向城求生”的现代化诉求》，《文学评论》，2006 年第 2 期。

年来乡土文学的伟大开端。《阿Q正传》《故乡》等作品对中国农村现实的热切关注和深沉忧思探照令人震惊和心痛。《故乡》写一个游子返乡的所闻所感，在那位冒着严寒，奔波20余里回到阔别了20余年的故乡的游子的眼里，故乡是一幅日益凋敝的景象："苍黄的天底下，远近横着几个萧索的荒村。"这是鸦片战争以后随着西方列强的侵略和国内持续变革而引发的我国农村生活行将崩溃瓦解的真实写照。在游子"故乡全不如此"，"故乡好得多了"，与故乡"仿佛也就如此"，"故乡本也如此"的反复质问与思量中，极其强烈地反映出了当时半殖民地半封建社会下农村变化中的苍老与衰败，寄予了作者深厚的文化关怀。

继鲁迅之后，沈从文是又一位倾心于乡土关怀和书写的大家。《长河》是他对质朴乡村在社会动荡变革后遭受变异的阵痛和衰退的哀叹。"表面上看，事事物物自然都有了较大进步，试仔细注意注意，便见出变化中那点堕落趋势。最明显的事，即农村社会所保有那点正直素朴人情美，几几乎要消失无余，代替而来的却是近二十年实际社会培养成功的一种唯实唯利庸俗人生观。敬鬼神畏天命的迷信固然已经被常识所摧毁，然而做人时的义利取舍是非辨别也随同泯灭了。"[①] 尽管作者对农村社会变革的现状憧憬的同时充满着叹息和迷茫，一时也找不到出路，然他的热切的现实思考和文学关注是令人沉痛和深思着的。

在农村革命斗争的时期，赵树理算得上一个最出色的乡土作家，他的长篇小说《李家庄的变迁》无疑是这场农村革命斗争农民翻身解放运动中的代表作。小说描写的是太行山区一个农村村庄从大革命失败到抗日战争胜利前后，这20年时间中天翻地覆的变化，形象地说明了农民只有参加武装斗争才能摆脱被剥削被压迫的现实，尽管这部作品在整体结构和人物刻画上今天看来有不成熟之

---

① 沈从文 :《长河题记》,《沈从文全集》第 10 集，2002 年版，第 3 页。

处，但是它却贴近当时时代的命脉，赵树理在这里正是接续了鲁迅先生在《故乡》中对农民命运与道路的思考，并做出了有益的回答。

新时期的文坛上又涌现出了高晓声、贾平凹这样优秀的乡土作家。在时代变化的纷繁中，他们仍然把目光投向不平的乡土，守望和关注着乡土上存在和发生的一切。《李顺大造屋》叙述了一个普通却令人心酸的故事，在新中国成立前受尽苦难和贫穷的农民李顺大靠土改翻身立下了造三间砖房的愿望，然而就是这样一个最为勤俭节约本分的农民，为了实现这么一个基本的愿望，竟然耗去了将近30年的生命。这是何等让人辛酸和叹息的事实啊，但它正是发生在我们熟悉的这片乡土上。比赵树理更加深刻的是高晓声在同情李顺大的命运时，也看到了他们身上存在的严重弱点，那种因袭的精神重负和臣民性格严重地阻碍了他们思想的前进，他们的弱点确实很可怕，他们的弱点不改变，中国还是会出皇帝的。这让人又一次想起鲁迅的那句话："哀其不幸，怒其不争。"作者关注的热情中注满了深刻，让人确定文学在当下应仍然肩负启蒙的责任。

贾平凹的《秦腔》表现的是古老农村在当今城市化运动与变革面前所呈现出的不可避免的衰败与没落。年轻人无可奈何地离开土地到城里打工，而留下的那些老弱病残则为贫困和生计所累，有如老主任夏天义那样对土地的眷恋与执著者，有晚辈像文成那样对乡土的逃脱与厌弃者，也有留在村上的如三踅那样的恶棍与无赖。这是一幕幕令人感到惊恐的现实，我国革命和建设赖以成长和人们长期生活的故乡竟然令人如此伤心与无奈，这正是20世纪90年代以来新乡土叙事的内容和特色。90年代以来，乡村城市化和都市文明的全面发展，使得大批的农民走进城市，纯乡土已无法成为有效的叙事资源，作家们把目光投向了对进城农民工的生活状态的思考和反思。

在新乡土叙事广泛兴起的潮流下，居于西北一角的西海固文学显得相对"落后"一些，当然这与其政治经济文化地位有着重要的关系。尽管西海固作家的创作暂时还无法放在乡土文学史的高度上评价，但在中国当下乡土文学创作的大背景下，却也呈现出了别开生面的姿态和风景。

深植于现代乡土文学大背景下和西海固独特地域文化上的西海固文学，比于当下潮流中的乡土文学，似乎更具乡土的本色和传统，在这片土地上兴起来的作家，其乡土抒写的姿态或许并不见得大气，却更贴近当下西部乡土心理存在的真实，石舒清、郭文斌、火仲舫、火会亮、马金莲、李方、了一容等一批青年作家扎实的乡土写作给我们提供了体认当下乡土存在的有效资源。从西海固作家乡土抒写的情感价值态度来看，石舒清显得深刻、幽秘而凝重，郭文斌显得独特、安然又温情，火仲舫显出诚挚，了一容显得传奇，李方见出厚道，而火会亮较之他们却更多地显出质朴、厚重和疼痛来。西海固是一片贫瘠的土地，然而却是一座文学的富矿，从这片土地上已走出了石舒清等这样一流的作家和创作出《清水里的刀子》《恩典》《大年》《挂匾》等这样一流的乡土文学作品即为明证。

火会亮的小说在结集出版之前，其中的一些篇目我已经在期刊上读过，基本的感觉就是质朴、亲切，然而热烈厚重。近几年他好像创作得少了，我也因为学习的压力无暇顾及宁夏作家作品的阅读了，慢慢地就生疏了他们，包括火会亮。直到见了他的小说集《村庄的语言》。

我个人认为集子里最出色的一篇就是《挂匾》。这篇小说秉承着他一贯的小说特色，即对农村小人物命运形式和心理存在状态的关照。村长谢撇子本来算得上一个老实本分的农民，然而迫于工作的压力，为了请乡干部们吃上一顿，竟以挂匾之事糊弄了给儿子设宴娶妻的杨根缠，在杨根缠的自尊充分满足时，被另外的两个醉酒的村干部说穿了底，杨根缠在一种被戏弄后的落窘与伤害中要求谢撇子不要把此事宣扬出来，并自己掏钱还了谢撇子赊欠的匾钱。读完这个故事之后一段时间我的心情很沉痛。它对生育我的那片乡土揭露得太真实了，对这片土地上小人物们卑微的生存状态和自尊的心理情感描绘得让我感觉像是受到了伤害，有一种被击穿后的赤裸感。事实上我的乡民们正是这样，他们纯朴本分，然而在社会启蒙思想的影响下，个别领受者却变得狡黠，并没有获得真正的力量。他们仅有的一点“聪明”往往只会给自己和他人带来无尽的伤害，但他们又能意识到什么呢？他们依然是日复一日地卑微然而敏感自尊地生活着，并没有多余的可能性。传统的乡村伦理在市场经济意识的冲击下，那乡村社会固有的孤陋与和谐都遭受了挑战，而新的秩序却难以一时建立起来，在这份尴尬的基础上，火会亮为我们揭示了一个心理真实的乡土，并做着有意义的思量。从这份体受中可以看出，他是非常了解乡土的，他的《挂匾》因之放在中国乡土小说的一流佳作中也毫不逊色。

然而作者给自己的小说集取名的时候却用了另一个短篇的名字，即《村庄的语言》。这篇较之《挂匾》可能略逊一点，但也是一个同样让人赞叹的文本。小说写了一个知识人读书求变的生存境遇和与村庄亲人们的无尽关系，昭示了一个村庄之于它的儿女们的深幽的神秘力量。我读完这篇小说后深受感动，感到这个村庄对于主人公周小溪确实是在说着些什么话的，用的是一种幽秘的方式，说着一些可能只有周小溪才能听得到、听得懂的话语。这让我想起我出生的那个村庄，无数次地我仿佛听到了它对我说话，或者是它的宁静让我说话。我想，这也可能正是无数乡土作家持续抒写关注乡土的心理情感上的深层原因吧，也可能是火会亮之所以用短篇《村庄的语言》给全集命名的原因。

当然西海固作家包括火会亮的小说在乡土书写取得成绩的同时，比乡土书写的大家有一个较为明显的局限，即主题的重复，许多故事题材有变，表明的深层意韵却大同小异，这可能是他需要走出的一个困境。多层次、多角度、贴紧时代命脉的展示乡土以及乡土以外的广阔天地，这将是西海固作家在乡土文学创作道路上面临的挑战和需要承接的更大使命。

马金莲论

引言

在中国当代文学的百花园中，回族文学作为少数民族文学的一支，与中国当代文学的发展同步。由于回族大多居于祖国的西部，所以回族文学的发展更多地和西部文学的发展脉络相一致。新时期以来，回族文学经过几代作家的努力探索，刻苦写作，在民族历史文化心理书写方面取得了一定的实绩，为中国当代文学增添了亮丽的民族色彩。

与当代文学的发展一样，回族文学也在新时期获得全面的发展和长足的进步。20世纪80年代，改革开放政策的落实让全国的各项事业获得发展的生机，文化文学作为社会最敏感的神经，及时作出了反应，全国文学思想界空前繁荣，各种思潮和艺术探索相继出现，发展兴盛，形成了真正繁荣的局面。回族作家在时代政治气氛宽松后，民族归属感逐渐增强，民族文学意识空前觉醒，创作了一大批关涉回族独特的历史成因、精神信仰、民族习惯、语言文化的优秀佳作，充分地展示了回族人民坚韧、不屈、宁静、纯粹的精神世界和文化情怀，及回族特有的丰饶光辉的历史。张承志的《心灵史》、霍达的《穆斯林的葬礼》属于影响最大者，可以说是回族作家真正在全国文学中享有地位的作品，也是这些作品让全国较为广大的读者对回族文学有了一个真正的认识。因为他们的成功，回族作家和文学受到全国编辑、评论家和读者的关注。尔后，作为全国唯一的宁夏回族自治区，回族作家的聚集和成长就成为必然。事实上这之后在全国陆续产生影响的确实就是宁夏作家。查舜、杨继国、马知遥、马存贤、马宇桢、拜学英、左侧统、于秀兰等老一批宁夏本土的回族作家，用他们饱含回族文化内蕴的作品，向读者展示了回族文学之独特的文化资源、艺术魅力和思想力量。查舜的《穆斯林的儿女们》《月照梨花湾》，马知遥的《亚瑟爷和他的家族》等作品在全国平台上产生了不小的影响。其实，他们的背后，是一个较大规模的回族作家群体，活跃在宁夏的回族作家就不下20人，发表或出版的作品很多，这之中，宁夏的文学刊物《朔方》《六盘山》，新疆的《回族文学》等杂志多次集中地刊发过回族作家的作品，可以说是推动了回族文学真正地集中和进步。

世纪之交及新世纪之初的回族文学发展，却需要用回族作家的短篇小说来回答。20世纪90年代末，青年作家石舒清的作品逐渐成熟并产生了影响，在2001年第二届鲁迅文学奖揭晓后，作为当时宁夏文学界主推的“三棵树”之一的石舒清精致的短篇小说《清水里的刀子》获得短篇小说奖，在全国文学范围内再一次广泛地引起对回族作家的关注。《清水里的刀子》以细腻的笔调写出了回族文化中最有意味的民族文化心理，展示了穆斯林心底里的隐忍、安静和纯粹，是业界公认的获鲁奖的好作品。随后，石舒清用《果院》《节日》《黄昏》《清洁的日子》等一系列优秀的、饱含民族文化内蕴的作品继续向全国读者展示了回族文学独特的魅力。与之前有影响力的回族作家作品相比，石舒清作品对回族文化心理等的展示更加到位、细腻、入内和富有表现力。随后的21世纪初的十年内，宁夏回族作家创作颇有起色，平原、古原、曹海英等回族作家的创作成绩可喜，另外，单永珍、泾河、马占祥等回族诗人的创作也受到全国范围的关注。但在全国范围内影响突出的是李进祥和马金莲两位回族小说家。值得注意的是，石舒清、李进祥、马金莲这三位作家都生长于贫瘠的宁夏西海固地区，他们的作品有着民族和地域的共同性，尤其体现在宗教情怀的自觉流露、乡土书写的一致与人物命运关怀方式上的接近。他们之间的借鉴和模仿是必然的，但也具有各自不同的风格与旨趣。李进祥早期出版过长篇《孤独成双》，有一定影响，但最后获得全国影响的是他的短篇小说，他虽出道较早，但和80后的马金莲的成熟几乎是同步的，他的作品最先主要受到《回族文学》的青睐，集中地推出后，多次被《小说选刊》《小说月报》等刊转载，并入选各年度选本，在全国范围内受到关注，尤其他的“清水河”系列作品获得了不低的声誉和评价，《换水》《狗村长》等作品尤其受到赞许。几乎是同时，马金莲以《掌灯猴》《碎媳妇》《发芽》《父亲的雪》《蝴蝶瓦片》等几篇扎实的小说开始受到国内文坛关注而真正成长起来。

马金莲创作经历简述与批评梳理

马金莲，女，回族，1982年生，宁夏西吉人，2003年毕业于固原民族师范学校（后合并于固原一中），现供职于民盟固原市委员会。马金莲自幼读书颇多，初中时作文即获得老师的高度评价，1999年考入固原民族师范学校，在固原民族师范上学的时候，马金莲在校刊《春花》上的几篇习作《追随父亲》《夙愿》等就已经非常成熟，其观察社会、思考人生的心智水平已在同龄人之上，受到当时《春花》的指导老师马正虎、何咏等人的推崇。随后在校的几年内，她在《三角洲》《六盘山》等刊物发表了不少的作品，她的小说作品尤其受到《六盘山》编辑的高度青睐，在2002年至2003年的几期里，多次以“马金莲作品小辑”的方式推出了小说《阳光照彻院子》《远处的马戏》《光阴》《五月散记》等作品，引起了宁夏文学界的重视。当时作为中专在校学生的她，在西海固文学范围内引起强烈关注。

真正成长为一个优秀的作家总是困难的。研究作家生平与创作的关系，隐约可见一个现象，就是越是优秀的作家，所经历的生活或心理的困境也越大，创作的成就与心理困境有呈正比例趋势，虽不都是这样，但这种情况很有普遍性。从固原民族师范毕业后，马金莲的创作一度受到工作不能确定、结婚成家生子、持家务农的影响。当时能考上师范，对于西海固农村的女子来说，是改变命运的好出路，1999年考入固原民族师范的时候，毕业的学生还包分配，但值2003年马金莲毕业时，分配政策已一去两年不复在。当时也是学历贬值最快的年代，这让许多和马金莲一样的学生一毕业就失业，许多同学不是出外打工就是回家务农，马金莲也回到了农村的家，曾经的希望一闪似乎又关闭了。她曾在《这之前的时光》[①]一文中对此有详细的记述。这期间她待业在家一年多，结婚后在丈夫家所在的村子居住两年，理想与现实的巨大差距，使她经历了一番彻骨的绝望与压抑，竟曾让她萌生了想做一个真正的好的乡村主妇的想法，但由于无法埋没的文学才华，让她一直偷偷地坚持写作，并不断地给《六盘山》《回族文学》《朔方》等杂志投稿。追求文学的心意味着并没有放弃自己的梦想和未来，2005年，马金莲成为了《黄河文学》首届签约作家之一。2007年，她考上了家乡的小学教师后，生活和写作的状况都得以好转，也激活了她的自信，随后又考上了乡镇公务员。2010年又考公务员到了民盟固原市委员会，这时候，她在宁夏文学界与回族作家中已经备受关注了。

困苦和磨难给作家的生活造成麻烦的同时，也成就了她心理的坚韧、思想的有力，体现在写作上就是作品的深度、广度和厚重有

---

① 马金莲：《这之前的时光》，《银川晚报》，2009 年 12 月 9 日。

所增加。在2006年1期《黄河文学》编发的签约作家作品专号上，我读到了马金莲的小说《花开的日子》《满园清风》，感觉到了她这几年在文学上真正的领悟、沉淀和进步，比于学生期的作品显得更厚重了，有了许多生活的生命的复杂沉重的体验与感觉，作品试图表达一种更有内涵和思想的情感，文风也一荡青春的飘忽，变得非常踏实而缜密起来。

马金莲的小说创作从此以后逐步受到更大范围的认可，主要是《朔方》《黄河文学》《回族文学》《民族文学》《作品》《十月》等文学杂志。在《回族文学》发表的《掌灯猴》被《小说月报》2006年2期转载。《朔方》数次为马金莲编发过小辑，累计达20多篇。之后，她的作品屡屡被《小说选刊》《小说月报》转载，尤其刊于《回族文学》的《碎媳妇》被《小说月报》《小说选刊》同时选载，并入选《2008短篇小说年度选本》，之后入选《新世纪民族小说选》（英文版），并获得宁夏第八次文艺评奖中短篇小说二等奖。可以说，她的作品开始真正地走向了全国。2010年，她的第一部小说集《父亲的雪》由阳光出版社出版发行。2011年，她完成了第一部长篇小说《回族媳妇》的创作。

从对已公开发表的关于马金莲作品的评论文章来看，马金莲在获得声誉后，受到的批评关注还是充分的。关于马金莲作品的评论目前公开发表的有十余篇，对她作品的评论总结已经是很到位且全面了，主要集中在宁夏的《朔方》《宁夏师范学院学报》《黄河文学》《六盘山》《葫芦河》几家刊物和新疆的《昌吉学院学报》上，另外，《青年文学家》《作品》等刊物，《文艺报》《新消息报》《中国民族报》《银川晚报》等报纸也刊发了她作品的相关评论文章。总结起来，对她的批评关注集中地体现在这么几个方面：一是女性尤其是回族女性关怀意识及女性视角，二是作品的现实性乡土性，三是80后作家身份与作品主旨的不对称性，四是回族宗教精神的自觉流露。申霞艳、马晓雁、任淑媛三位评者关注的是作家的女性关怀意识，集中阐释了马金莲作品中女性的特点、地位、审美价值与独特发现，任淑媛分析了作品中回族女子形象，申霞艳尤其从文本中的女性弱者的视角解读了她的小说的意义。牛学智、王佐红等论者则从作家80后的年龄身份与作品主旨的不对称性方面做了探究，牛学智主要是把马金莲放在“80后”作家范畴内，对她的个性存在与技法特点做了评析，确认了马金莲创作的独特定位与个性存在，王佐红谈到了马金莲小说语言特色对于作品表现力的价值。鲁伟、韩春萍、马宏福等人则谈到了她小说创作中的回族宗教精神与文化习俗，鲁伟并与石舒清、李进祥等人做了对比研究，指出了借鉴模仿的地方，也评价了马金莲独特的女性视角、时代思索与情感体验等。王永军等人则从坚守宁静的乡土书写与边缘化书写出发，对马金莲作品的乡土性与乡土叙事做了论述，指出了她对乡土文学的继承性与延续性、坚守性。这点鲁伟在论其他时也谈到过。李生滨则谈到她的作品与萧红的相似之处。

本论旨在综合诸多评论家论述的基础上，贴近作家生活和作品文本，分别从80后作家、回族作家、女性作家等不同角度全面地论述马金莲创作的情况和其文学作品思想及审美的价值存在、意义阐释和存在的局限，希冀对研究和评价马金莲与她的作品提供较为全面的参考。

思想蕴含与艺术审美价值

一、女性意识的存在与女性视角

所谓女性意识，就是指女性对自身作为人，尤其是女人的价值的体验和醒悟，对于男权社会，其表现为拒绝接受男性社会对女性的传统定义，以及对男性权力的质疑和颠覆；同时，又表现为关注女性的生存状况，审视女性心理情感和表达女性生命体验。

从五四新文化运动的时代开始至今近百年的时间内，中国女性的地位可以说发生了翻天覆地的变化，虽在社会生活中，女性并没有真正实现与男性的一致平等，但在诸多的领域，女性的价值、力量、权力和地位都得到了空前的发现与尊重。在城市文明中，这点尤其可喜。

迟滞的地方就是乡土。乡土是中国文化最根本的地方，自然也是现代化革新最为艰难的地方。马金莲是居于乡土的，生于西部农村的回族家庭，决定了她不可能是一个女权主义者。中国的乡土是中国现代化过程中最为迟滞和疼痛的一块，说它完全没有现代化是不可能的，要说真正地实现现代化，那还差得太多，宁夏西海固的乡土尤其是。乡土的马金莲目光投向的是乡土的女性，她对乡土女性有着独特的关怀与表现，有着丰沛的情绪去关乎她们的喜怒哀乐与人生酸甜。她的作品绝大多数的主人公都是女性，作家致力于表现她们诗意的童年、慎微的生活、悲苦无奈的命运、饥饿的记忆、附庸的地位等，在作品的世界中，她们几乎全是弱者。

《方四娘》中那个单纯命苦的方四娘，16岁被迫嫁到所谓的富人家去享福，惨遭爱情失败不说，还备受婆婆变态的折磨、小姑子合伙的欺负、公公报仇般的毒打，最后被毒打至死，实让人惊叹传统家庭秩序里对贫弱女性的摧残，令人心生愤怒而难平。《风痕》中那个患有羊角风的女子，被夫家因为有病说休就休掉了，而娘家人不但不为她撑腰，反而当她是拖累，央求丈夫领回去，并自此不再过问死活，最后竟被丈夫领出去扔了，当个物件一样，最终抛尸何处谁也不晓得，也没再有人关心过。作品中展示出的弱势女性地位卑微下的人性灾难实在是让人难以平愤。小说中另一女人哑奶，她也是一个弱者的代表——一个聋哑的女人，两个孩子被前夫家乘人不在时骗领走，她却除过深深的痛苦外没有任何维权的办法和能力，从此与孩子再无相见。又怀孕后，新的丈夫不想要孩子时，竟“双膝跪在她肚子上压、颠，用拳头打，手拧，就是要弄死这个娃娃。”最后娃娃流产了，哑奶从此一病不起。这样一些女人的命运，马金莲在作品中给予了深深的同情与哀叹。短篇小说《父亲的雪》中，亲生母亲最后对“我”的冷酷与决绝，她本身的沧桑的人生命运，“我”的弱小与寄人篱下，均让人感叹女性命运寄予别人后的悲苦。

申霞艳在《马金莲：以弱者的眼睛打量世界》[1]一文中做过解读，“在马金莲这里，她始终以弱者的眼光打量着整个世界，弱者在她这里是：女性、儿童与老人。”“马金莲叙述弱者的痛苦，既不控诉，也不反抗，而是默默地忍耐，并在痛苦中发掘温暖的片段，发掘生活内在的尊贵。”由于该文评者知道马金莲生于西部农村回族家庭，所以没有苛求她女性意识觉醒后的反抗与反思，而是更加注重作家在关注女性时对她们内心的发现，贴近作家具体的生活和文本后，发现了作家作品里另外的一种美，“像雪花覆盖大地一样，命运覆盖她笔下的人物，无论命运何其残酷，内心有着金子般的光芒。”但我们读来，发现美的同时，对这些女性感慨和同情更多，也对个别地方马金莲对具有伤害性的权力力量的原谅感到困惑。

写作，是人类本真经验的表达，可女性的写作一开始就处在一种极为尴尬的境地。为了使女性写作的纯粹性浮现出来，一个女性作家首先要做到的恰恰是拒绝历史，拒绝文化。也只有拒绝文化，通过对现存的一切进行悬隔的策略，女性作家才能够从男性文化无处不在的经验领域中抽身而出。这种要求显然不适合马金莲，她没有拒绝历史，也没有拒绝文化，实也拒绝不了，于是她悄悄地转身，去写悲苦压抑下女性内心另外的丰富、美好和柔韧，也取得了一些成绩。马金莲的作品对女性的大量书写与深深同情及常有的叹息，对女性美的发现，充分体现了作家女性意识的存在，也表现出自我保守的一份表现与发问。

---

① 申霞艳：《马金莲：以弱者的眼睛打量世界》，《黄河文学》，2011 年 9 期。

女性视角是马金莲写作的基本视角。马金莲的小说中，女性都对自己的身份高度认同，自觉地接受了乡土文明或者民族文明中对女性的规约，按照习俗限定的范围生活，这本来是乡土文学表现中一直被普遍忽略的部分，马金莲让她们在自己的笔下成为了绝对的主角，是具有重要的文化意义的。作为女性作家，女性视角是她最便利的视角，这也是她最容易写好女性的优势，因为最真的体验只属于自己，男性不可能达到。事实她确实于此很有实绩，她确实写出了一批别人写不出来的女性，本色地写出了西海固女性甘于牺牲的品质、宽容的情怀、默耐的人生，写出了回族女性特有的皈依的意识、自觉的付出与真诚的守望。女性视角按说是相对于男性视角而存在的另一半视角，但一直以来，男性文学话语绝对地侵袭了女性视角，使之并不能与男性视角平分秋色，许多文学作品中的女性都是男性视角下出现的，经过男性理解的。所以，马金莲作品里大量的女性视角的存在就显得珍贵，因之，她的作品就显出更多阐释的价值。这也是有人说她有萧红遗风的原因。

马金莲也有个别的作品突破了这种范围，采用了男性视角，比如《老人与窑》《掌灯猴》《打土枪的男人》，也写得传神和贴切，这是作家将来综合起来写大的作品的良好基础和天分，应该好好把握。

在历史视野下看过伟大的作家后我觉得，马金莲如果想成为思想含量非常大的作家，或者想成为划时代的作家，应该对她笔下的乡土文明、女性、弱者的命运和权力有一个反思或创造的路径，那样，可能会取得空前的成绩。这对西部乡土回族女性的她绝对是一个苛刻的要求，但也是更高的要求。

二、成功的人物心理开掘

心理开掘就是对人物内心的思想情感活动进行描写展示，描写人物的思想活动，能反映人物的性格，展示人物的内心世界。所以，心理描写也是刻画人物思想性格的重要手段之一。通过对人物心理的描写，能够直接深入人物心灵，揭示人物的内心世界，表现人物丰富而复杂的思想感情，进而表现与人物相关的环境和社会关系。

马金莲是善于写人物心理的，马金莲的小说基本上不着意写故事，情节没有什么好的效果，她的作品吸引人的地方往往在于营造出浓郁的诗意与塑造出鲜活的各色人物。各色人物形象的鲜活，得益于她对人物心理的成功开掘，并用了最恰当的方式和语言进行表达。马金莲有着丰富敏锐的感觉，对生活的体察细致入微。博尔赫斯曾有名言："我只对平凡的事物感到惊异。"这让我们看到了向低的姿态和发现事物的能力与水平，而马金莲的作品中向低的视角则让我们不断地发现平常中的惊异，她能于平常处开掘出惊人的发现，尤其对人物心理猜度的准确而传神多处出彩。中篇《父亲的雪》中，对"我"寄人篱下滋味的揣摩真实而具体，对赡养自己的父亲的兄弟巴巴的为难处境的理解深入而合情合俗，对改嫁母亲心理的猜度、对"新大"对"我"的心态的揣摩，均准确而深刻，文中"雪"的意象的营造很好地表现了人物内心的情感与情绪。对于饥饿的一段描写尤其精彩："肚子已经饱起来，饥饿的感觉还在。这是饿久了的缘故，长时间以来的半饥半饱，让我总是处于饥饿状态。现在放开肚子吃了一顿，还是没法消除这种饥饿的感觉。"这样描写饥饿的文字，我是很少读到过的。马金莲对人情的理解，对生活的理解，对命运的理解，均超过年龄的经验，超过生活的经验，超过知识的范畴。如此多的需要深刻体验的人生经验马金莲能够获得，并准确透彻地表达，实属不易。

读她的小说会发现，马金莲基本上能走进她的小说中任何一个人物的内心去，替他们表演、说话、展示，也即成功地开掘了人物心理。比如《碎媳妇》中，雪花在面对提亲的人来家里，母亲询问她的意见时，她先是本来没有心理准备，脑子里显得空白，但"母亲脸上的欣喜好像感染了她，她也跟着高兴起来了，莫名地兴奋着，同时，又有点儿伤心，隐隐的不多的一点伤心，撕扯住了心里的某个地方，伤心什么，说不上来。母亲见女子半天不吱声，就笑了，带着自以为是的聪明，说你要是没意见，事情就成”，把一个尚年幼的农村少女过早地被迫面对婚姻时那种盲目、懵懂、欣喜、羞涩，又有点儿期待的心理展露无疑。作家没有用直接的语言展示心理，也没有场景和动作的描写，这种表现完全靠体贴到主人公心里去揣摩后描写，充分体现了作家对女性心理开掘得到位与表达得传神。又如《结发》中一段关于是非女人心理的揣摩：“那一刻，女人们不知不觉中把苏长发想成了自己的亲人，一个可以干预他的生活包括婚姻的人。她们就生苏长发的气，气那小伙子不争气，怎么就寻来个乡里女人嘛。街面上的女子也不差嘛，多的是嘛。”把一群乡街上关心与己无关的别人事、不服气比自己不如的女人找到比自己男人强的那些女人的那种嫉妒愤恨心理与无聊空闲表现得非常传神。再如《柳叶哨》中：“梅梅不去理睬，她望着刚出缸的水，心上泛起一个寒战。这凉水担回来，倒进缸里，再舀出来，就给人一种很凉很凉的感觉，似乎比在泉里时还凉。其实她心里清楚，它们是一样冰冷的。但怪得很，在人心里，就觉得刚从泉里担回来，带着浓浓的泥腥味和水草味的水，要比在缸里待了一阵的水暖和些。”通过一个姑娘的心理把人对土地泥土原始的温暖的感触巧妙地挖掘了出来，这种感觉很是细微，很难抓住。这种到位的心理开掘和表现在马金莲的小说中很多，许多地方会一下子让人物的形象鲜活关己起来，这种对笔下人物心理开掘的深度和恰当的表现，很好地起到了表现人物的作用，使她笔下的许多女性显得那么具体、实在、典型和可感。

可能是女性作家的缘故，马金莲细腻的情怀和幽微的感觉成就了她体验人物内心的深度和确切，那些细微的地方，被她一一表达、揭示，表现出传神的效果，让我们对平常忽略过的一切会突然重新有所发现，这成为她创作的一个亮点。

三、个性存在

谈论这个话题，需要把马金莲从西海固、从宁夏拉出来，放到全国80后的作家范围内。以年龄范围为依据研究作家作品，在社会学意义上是有充分的合理性与必要性的，这种方法现在也普遍地被评论家们采用。从80后这一年龄范围内看，马金莲确实不具有任何的潮流特点，唯其如此，我们发现，马金莲的个体价值才显得更加突出和珍贵。其实质就是更加个案。马金莲出生于宁夏西海固，西海固的乡土生活至今还保持着历史传统的基本模样，虽在现代化的大潮中也发生了诸多的变化，90年代后乡村的凋敝西海固也没有幸免，但西海固农民的生活方式的变化不是太大，除过外出务工的，种地的农民还是像祖辈一样的活法，甚至一样的想法。在全国来说，西海固也是乡土文明形态至今保存比较完整的地方之一。马金莲继续深植于这片土地的写作，非绝大多数80后作家之选择。她也侧面地给当下文学提供了两个非常有价值的研究视点，一个是时代背景下西海固乡土文明相对完整性的呈现，另一个是西海固农村回族女性生活生存状态与心理实际。

西海固在中国也是一个有名的地方，人们普遍知道它的干旱与贫穷，近年来，在这片干旱贫穷的土地上，生长出的文学景观却给它带来了另一种名气，“西海固文学”早已从地方文化官员的口里走向媒体，并走向了严肃的学术研究。西海固是一座文学的富矿。这片土地能吸引张承志、张贤亮这样的名家的关注和已走出像石舒清、郭文斌这样受关注的作家即为明证。西海固，这块贫瘠而又多灾多难的土地，曾被联合国官员认为不适应人类生存。中国有史以来最大的地震就发生在这块土地上。因之，这块土地在外人看来显得不可思议，充满了神秘和恐惧。这块土地上面顽强生存着的人们，他们的生活状态、心理意识和情感追求究竟怎么样，是人们普遍感到新奇的，也是一个大的文学关怀的话题。西海固土地上承传着深厚的文化底蕴，又加之历来受到秦文化的影响，民间保留了大量的民俗文化形式，具有一定的文化积淀。近代以来，回族人口的迁居与集中，使得这片土地上又增加了新的穆斯林文化形态。

作为回族女性的马金莲在写西海固，在写西海固的回族生活，在写西海固农村回族女性的生活，很多时候在写西海固农村回族女性中女孩子的生活，所以她的小说就具有非常个性的特质。因为同年龄的作家，绝大多数已经不具有真正解构乡土的能力了，写到乡土的大多是怀恋意义上亲切的忧伤与酸楚，具有写乡土回族女性生活与心理能力的人就更少。60后、70后作家的乡土写作，更多的是他们记忆的时代的乡土写作。而透过马金莲的小说，我们可以看到农业社解散后的时代背景下至今相对完整的农业文明状况，乡村回族女性特有的柔韧、勤劳、质朴然而苦难酸涩的生活。

这是同年龄的作家大都不具有的生活阅历和生活经验，也是一种独特的无有其二的写作资源。马金莲的笔触没有离开过西海固的乡土，《父亲的雪》写乡村人们曾经的苦难记忆与内心沧桑，《碎媳妇》写乡村女子认命、耐默、顺从而苍白的人生，《春风》写一个傻女孩子与她周围人的不堪承受的苦难生活，《永远的农事》写女孩子过早地从孩子到西海固地区一个普通的农家妇女令人忧伤的过程，《糜子》写小女孩无声的成长和烂漫的童年，是比较少见的轻松作品，《搬迁点的女人》写了一个承受贫穷向往生活努力追求而无法摆脱既定命运的女人的现状，《巨鸟》写了一个农村孩子对周围人、事物的认识和理解，表达出一些发虚的惆怅和哀叹，《细瓷》表现了贫穷状态下人对精美细致的追求和珍重，《旱年的收藏》则写了孩子对饥饿的体验和认识……这所有的一切，非其他80后作家能写出。这是由写作资源决定了的。

除了写西海固回族农村的现实，马金莲也勤于写民间的一些传说故事，《掌灯猴》《光阴》《丑丑》《方思娘》等作品写了民间传说或祖辈讲的故事，重点也在表现人的苦难性，这是作家对写作资源的全面开发。马金莲对前辈的文学资源继承得非常多，在吸取这些创作资源的时候，往往能找到并内化为自己的关注视角，“小说《掌灯猴》发现了一种人，就是生活中的配角的配角，一个给做嫁衣的绣女掌灯的人，写出了她的生存状态和人性心理。”[①]

马金莲写了属于自己的西海固农村和回族女性，而且写得细致、传神、到位，也突出地体现在她的语言上。她在熟练运用现代汉语的基础上，大量采用了西海固回族方言入文，让小说的风格很“土”，很细致，很原味，也很独特。她运用的语言就是提炼了的西海固回族人们日常生活中使用的词汇。“浪亲戚”“她新大”“贼打鬼”“乌苏”“世下的”“日能的”“日眼的”“日鬼着锄地”“穷得屁腥气”“晒暖暖”“豁出去了”等等内涵丰富、表达效果独特的词汇大量地存在于她的小说中，让她笔下的人物亲切而立体，可感而生动。马金莲的小说语言可以说是很诗意精炼的，朴素、写实、紧贴生活。作家对于汉字的领悟能力很高，对于方言词汇的品咂更是入味、传神。她的作品基本上都不是靠故事取胜的，读者欣喜阅读着的是她的语言，宁静中有力量，朴素中有真挚，细密中充满诗意。可以说，在小说创作领域，马金莲已经形成了自己独特的小说语言。

锤炼语言对于许多作家是一个需要一生实践的命题，年轻的马金莲在小说的语言上有精到的锤炼，这是决定了她较好地表达了自己的写作资源的基础和原因。她在写作资源上的特点与她小说语言风格的形成，让她在众声喧哗的80后文学现场，具有足够明显的自我，因之，她受到文学前辈的关注与肯定更多。

---

① 李进祥：《纯真的目光——关于马金莲和她的小说》，《父亲的雪》，阳光出版社，2010 年 2 月第一版，第 1 页。

四、承继的文学观念与创作风格

关注马金莲的诸多读者、编辑、评论家，都对她有一种惊讶，就是作为80后的女作家，马金莲如何地与其他的80后不同。这体现在她的出场方式上，她不是从出版市场走向文坛，而是从传统的期刊走出来，更体现在她作品的内容上、思想上、写法上。评论家牛学智在他的《“80后”与马金莲》[①]一文中总结说：“喜爱马金莲小说的一些读者、编辑、评论者，其实把马金莲同她的小说当成是区分于城市‘80后’文学的一个另类。在城市‘80后’写作的包围中，马金莲携带着在父辈们那里并没多少改变的农村生活闯入人们的视野，底层似乎又顽固地回来了，于是，人们惊讶马金莲实际上在惊讶那段已经过去了的历史卷土重来。”这确实是马金莲和她的文字令许多人费解的地方。实际的问题就是，马金莲的写作观念与内容与她之前书写同样题材的作家几无二致，比于大多数80后作家她的写作资源是独特的，但与她的前辈相比，她的独特性就比较微小。这点我认为是她对前辈文学的全部承继和少有突破，能从作家的出生找到一些原因，比如出生于偏远的西海固，女性，回族等，这些决定了作家没有反叛的勇气和文化力量，所以承继就是唯一的选择，而且决定了她比同年龄的其他作家都承继得多。李进祥在给小说集《父亲的雪》做的序里说：“回族作家还没有形成一个流派和团体，但回族作家之间的互相认同和借鉴是存在的。马金莲就毫不掩饰对石舒清的崇拜，甚至是模仿。”其实马金莲对石舒清的模仿的过程就是一个承继的过程，而且是非常完全的，不光是写法，还包括写作资源、文学观念等一应。而对文学观念与语言写法的承继尤其使得她的作品没有了明显的时代和年龄特征。马金莲与石舒清虽然不是同时代出生的，但他们共同生活的宁夏西海固农村地区，在他们年龄相差的这十几年里，生活方式、观念等是没有多

---

① 牛学智：《“80后”与马金莲》,《文艺报》, 2010年11月15日。

少实质性变化的，所以模仿或曰承继是更容易的。当然，马金莲承继的文学所有并不只来自于石舒清，西海固及周边地区许多作家尤其是回族作家所创作的东西她可能都熟悉。她的一些写作内容也有可能来自对一些回族作家作品的阅读，或者是从长辈那里听来的故事，比如《掌灯猴》的故事内容，《方四娘》中赶考秀才的爱情，《光阴》的故事，《山歌儿》里农业社的情况等等。

由于学校毕业后一直处于偏远的农村，用她自己在《这之前的时光》中的话说就是“有时我长达半年时间不去集市走动”“平时我不会穿戴一新扔下孩子到处去转悠，不会去集市上细看牛驴和羊群，也不会在全家老小都在的上房里说那么多话，平时我活在沉默寡言深居简出中”（她的此种生活在今天西海固的80、90后女子们中还普遍存在）。所以，她并没有与所谓的外在的时代喧嚣有多少融入性实质性的接触，她一心沉浸的还是乡土的农村，能读到的也都是前辈作家的作品，同龄人在写什么，她未必知道，或许知道但未必关注，即使关注，但未必能共鸣。所以她也只能写自己感受到的变化不大的乡土生活。因为如此，她在文学上的这种规模的承继是大多数同龄人都没有的，她的写作，跟国内60后、70后写作联系的紧密性特别强，甚至比许多70后作家更接近于60后作家。

马金莲曾称，自己最喜欢的作家是石舒清，从对石舒清的模仿到有所惊醒后另辟路径，但显得非常艰难。承继一方面让她受到了前辈作家更亲切的认同的同时，也让她要突破创新起来变得非常艰难。

马金莲与石舒清、李进祥比较之自我

由于同是回族作家，又都出生于宁夏西海固地区，比于区外的一些回族作家或银川周围的回族作家，石舒清、李进祥与马金莲的写作确实具有非常多的相似之处，最明显地体现在宗教情怀的自然流露、人物形象的文化相似、贫苦干旱的自然环境、乡土性书写的一致等。但细读三位作家的文本，还是会发现三者之间的不同。这点鲁伟在他的《宁夏回族文学的“三驾马车”——石舒清、李进祥、马金莲小说中的乡土性、民族性及其他》[①]一文有了部分的论证，就马金莲与石舒清、李进祥的不同，他谈到如下几处：“石舒清多是书写土地的贫瘠与荒芜，书写生活在这块土地上人们的艰难以及精神的坚毅与顽强，李进祥则不断将视角在城乡之间切换，马金莲更多的是将个人体验通过女性（孩）视角展现出来。”“石舒清喜好展现回族妇女的隐忍和坚毅，而李进祥笔下的女人则更加飘逸、灵动和丰满……马金莲笔下的女性则同二位前辈显著不同……她所关注的更多的是女性自身的命运与前途。凭借女性性别身份，她更能理解体察女人，在写作时能够比男性作家更少存有男性文化的偏见。”“她笔下的西海固，她所叙述的底层和乡土，同石舒清还是有较大的区别的，因为她的小说有她这一代人的思索在里面，是她自己的话语、故事和叙事。在她的女性（孩）视角下，乡村生活的疼痛被不断叙写，回民的生活、命运和情感被细致描摹。”鲁伟抓住了马金莲最大的一个个性特质，就是女性视角及女性独特的体验，这是马金莲与他俩有所不同的最大的地方。马金莲起初的写作由于受到石舒清的重要影响，决定了她和石舒清的相似最大，二者的小说同样是细腻的、温婉的、入微的、弥漫的。最大的不同之处就在于马金莲女性意识的存在、女性视角和女性内在美的发现，比于石舒清、李进祥是更明显更到位更本色的。与石的另一不同，回族作家李进祥称为“语言的气势”，他在小说集《父亲的雪》序中谈道：“和石舒清一样，马金莲的小说也是细腻、温婉、弥漫的，但石舒清走向了深邃，走向生活和人生的深处，语速显得沉

---

① 鲁伟 :《宁夏回族文学的“三驾马车”——石舒清、李进祥、马金莲小说中的乡土性、民族性及其他》,《葫芦河》, 2011 年第 2 期。(《葫芦河》为宁夏西吉县文联内刊，此文由于没有在公开刊物发表过，故从此引之)

稳、从容。马金莲的语言却有一种奔跑的语势。”语言是思维的反应，所谓语言气势的不同就是思维方式的不同，这点上石舒清是深邃的、讲究的、理性的，他的感觉是经过加工的；而马金莲的思维是放纵的、直觉的、潜意识的、奔跑的，有一些重复的。

与李进祥相比，他们是都写了回族女性，但马金莲写得温婉、诗意、自我；李进祥也有诗意，但有更多的现实、沉郁和疼痛。马金莲的写作显得保守一些，李进祥的小说有对城乡文明冲突的表现，有现代化过程中乡土的疼痛、城市的冷漠与人的困顿，文本中有深思和诉求，《屠户》《遍地毒蝎》等作品对当下社会有着惊人的透视。而马金莲还是沉浸在乡土深处浑然不觉的，写着过去的饥饿与酸楚，诗意与烂漫。比较起来，马金莲写作的记忆的色彩浓厚，李进祥写作的当下性明显。生活永远是立体的，是多层面的，有固定不变的内容，有变化慢的内容，也有急剧变化的内容，李进祥和马金莲的写作在分别写着同一现场生活中不同的方面，从文学角度看，是各有价值和意义的。

个性是作家存在的最重要的理由，借鉴模仿是必然也必要的，但超越才显得弥足珍贵，在今后的创作中，马金莲还是要注重自我知识结构、思维训练等方面的建构，把视野放到全国、全球、全人类历史，最大限度地展示出独特的面目，才可能更具有价值。

结 语

中国当代文学中，民族文学是重要的部分，回族作家作品所展示的独特的民族历史、精神信仰、回族习俗、文化方式等等，展示了回族文学的魅力和迷人之处，也丰富了当代文学的审美存在和思想资源。包括马金莲在内的许多回族作家，其文学创作正在为回族文学、当代文学提供着更多的丰富和精彩，值得继续关注和总结研究。

马金莲还很年轻，文学之路还很漫长，她在文学语言、心理展示、女性意识、传统继承等方面已取得的成绩是令人欣喜的，也是值得肯定的，成绩也在许多回族作家之上，但她的创作还存在一些局限，或可突破，比如对经验的过分依赖，比如感觉的较多重复，比如小说思想含量的偏低，比如具有西海固文学普遍表现出的批判意识的缺失不足等。文学批评一般是从审美批评和思想批评两方面进行的，一般情况下，思想批评要优于审美批评。如果从思想批评的角度来解读马金莲的小说，她保守的写作必然会显出一些薄弱。

鲁迅先生说："只有民族的，才是世界的。"许多人认可这句话，我也是认可这句话的，但我发现这往往成为许多一般见识者保守的理由。我觉得，对于"什么是民族的"认识应该是从外向内去关照，看过了世界的，把握了世界的，才可能知道什么是真正的民族的，是民族真正需要的。我们中国的作家包括回族作家应该从世界回到民族，而不是待在民族里不去把握世界的形态和进度，一味地展示自己的传统，总害怕被遮蔽，那样的写作也是有价值的，但可能会居于狭隘或彼此重复。我个人认为，任何一个优秀的作家对任何一种文明或者说是思想都会持有一种怀疑和担忧，或多或少，可以有倾向，但不该是全面的认同，否则，创造性不可能诞生。在现有的成绩上，如果马金莲要走得比她的前辈更高更远，于此应该有一份清醒。

郭文斌论

引 言

中国“西部文学”自20世纪80年代提出之后，曾在文学界产生了很大的影响，一定程度上影响了新时期文学的格局。发展至90年代，在一些知名的知青老作家仍然具有影响力的同时，一批新的以本土作家为主的作家蓬勃崛起，再度把西部文学推到了中国当代文学的前台。“西部”是一个地理意义上的概念，“西部文学”中的“西部”指在地理西部之上，由自然环境、生活方式、劳作习惯及民族、宗教、文化等因素构成的，具有独特色彩的文化文明形态。它的界定和划分，基于地理地貌意义上的西部区划，主要包括新疆维吾尔自治区、内蒙古自治区、西藏自治区、宁夏回族自治区和青海、甘肃、陕西、四川等地，大面积是游牧文明覆盖圈，集中包涵了这一区域人们生产方式、文化、民族、宗教的多样性、混杂性和独特性。“西部文学”作为一个开放的概念，不是仅指出生在西部土地之上的作家创作的文学，而是指生活在西部或到过西部的作家所写的指涉西部生存状态、生命情感体验和西部独特文明文化形态的作品。作为一种重要的文化现象，西部文学近年来尤其受到国内文坛的充分关注，从以前对几个作家的聚焦转为当下对一批青年作家的关注。作为当代文学的重要力量，西部文学已充分显示了独特的价值，占有很重要的地位，从西部文学历史发展的结构看，达到了前所未有的高度。然而从现代文学总的觉醒和发展来说，西部文学的发展是缓慢的。新中国成立后，多少有了起色，但成就并不明显。西部文学，是新时期文学发展出现的奇异景观，一定意义上西部文学是外来文化和特殊移民带动的文学繁荣。南京大学丁帆主持并完成的《中国西部现代文学史》，对“西部文学”的批评内涵和实际影响有了全面的提升。新时期以来的中国文学，从西部作家的创作成就来看，应该是昌耀、张贤亮奠定了西部文学的崇高地位，而进一步显示了西部文学创作力量的是陈忠实、贾平凹、阿来他们。对西部文学有特殊贡献的是张承志，张承志主动介入西部，带有宗教皈依的性质。对西部文学的壮大和影响，还有周涛、刘亮程等散文作家。张贤亮是当代西部文学，尤其是宁夏文学的一张名片。但真正能贴近不同的地域特色，对当下生活体贴入微地关怀的还是本土作家，尤其是六七十年代出生的包括郭文斌在内的宁夏青年作家群。

20世纪末，张贤亮及其作品《绿化树》《男人的一半是女人》《邢老汉和狗的故事》等在全国及世界范围内产生广泛影响之后，无疑为宁夏文学奠定了较高的起点和不俗的格调。近年来，宁夏作家的成长更是以集团的阵容冲击国内文坛，先后出现了初步具有全国影响的石舒清、陈继明、郭文斌等一批青年作家，他们的作品频繁冲击国内大刊，并屡次被选载和获国家级大奖，为宁夏文学、西部文学的整体繁荣增添了各自独具的色彩。他们强烈的“西部意识”给国内文坛带来了较大冲击，贡献出了很大的力量，受到了文学批评的广泛关注，一些学院派研究者也对此产生了浓厚的研究兴趣，撰写并发表了一定数量的这方面的批评研究的论文，形成一定的气势。提到西部，大多数人都知道，除了大漠戈壁的浩瀚，西域风情的浪漫，除了飞沙走石的险怪，春风难度的荒凉，还有封闭的僵滞，还有干旱、苦难和不幸：艰难的生活像泪水一样苦涩，饥饿的恐惧像大山一样沉重，贫穷的煎熬像岁月一样漫长，落后的阴影像土地一样无边。西部作家对之的书写多见于此。李建军在《升华与照亮：当代文学必须应对的精神考验》[①]一文中说："由于贫穷和落后，由于闭塞和荒凉，西部叙事就面临着巨大的挑战和严峻的考验：我们是满足于以炫耀的态度和倔犟的偏执渲染自己的野蛮，夸饰自己的落后，暴露自己的粗俗，显示自己的无知呢，还是应该以一种理性的批判态度，深刻的反省精神，诗意的创造激情，高度的伦理自觉，既写出西部赤裸身躯上的伤痕，也写出它内心无告的忧伤与希望？"李建军的意思是说，西部叙事不能只停留在对西部的外部事象的琐碎、无聊、粗俗甚至下流的叙写上，而应该在超越的意义上观察和把握它，用作家的心灵之光照亮惨淡的现实生活场景。其实从根本上讲，没有对日常生活的琐屑和无聊的克服，就难产生真正有文学关怀价值的作品，作家就不可能赋予自己的写作以丰富的诗意和内在的深度。就此而言，写作即显示高贵与尊严的精神创造活动。它意味着升华，意味着照亮，意味着对庸俗的超越。李建军是一位富有批评激情的评论家，从对西部文学这种兴起现状的希望与担忧出发，他对其中存在的病象表示不满。在西部文学日益崛起同时存有隐忧的情况下，我们发现有一位作家有了别样的表现。就是作为地理意义上的西部青年作家郭文斌，从中显出了迥异于其他西部作家的个人风貌，具有鲜明的"非类性"。其小说和散文创作以空灵飘逸、言简意丰、结构奇特、情感真纯等品质和对人类生命价值的形而上的诗意追索赢得了读者和评论家的青睐，也在中国当下文坛呈现出了较为独特的美学风貌。2005年5月和2006年6

① 李建军：《升华与照亮：当代文学必须应对的精神考验》，《小说评论》，2005 年第 5 期。

月，宁夏人民出版社分别结集出版了郭文斌的小说精选集《大年》和散文精选集《点灯时分》后，引起了国内评论家的一阵热评，围绕其作品谈了很多。本文旨在综合众评论家和学者对其作品的审美批评和研究的基础上，对其作品的思想价值和艺术贡献进行集中的归拢和探讨，挖掘其艺术思想方面独特的价值以及需要超越的局限。

一、郭文斌生平创作与批评关注

郭文斌（1966— ），祖籍甘肃，生于宁夏西吉县。早年求学于固原民族师范学校，毕业后分配至宁夏西吉县将台中学任教，后考入宁夏教育学院（现合并为宁夏大学）中文系，毕业后分配在西吉县教育局当秘书，随后调至固原市文联《六盘山》编辑部。历任编辑、副主编。2001年调入银川市文联，任文联副主席、《黄河文学》副主编。2003年毕业于鲁迅文学院。现任银川市文联主席，宁夏作协副主席，银川市作协主席，《黄河文学》主编，中国作家协会会员。先后在《人民文学》《中国作家》《青年文学》《天涯》《钟山》《北京文学》《上海文学》《雨花》等期刊发表作品二百余万字。作品先后多次被《小说选刊》《小说月报》《新华文摘》《作品与争鸣》《散文选刊》《散文海外版》《中华文学选刊》《青年文摘》《短篇小说选刊》《读者》等国家核心选刊和选本选载，入选多种年选本，有多篇被中央电视台制作播出。1998年出版个人第一本散文集《空信封》，获得了读者和评论界的好评，不到一年就重印了一次。2004年于名刊《钟山》发表短篇小说《大年》后引起争鸣，在同年的第5期、第10期和2005年第3期的《作品与争鸣》上有四位评论家展开争鸣。其后小说《水随天去》《陪木子李到平凉》也先后在《作品与争鸣》上受到关注。2005年5月，小说集《大年》出版发行后，6月30日《小说选刊》牵头，在京的部分文艺工作者，批评家和宁夏的部分文化单位在北京联合举办了作品研讨会。同时，郭文斌的创作作为当代文学新的力量，加之对西部文学风貌丰富的意义，也引起了南京、宁夏部分高校教授、博士为代表的学院派的批评关注，2006年6月散文集《点灯时分》由宁夏人民出版社出版后，获得了普遍的认可。散文《永远的堡子》曾获第二届冰心散文奖，小说集《大年》获宁夏第七次文艺评奖一等奖，短篇小说《吉祥如意》获第二届“人民文学奖”“2003年~2006年《小说选刊》奖”“第四届鲁迅文学奖”。

评论界在对郭文斌的创作进行批评关注时，集中的焦点在于其对苦难的诗意化审美，对“文革”的反思态度，对性的“独特”书写以及对人类精神困惑的诗意探求等方面。郭文斌的作品最先受到批评关注的是散文，1998年散文集《空信封》出版后，以空灵、飘逸、简约、凄美等特色被本土的评论家如郎伟、钟正平、单永珍等所称道。单永珍、刘立平在他们的评论《郭文斌散文何以走红》[①]中说：“郭文斌的散文让我们透过一个个美丽的心灵断桥和爱情伤口走进或失之交臂或尘封已久或习焉不察的生命秘密和感情隐私之中，于一种神意的欢欣和诗意的忧伤中把味生命的花开花落。”其后，他的小说创作受到宁夏文学界的关注，2001年宁夏作家协会为了鼓励青年作家，召开了“郭文斌、火会亮、李方、了一容”作品研讨会，会上评论家们对郭文斌的小说《呼吸》中的悲悯等意识做了肯定。2003年以后，他的小说才以风格独异受到国内文坛的普遍关注。评论家哈若蕙曾用“特别”二字界定郭文斌的小说创作在当代文学中的地位。她在《点灯时分·编后》[②]中谈郭文斌散文时说道：“我一直挺坚持地认为，在定位上郭文斌更多的是一位特别的小说家。”评论家熊修雨对其作品中较为成功的性书写有充分的肯定，在评论文章《如何看待郭文斌小说中的性》[③]中认为：“《雨

① 单永珍、刘立平：《空信封·序》，（北京）中国华侨出版社，1998年版，第2页。

② 哈若蕙：《点灯时分·编后》，（银川）宁夏人民出版社，2006年版，第252页。

③ 熊修雨：《如何看待郭文斌小说中的性》，《小说评论》，2005年第1期。

水》《快乐的指头和幸福的纸》体现了非常出众的艺术表现力，它们写性就能让人认识到性的美与合理，并且在阅读的过程中，伴随着作者的文字，体会到性感和性的快乐。”史佳丽、赵宏兴等评论家更多地看好他对苦难的诗意化审美。史佳丽在《含泪的微笑》①一文中说：“《大年》以贫穷为主题，但贫穷并非主角，强大的‘贫穷’被挤压在一隅，被形而上的精神富足消弭在虚空之间，在这个小村，富人、穷人、和更穷的人坦然面对，无哀苦、无羞赧。悲悯的学者会说他们对贫穷已经麻木，但谁能否定他们其实在享受生活的‘彻悟’？在这个小村，泪的确存在，但微笑更真实。”李兴阳、李社教较多地注目于他作品中“道”与“禅”的文化追求以及对人类心灵精神探求的深度。李兴阳在关于《水随天去》的争鸣文章《生命真意与人间真情》②中说：“在‘父亲’的生命哲学与人生观念中，以道家思想为底蕴的对生命真意的追问和以儒家思想为底蕴的对人间真情的珍重与眷恋，显然是其基本构架的两个方面。这两个方面是可以互补的，但在更多的时候充满了无法弥合的抵牾与纠结，‘父亲’同样未能做出决绝的选择，‘灵龟扫尾，扫其行迹。行迹虽扫，又落扫迹’。这样的‘劳动配乐’，不仅是对老庄生命哲学所隐含的内在矛盾与焦虑的形象诠释，而且也流露出‘父亲’要做出决绝选择的心态。”李社教在《生命的自适与对他者的关爱》③中论道：“在高度物化的时代，在人们‘忘我’地追名逐利而对生命的异化失去自觉的时候，吁求生命存在的真实意义，倡扬生命的自由和精神的逍遥，是有其现实意义的。”还有评论家如王清淮关注到了郭文斌对“文革”的反思态度。他在《画外人》④

① 史佳丽：《含泪的微笑》，《作品与争鸣》，2004 年第 5 期。
② 李兴阳：《生命真意和人间真情》，《作品与争鸣》，2005 年第 11 期。
③ 李社教：《生命的自适与对他者的关爱》，《作品与争鸣》，2005 年第 11 期。
④ 王清淮：《画外人》，《作品与争鸣》，2004 年第 5 期。

中说："《大年》的细节当然真实可信，只是作者对这些事情的感受发生了位移，从前那些忧虑现在模糊了，不再痛切，更进一步，他追忆那段似水年华，甚至觉察到一些温馨的愉快。病痛痊愈，病者只记得那场病的名目，至于病痛本身，大多记不起来了。"来自本土的批评更多地关涉他对西部落后乡村人群独有的生存精神的探照。北京、南京的《大年》研讨会上，评论家们集中地谈他的小说集《大年》，对他逐步形成的个人风貌给予肯定，著名评论家雷达、李敬泽、白烨等对其乡土大地的温暖书写表示赞赏，尤其关注的是他对民俗的记忆与书写以及对"禅"的参悟与诠释；部分评论家如牛玉秋还看好郭文斌城市题材小说中对人心灵困惑的成功探悉。他的散文在受到全国文学界关注时，评论家们集中地欣赏他的空灵的思维结构，诗化的语言追求和对生命情感体验的直接性和启示性特色。李晓虹曾在《寻找回家的路——为郭文斌的散文说几句话》[①]中说："如果说张承志笔下的西部草原是一个外来者用一双欣赏的眼睛去努力发现沉默着的人性，贾平凹的西部乡村是在对自然的写意中贯注一种情韵，刘亮程的乡村是一种哲学，那么，郭文斌是否在追求一种宗教，一种乡村的宗教？在生命的出发地，寻找并且挽留住属于我们却早已丢失的原初的生命的丰富和生动。"

郭文斌是一位近年来成熟起来的作家，其创作风貌相对固定，已形成自己独特的个性色彩，外在批评对他创作的关注涉及了其对苦难、乡土、"文革"的记忆书写以及对人类精神困惑的诗意探求、对性的独特书写等特色，并有论者对其童年视角的运用、语言的诗意化追求等艺术手法做了较为详尽的论述，基本包涵了其目前创作中思想和艺术方面所具有的特质，本论在综合众评论家和学者的研究基础上，将谈及自己对郭文斌作品阅读的领悟与批评。

---

① 李晓虹：《寻找回家的路——为郭文斌散文说几句话》，《文艺报》，2006年6月24日。

二、苦难的诗意化审美

中国是一个乡土的中国，现代文学史很大程度上是一部乡土文学史，从鲁迅、沈从文、赵树理到贾平凹，以及最新的“新乡土叙事”，作家们无不把饱含深情的目光一次次投向中国乡土，记述中国乡土上演变着的事情、情感和思想。郭文斌作为从西北偏僻农村西海固成长起来的作家，自然无法避免乡土对他创作的巨大影响，他的很大部分的作品都在抒写着自己熟悉的那片乡土生活，但有不同的是，他对乡土记忆的书写着意不在风俗，也不在苦难，而是在对苦难生活诗意化审美的同时，找出了一再让人感叹着的西海固人生存精神的“大”和“另外”的丰富。

对于西海固，郭文斌是认识得很为深入的一个作家。不管“西海固文学”受不受西海固作家和外界的认可，但无人可以否认，西海固是一座文学的富矿。这片土地能吸引张承志、张贤亮这样的名家的关注和已走出像石舒清这样一流的作家即为明证。西海固，这块贫瘠而又多灾多难的土地，曾被联合国官员认为不适宜人类生存。中国有史以来最大的地震就发生在这块土地上，喷发的能量相当于11次唐山大地震，相当于美国向日本广岛、长崎投放109个原子弹。因之，这块土地在外人看来显得不可思议，充满了神秘和恐惧。上面顽强生存着的人们，他们的生活状态、心理意识和情感追求究竟怎么样，是人们普遍感到新奇的，也是一个大的文学关怀的话题。西海固地处陕甘宁交汇处，是我国历史上重要的交通枢纽、军事重镇，是关中通往河西走廊的咽喉要道，是古丝绸之路的重要组成部分，于此已经发现的新石器时代墓葬群、秦长城遗址、须弥山石窟、北周柱国大将军夫妇合葬墓等，说明了这块土地承传着深厚的文化底蕴，又加之历来受到秦文化的影响，民间保留了大量的民俗文化形式，具有一定的文化积淀。在此底蕴上，20世纪90年代末提出的“西海固文学”在文坛引起一定影响，出现了一批优秀的作家和诗人，比如石舒清、火会亮、火仲舫、了一容、李方、单永珍、王怀凌、杨建虎、冯雄等，他们的作品对这片土地曾经的苦难和忧伤做过充分的追忆与抒写，注重对苦难的直接表达和对苦难中人的精神状态的描摹。对于“西海固文学”这份资源，郭文斌有独特的探照方式和观照态度。在若干年前，当西海固作家都在埋怨西海固真正的文学资源被张承志挖去的时候，笔者开始认真地思考起“西海固文学”的“核”和“质”。事实上这时候已有一个作家找到并努力开掘着这份“质”，只是很多人还没有注意到。对于“西海固文学”的本质，笔者思考的结果和郭文斌认识的相一致，那就是西海固文学绝对不是苦难，也不是贫困。西海固人不是因为贫困而活着，也不是因为苦难而活着。相反，物质资料的匮乏造就了他们精神的富足，那是一种乐天知命而又达观坚韧的乐观的精神。这种乐观的精神充斥在西海固人生存的各个领域和层次，存在于每一个人身上，支撑着他们过着一天又一天，一年又一年，以至一辈子。对此，我曾在《西海固人生存精神的写照》[①]一文中做过论述。郭文斌作品中所有乡土题材的小说中，主人公虽处在贫穷、饥饿甚至苦难中，但他们永远是那样的乐观、自信和满足。小说《大年》中，明明和亮亮把贫穷、寒酸、拮据的年过得是那样的富足和“大”，一张红纸，一个饺子，一声鞭炮，一个核桃，一个灯笼，都是那样地让他们心生美好和向往。应该说，郭文斌着意不是在写风俗，也不是在写苦难，而是在写这份生存精神的“大”。郭文斌在作品中很多时候把这种精神和特定的时代话语结合起来，譬如《我们心中的雪》中这样一段描述：

> 快进来啊，杏花突然回过神来，手往起扬了一下，像是要在我肩上拉一把，却在半路停住了。
>
> 这一停，让我心里好一阵难过。当年她可不是这样。冬天

① 王佐红：《西海固人生存精神的写照》，《作品与争鸣》，2005 年第 3 期。

上学，我的脸冻僵了，她就把自己的一双手霍霍地搓热，贴在我的脸蛋上，给我暖。我就觉得全世界都在那一双手上，伟大领袖毛主席就在那一双手上，共产主义就在那一双手上了。

这种在物质的窘困中必然产生的精神幻象是让人心酸的，但它产生的支撑精神的力量却是巨大的，它存在的积极意义也是不容忽视的。不论“共产主义”还是“伟大领袖毛主席”，他们虽然离作品中的人们是遥远的，但他们对于作品中的孩子是有意义的，它昭示着人们往前走，愉快地生活。这种力量正是梦想之于人类命运的巨大力量。从这个意义上来说，郭文斌是真正懂得生命力尤其是懂得西海固人的。西海固人的生活是艰难困苦的，从西海固土地上走出的作家，都把笔触到它深深的苦难，可是，作家的感觉和态度有很大的不一样。石舒清笔下的西海固是沉重、忧虑、默耐的，而郭文斌笔下的西海固生活是温情、满足、丰富的；对于他们童年的记忆，两人的书写有很大的区别，如果说石舒清在写西海固生活体验的真实，郭文斌则写的是西海固生活中的理想；对于西海固人的物质和精神生活，两人都有独到的体验和领悟，在文学创作上有了不同的表现。有意味的是，郭文斌往往是用“童年视角”观照这片土地上的生活，“童年视角”作为一种叙述策略在中国当代作家中多有成功的开掘。比如废名（1901~1967），废名是20世纪20年代乡土文学创作中有独立精神并独树一帜的作家，他采用童年视角，着重点在写出孩子们的成长过程，写他们的自然感觉和心理感受。评论家李生滨在批评郭文斌的小说创作时说：“郭文斌的美学风貌与废名及京派作家汪曾祺颇为接近，两人的创作都具有浓郁的乡土情怀，废名写南方小镇和乡村生活，郭文斌写西部偏远农村，那里人们的生活相对比较艰难，两人都喜欢通过儿童视角展开叙述，特别是表现性的最初意识的萌动。当然，废名写得含蓄蒙胧，郭文斌写得比较直接。”[1]郭文斌的小说《大年》《开花的牙》《吉祥如意》《雨水》《学习》《三年》等，主人公都是一些未谙人世的懵懂的孩童。在短篇小说创作中，这是一个聪明且非常有效的办法。童年视觉往往有助于作者更为直纯地切入故事，探照事件的各个角落。因为在成人的故事中，孩童往往是一个局外人，他往往会看到和想到别人所不能看到和想到的东西。郭文斌的小说中这种手法的运用使得他的小说的品格更为纯洁，角度更为独到。如《开花的牙》中对死的深入理解和平静对待，是通过牧牧这一孩童的言语和行为完成的，从而实现对苦难的超越，这是一般成人口吻所不容易达到的。在郭文斌笔下，苦难有时候甚至成为一种哲学，《剪刀》叙写的是一个年轻的贫穷苦难中的妻子身患重病，在感恩丈夫对她百般照料的基础上，意识到自己已不能为丈夫和孩子做点什么之后，为了不让他们承受过多的经济压力和负担，她毅然结束了自己的生命，用的就是丈夫精心为她磨的那把用以裁剪以消解郁闷的剪刀。当在一定的境遇下，爱就会成为一种错误，就会转化为偷走生命圣水的那只手，就会转化为《剪刀》中的剪刀。这让我联系到当下教育，让我对当下教育中父母对孩子的过分溺爱产生了怀疑，也豁然明白了当下一些生活优裕的孩子频繁失足的原因。因此，《剪刀》带给我们的不仅仅是“悲伤的意象”（《悲伤的意象》）[2]，更多的是警示，是对生命与爱的警示，对在尘世中奔忙贪恋而又蒙蔽疲惫着的生灵的警示。西海固人的精神实质上是一种不屈的生存精神，也是人类超越苦难、拯救自我的方式，它的文学意义不在于贫穷也不在于苦难，它有着更大更丰富的内容。郭文斌在对苦难生活诗意化审美的同时，找出了一再让人感叹着的西海固人生存精神的“大”和“另外”的丰富。

---

① 李生滨：《从废名到〈大年〉，文学的审美与批评》，《黄河文学》，2006年第3期。

② 赵宏兴：《悲伤的意象》，《小说精选》，2005年第1期。

三、对“文革”的别样“反思”

郭文斌是20世纪六十年代出生的青年作家，这一代作家的创作资源有一大共性，即对“文革”记忆的书写。“文革”是20世纪中国政治文化生活中的一件大事情，它对中国一代甚至几代作家的成长结构造成了很大的影响。大陆目前活跃于文坛的作家，有很大一部分应该是20世纪六七十年代出生的，这些作家正值青年，之中的许多正迎接着或经历着创作的黄金时期。与新中国成立后其他作家不同的是，这些作家在童年的时候大都经历过“文革”或存有相关“文革”的切近记忆，应该说，这是一代不幸又幸的作家。不幸的是，在他们童年（童年之于作家非常重要）或相关的记忆中，存有“文革”这一灰暗的背景；幸的是，当他们步入文坛时，迎来了中国文化和文学的新起点和新希望。所以，“文革”中及前后出生的这一代作家，在文学表现上都有很有趣的共性。比如，他们的作品中对“英雄牌钢笔”这一意象的贪恋。在这些作家笔下的故事中，举凡亲友相告、恋爱生成、儿承父志之时，都会以“英雄”牌钢笔相赠以纪念其深意。孩童之间独享嫉羡者也是因为他拥有一支牌为“英雄”的钢笔。对于“英雄牌钢笔”这一词组，我曾经想过会不会有英雄崇拜的成分在内，但这些作家的童年与英雄无关，当时的所谓“英雄”只是那些哄轰一时的“红卫兵”之类，与真正的英雄相差甚远。那么，“英雄”牌钢笔如何会如此大规模地纠集于六七十年代作家的笔下呢？20世纪六七十年代我国经济状况不良，这为史实，当时商品稀缺，品种单一，一支钢笔是极为珍贵之物，且唯有“英雄”一牌较为常见，质量也佳，此最有可能成为这些作家（笔墨之人）童年最为深刻的记忆。同时，钢笔在这些作家笔下频繁出现，反映出这些出生于“文革”灾难中的作家在童年记忆中对知识文化的强烈希冀与追求。有趣的另一点是，“村长”在这些作家的笔下频繁出现且具有某种共性。可以看出，这是一代和农村关系甚密的作家，其中的大部分应该出生于农村或到农村插过队，对农村生活世故的熟知与思考是这一代作家独具的资本和特色。据了解村长在“文革”时期被叫做“大队长”，有一段时间还叫做“革命委员会主任”，之后就叫做“村主任”了。六七十年代出生的作家把他们统称为“村长”，且不论张村长李村长都是一个熊样村长，是颇为让人费解的一个现象。其实这是这一代作家对农村的集体记忆和趣味提纯，在他们记忆的故事中那个生活的丰富性遭挤压、人性趋向单一化的时代，村长这一核心人物的花边绯闻等是村民们心理丰富性的重要来源之一，所以在这些作家的笔下，村长呈现出类型化的趣。当然这种趣未必就是真趣，但在六七十年代人的贫乏的心理构成中是有积极肯定的意义的，但同时也是让人倍感悲哀的。对于这一代作家，“文革”可以说一方面影响了他们单一的成长构成，另一方面，给他们的文学创作注入了强烈的社会政治意识形态的色彩及关注人心力量的蹊径。对于“文革”的“反思”，郭文斌用了较为艺术化戏剧化的方式，在其追忆叙述的过程中不动声色的夸张与荒诞，让读者获得了更多更深的精神层次的体认和思考。

郭文斌的作品中很少有专门用意“文革”的篇目，但其许多的文本中都有自觉不自觉的涉及。比如小说《学习》中的一段话：“满屯顾不得收起钻头，上前抢救。不想迎接他的却是一声断喝：走开！满屯没有走开。满屯盯了满年看，满屯说，满年你可千万不能自绝于革命，支部书记不是说共产主义马上就要实现了吗？不是说马上就要点灯不要油、耕地不要牛、睡觉不用球了吗？不是说一到十八岁就可以上大队部凭票领媳妇了吗？想领多少就领多少，想领多漂亮的就领多漂亮的……走开！不想满年翻起身来，又朝满屯的干腿踢一脚。”这段文字通过两个孩子的对话来阐释了“文革”时期的社会意识形态的虚妄和离谱，揭示了那个特定时代人们生活理想的寒酸模糊与离奇滑稽。这种成分具有精神诗意的东西，但告诉人们更多的却是，这是何等的虚妄迷离与不靠现实，又是多么的可悲的事实，让人产生沉痛的精神震颤和思考。作者通过戏谑的口吻，显示了对“文革”思维和意识的嘲弄和批判。

又比如小说《玉米》中的一段话：“红红和东东就看书。东东看语文，红红看算术。红红有一道题不会。这道题是：红旗公社东方红大队太阳升生产队遵照伟大领袖毛主席的教导，发挥人定胜天的革命精神，深抓革命，狠促生产，今年的玉米产量比去年提高了999%。去年的玉米产量是500公斤，请问今年的产量是多少？就让东东给她讲。东东说他不会。”这道题浸满了浓厚的“文革”时代特色，这种不动声色的叙述让读者忍俊不禁。这是作者匠心独运的刻意为之，一定意义上是对“文革”前后狂妄虚幻的思想意识和“大跃进”行为特征的强烈反讽和否定。作者在对苦难一方面进行诗意化审美的同时，对特定时代政治环境对苦难的加深和制造表达出了清晰的否定态度。王清淮在关于《大年》的争鸣文章《画外人》[①]中说：“我们不应该忘记过去，尤其不能忘记‘文革’，民众对‘文革’的最切实的记忆就是它制造了饥饿。既然饥饿是文学的最后主题，时过境迁，作家仍然从这类题材中提升主题，意义并不消减。但是，如果把从前的苦难——不管是个人还是时代的——当作把玩的玉如意，油然而生怜爱，也许在浪费这份文学资源。如果把这种苦痛充作自恋的根据，则更等而下之，如果从前是完美的，固然有文学自恋的理由，过去是残缺的，仍然可以把残缺之美充作自恋的素材。但是，有理由并不意味着必须如此，把农村大面积的饥饿说成田园牧歌，把残缺的生活化作一幅风俗画，作家以画中人的身份充当解说员，我们不知道获得是正确呢，还是对生活及其理念的歪曲。”在对郭文斌作品诗意化审美特色做出肯定的同时，也对他面对“文革”这份文学资源时的态度表示了担忧。可以说，王清淮提到的这一问题是一个对“文革”反思层面的问题，自然具有

① 王清淮：《画外人》，《作品与争鸣》，2004年第5期。

很强的现实批判指导意义，但我们同时能够看到郭文斌在作品中对“文革”话语及思维的批判戏谑和反讽，会获得别样的认识。可以说，对于“文革”的反思，郭文斌用了较为艺术化戏剧化的方式，能让读者获得更多更深的精神层次的体认和思考。这样对“文革”的“反思”是“文革”反思文学中的一种较新颖的反思途径和表达方式。

四、传统文化审美精神的追求

中国传统文化广博精深，艺术精神丰富博大，中国古代文学深植于这片丰厚的土地上，结出了璀璨的果实，汉赋、唐诗、宋词、元曲、明清小说等文学样式都达到了相应成熟的高峰。自晚清始，中国文学开始受外国文学尤其是西方文学的影响，“新文化运动”的发生，确立了中国新文学的发生。中国新文学可以说是在外国文学背景强烈的冲击下发生的，一定程度上割裂了与传统文化的血脉相连，中国传统的艺术精神至此不复放光彩，在“新文化运动”影响下用白话创作的现当代的作家只能努力地追求与向往罢了，并不能做出真正意义上的选择。作为注重从传统文化中汲取营养的当代作家郭文斌，其作品在受西方文学影响的同时，也很自然充分地流露出了对传统文化艺术精神的追求，尤其是对“释家”文化艺术的偏爱。“释家”作为中国传统文化重要的一支，在中国思想史和文化史上占有过重要的地位，即为“禅”。

“禅”是佛教中国化的一个产物，其尊崇的经典如《金刚经》《六祖坛经》《心经》等著作普世甚广。在中国现当代作家中，受“禅”的影响颇深的作家很多，如废名、汪曾祺、贾平凹、韩少功、范小青等。与当下活跃的大部分作家相比，郭文斌在向外国作家学习的同时，更注重从中国传统文化艺术精神中汲取营养，对儒释道等中国传统经典的熟谙，使其作品闪现出别样的光彩，人文精神方面非常深厚的东西，许多作家竭力从西方作家那里追问，而郭文斌在对传统的审视中领悟得更多。“禅宗作为东方神秘主义文化的重要组成部分，是东方气质、东方思维的典型象征，它不同于西方的非理性主义文化。当大部分西方的哲人们以非理性主义的思想武器（例如唯意志论，存在主义，精神分析学说）去冲击理性的枷锁，开辟人性解放的新路时，也有不少别具慧眼的哲人和文化人从东方的神秘主义文化中发现了另一种智慧。例如荣格、黑塞、布莱希特、尤金·奥尼尔、博尔赫斯等人。他们的学说和作品因此而闪烁着东方神秘主义的异彩。他们的成功告诉我们：东方神秘主义应该也是人类认识世界，发现自我，有所创造，超越苦难的一条重要途径。当中国的许多作家以西方现代主义哲学和文学思潮马首是瞻的时候，他们不应该忘记：东方智慧自有其不可替代的魅力。如何从中国传统文化精神中汲取创造的灵感，是中国文学避免跟在西方文化思潮的后面亦步亦趋的关键所在。禅宗诉诸本心，诉诸悟性，诉诸天马行空的思维方式，诉诸宁静、含蓄、幽深的审美情趣，因而天然具有不同于喧闹的现代派的品格。这样的品格不仅体现了传统文化的独特魅力，而且也是这人世间相当一部分淡泊名利、乐天达观者倾心的人生境界。”①郭文斌对“禅”的参悟颇深，这一方面很明显地可以从他出的几本集子的序跋中看出，如《空信封》的跋文《学习微笑》，《大年》的自序《以笔为渡》，《大年》的跋文《回家的路：我的文字》，《点灯时分》的自序《写作可能是一个秘密》，《点灯时分》的跋文《如莲的心事》等，阐述人文思想及文学情怀的过程中夹带着谈禅论道。重要的一方面是可以从他的作品中看出。《水随天去》是他在这方面成就的一个杰出文本。记述了一位父亲在写作追求过程中心灵一步步变化的履历，从正常到怪异、不爱说话、行为反常，以至于最后离家出走。通过“父亲”追问生命真谛的心路历程和与现实的纠缠扭结及他的最终弃世，思考

---

① 樊星：《禅宗与当代文学》，《当代作家评论》，2005 年第 3 期。

着生命不可承受之轻的困惑，探索着人类超越物质和精神束缚的可能性。这种对生命的终极关怀是以“父亲”的禅宗的思想哲学为背景的，禅宗抛弃掉它的客观形式内容，就其精神状态而言，是进入艺术状态的一种最佳状态。正是因为有了禅宗的思想背景和艺术策略，使得郭文斌的这篇小说富有深意。李兴阳在《生命真意和人间真情》①中说：“同作者其他的小说相较，《水随天去》显露出了作者试图超越自己进行新的精神探索及其相应的艺术探索的意向。当作者以‘离家出走’的方式放逐了自己的‘父亲’之后，何以弥合生命真意与人间真情之间的抵牾，其最佳的途径在哪里？这是作者没有解决也不可能解决的问题，也是每一个生命的清醒者应当继续追问的而不可能有唯一答案的问题。单是提醒在尘世中熙来攘往的人们不要忘记这一永恒话题，《水随天去》就有行世的意义。”这种深度若不仰仗于中国传统“禅”的思想文化基础是很难达到这样的高度的。不过李兴阳认为小说中的“‘父亲’的生命哲学与人生观念是以道家思想为底蕴的对生命真意的执意追问和以儒家思想为底蕴的对人间真情的珍重与眷恋”②，我从文本中读出的禅宗的底蕴更多。《陪木子李到平凉》也是一篇充满了禅味的小说，讲述了一个寻访的故事，“我”与同行石书棋陪同北京来的编辑木子李到平凉，寻访一座古旧的官堡和一位高傲冷美的女子那玉红，展示了我与那玉红的不解情缘，土匪与压寨夫人的浪漫传奇，震湖与古官堡的历史故事。叙述中布满了神秘和机趣，像是一个寓言一样。有许多东西是表达了的，我们也隐约感受到了，但要说出它，还很不容易。这正是“禅”家文化神秘性色彩的显现。这篇作品在这样的文化选择上提升了小说的深度，是对作者自我心灵和哲学的靠近，也是自我深度的挖掘。它也留给了读者充分的思考空间和无尽的想象余地，像是一个启示人的秘密。小说前面设置了两个富有“禅”味

①② 李兴阳：《生命真意和人间真情》，《作品与争鸣》，2005 年第 11 期。

的思考题“1.那玉红于我有意义吗？如果有，那意义何在？如果没有，那上帝为什么让我在那个胡同口看到她？2.那玉红于木子李有意义吗？如果有，那意义何在？如果没有，上帝又为什么让他从我口里听到她？”就是一组最好的启示，也是理解文章的一把钥匙。可以说他的这篇简短的小说正是有了“禅”味，才避免了直白，变得耐人寻味起来。

对传统艺术想象力的独特领悟也让郭文斌的小说叙事别有风采，比如画面的现实与超现实相结合对作品审美空间的拓展。郭文斌的小说中借用了电影艺术中画面的现实与超现实相结合的手法。《开花的牙》中有这样的一段描写：

> 她们的后面躺着一个人，脸上苫着一张白纸，张着的胸口上放着一个面圈圈，圈着一圈圈水，肋巴两边立着两块水生生的砖。他突然意识到这就是爷爷，他大喊了一声爷爷，爷爷就翻起来。他又喊了一声爷爷，爷爷就飞起来，爷爷在他的头顶咪咪笑着，就像他平时突然睁开眼睛看到的一样。

又如《三年》中的这样一段描写：

> 明明始终笑着，以一种君子风度接受了那几脚。接住那几个老人看。阳阳看见明明开始了新一轮侦察，当然不愿意落后。阳阳就看见庄庄爷爷已经骑着仙鹤踏云而去。阳阳就看见改娃爷爷已经在中华民国冥府一麻袋一麻袋地存钱了。

这种实与虚在同一画面的完美结合，是一种大胆的类于庄子《逍遥游》中的艺术想象行为，是放纵想象力的结果。现实的事物和幻想的图景同时出现在主人公和读者的面前，往往给小说蒙上一层神秘的梦幻色彩，为读者展开想象力提供了平台，成功地拓展了文本的审美空间。

同时郭文斌作品中对生死超出经验的理解和对人命运的独特把握也得益于“禅”。但他目前可能面临着较大的困惑，即“表达什么”和“表达的必要与否”以及“怎样表达”“度的把握”的问题。“因为谈禅谈到最后、谈到极致就是空，是清风明月，你都清风明月了，红尘中一切闹闹嚷嚷都找不到了。我觉得谈禅可以适可而止，作为一种审美趋向，它会使我们看不清很多东西。”①这正是著名评论家李敬泽对郭文斌目前创作所提出的疑问。李敬泽的意思是，作为一个作家的内心如果空了，如果清风明月了，红尘中的一切纷扰喧嚣都不复存在了，那他还写什么，没有什么好写，又有什么写的必要呢，即使能写出来的，也会显得气力弱，不够猛烈。但我们知道，李敬泽谈的只是如果，作为尘世中的我们，心灵是很难达到至空和清风明月的，作为一种高度它确实存在于我们的心中，但要实现它，之间还有太远的距离。所以在这种“如果”和“不能如果”之间，郭文斌还有很长很险的路要去走。这正是他所面临的挑战和下一步突破的可能性所在。“禅”作为一种审美方式，确是会模糊一些东西，但同时会让另一些东西清晰起来，而这另一些东西恰恰是最贴近人内心的，也是我们需要和渴望寻找的，是这个欲望的社会所普遍缺失的。不能否定，模糊掉的东西也是重要的，它绝对应该成为一部分作家努力揭示的内容，但我们不能苛求作家的大同。独具特色、另辟蹊径的作家也有他存在的另一方面的价值意义和必要性。因此，在这种意义上，郭文斌完全没有必要在意评论的诱导，可以在自己的道路上走得更“孤”一些，那样，或许会有新的突破和高度。

---

① 北京《大年》讨论会发言纪要，2005年6月30日，丁丁根据录音整理，《黄河文学》，2005年第5期。

五、“独特”的性书写

“性”作为文学的一份母题，在人类的生活中处处可见。从广义的性来说，性是一种欲望，也就是弗洛伊德所说的“原欲”，“原欲和饥饿相同，是一种力量、本能——这里是指性的本能，饥饿时则为营养、维生的本能——人即借这个力量以完成其目的。”[①]毋庸置疑，快乐是一个生命个体追求的本能。而儿童期的性追求更多的是一种“本我”的表现，是一个处在懵懂中的生命个体对于美好快乐最纯粹的追求，是人整个精神活动的基础和源泉。然在中国现当代作家中，对“性”这份文学资源的开掘，一直以来停留在欲望和探窥的层次上，几乎没有哪一部文学作品能让人看到别开生面的性（郁达夫《沉沦》写得太直，贾平凹《废都》一类的太滥，其他作家写得太粗，身体写作的就更低俗）。外国作家中也有对“性”的集中书写者，比如英国作家劳伦斯的《查泰莱夫人的情人》，着意于对性的理念和性行为本身诗意化的审美与赞扬。

而中国当代作家郭文斌更多地关注的是儿童蒙昧有趣的性的游戏与冲动，文字是节制文明的，是那样的干净且有趣，那样地让心生美好和向往，永远像一个秘密一样启示着人们，这让人感到难得。毫无疑问，郭文斌对其作品中的性保持着严谨而崇高的姿态，这在商业思潮的侵袭和取悦大众的大潮下，是颇为让人感到难得的。文学作为一种艺术接受的形式，不可能绝对达到脱俗，对俗世、俗人的书写关注正可能是文学力量呈现的方式之一，在一定意义上，文学就是俗的，没有纯可言，一旦文学被界定在纯的意义上，那么它的力量和价值就值得怀疑。但文学的意义绝对不在于和俗世接轨，作为一种精神高度和思想光辉，它更应该有绝高的姿态，提升人品格的力量和勇气。在关注“性”这样微妙的话题上，

① 弗洛伊德著，杨韶刚等译：《弗洛伊德的心理哲学》，（北京）九州出版社，2003年7月版，第86页。

弗洛伊德的学说可能给了他关注少年性意识的视角，但郭文斌并没有停留在简单的性冲动的意识层面，而是有了更理想的挖掘。评论家熊修雨在其评论文章《如何看待郭文斌小说中的性》[①]中对郭文斌小说中关涉性的描写有充分的肯定和礼赞，认为作者对性的肯定和呼唤是对成长和生命的肯定和赞扬。《大年》的编者则认为："郭文斌文字中的性不是我们旧观念中的性，而是一种开启鸿蒙的美，是被我们忽略了的成长的秘密在郭文斌笔下'像阳光一样盛开'。"[②]应该说，他们对之的理解都是非常正确且到位的，因为郭文斌文字中的性通常是隐性的，埋藏得很深。譬如《玉米》中有这样的一段叙述：

> 东东去厨房里把娘给他在碗底扣着的一块莜面饼饼拿出来，掰成两半儿，和小红分了。莜面饼饼很薄，像铁皮那么薄，每人巴掌那么大的一块，两人就沿着边儿转着吃。小红说咱们吃个东西来。东东说吃啥呢？小红说你想吃啥就吃啥。东东就吃成了一个"回"，小红就吃成了一个"凸"。两个人一看，都笑了。小红说咱们换了耍。东东想了想，就换了。小红拿了东东的说，现在我能打过你。东东说我能打过你。小红说我能打过你。东东说你拿啥打呢？小红说我的能把你的装进去。东东说我的"子弹袋里"还有两颗子弹呢，早把你打倒了。小红说啥子弹，两个大豌豆，还没有扳机。东东就想，真的，扳机呢？就用小拇指往开戳扳机。不想就给戳破了。小红就看见东东的眼珠子转了一下，又转了一下。接着东东说，小红我咋觉得你的一只手长一只手短。小红说胡说。东东说不信你并在一起看。小红就把"回"放在炕头上，把两手并在一起

① 熊修雨：《如何看待郭文斌小说中的性》，《小说评论》，2005 年第 1 期。
②《大年·编辑花絮》，(银川)宁夏人民出版社，2005 年版，第 430 页。

看，说明明一样长嘛。东东就笑，小红抬头，东东已把“回”换在自己手里。

这种温情的挖掘更多地展示的是人类意识深处的基本的需求和对另一半自己的找寻，是对积极肯定的人性的高扬，当然也是对生命和成长的礼赞。而我对之稍有不同的理解，我的认为是，郭文斌文字中的性更多彰显的是情的美好而非性的欲望。譬如《我们心中的雪》中有这样一段叙述：

一天，我拉着杏花的衣襟说，杏花杏花你做我媳妇吧。

杏花红了脸说，那要看你的心肠好不好。我就把上衣扣子解开，把肚子挺给杏花，让杏花看。杏花像侦察员一样左瞧瞧，右看看，然后拿出钢笔，无比庄严地在我的肚皮上写道：

抓革命，促生产

备战备荒为人民

经革命委员会检查：合格

接着，我又在杏花的肚皮上写：

日落西山红霞飞

战士打靶把营归把营归

就在我快要写到肚脐眼那儿时，杏花说，好了，把我的肚皮当本子写啊。我说，吃亏了你也写嘛。说着，嗵的一下躺在炕上，双手把衣襟揭开，看着房顶，等待杏花在上面书写最新最美的画卷。

很显然，这是一段和特定时代话语结合的关涉性的叙述，这种关涉性的文字让我们读到的首先不是性，而是孩童之间的那种纯真、亲密、无设无防的友好和谐关系。而这正是成人世界最缺少也最需要的那份关系和情感，是人在成长中必然失去却永远怀恋的那份美好。因此，在笔者的阅读感受里，郭文斌文字中节制、干净、文明的关涉性的描写，是在对成长和生命的礼赞的同时，更是对干净、纯真的人性和人情的召唤与希冀，它给人的感觉绝对是心理的怀恋而非生理的冲动，是一种对低级欲望的超越。

六、具有同样审美追求和抒情韵致的散文创作

较之郭文斌的小说，他的散文呈现出对生命、情感、思想、心灵体验的更直接性和启示性。整体思想价值趋向和美学品质与其小说保持着一致，而且有些作品的文体界限还很模糊，具有散文化的抒情韵致，往往用的是小说的表现手法。郭文斌的散文创作历程比较长，量也比较大，高峰期应该是在他的小说之前。1998年，中国华侨出版社出版了他的处女作《空信封》，于一定范围内引起很大反响。2006年散文集《点灯时分》由宁夏人民出版社出版发行后，在国内文坛引起反响。他的散文善于叙写亲情及乡间温情，以一种对情的审美拓延和诗意加工探索着散文本质。

生的牵绊和爱的复杂体验在他抒写亲情的散文中得到近于极致的表现，充满了荡气回肠的感人至深的力量和气质。他的散文名篇《永远的堡子》《一片荞地》《父亲和牛》等叙写的是浓于血液的亲情。亲情在文学作品中，是一个不老的母题，文学作品长河中对亲情的成功抒写的篇目数不胜数，唐代韩愈著名的《祭十二郎文》、现代名家朱自清的《背影》等等，都具有世代影响人的力量。作为一个文学母题，对之书写的文字自然浩繁，对待这样的题材，如何能独闪光彩，自然需要作家较高的才情。郭文斌的《一片荞地》叙写了一个儿子面对母亲去世的全部情景和心理感受，这篇文章的篇幅比较长，从与“母亲”的临终相见写到病入糊涂再写到入葬，通篇弥漫着一种低沉忧伤的气质，饱含着浓郁的深情和对母亲操持一生的赞美，浸透着作者对亲情、生命和爱的孤深体验和深味理解。那位母亲勤俭、努力、充满奉献的一生行将结束了，可仍

然没有放弃对家人事务的关心，不停地念叨“给牛把料拌上”“天黑了，娃娃还没回来”“萌萌不知乖着么”……作为儿子的“我”盼望着母亲不要再承受巨大的病痛，可又一想，这样的想法不是让娘早点上路吗？生的牵绊和爱的复杂体验在文章中得到近于极致的表现，使这篇散文充满了荡气回肠的感人至深的气质和力量。《永远的堡子》是获第二届冰心散文奖的篇目，叙写了一个堡子中的女主人顺忍、默耐的一生。文中的母亲对兄嫂的尊重，对丈夫的顺从，对儿女的关爱，对人伦的膜拜，真的是称得上感天动地。作品充满了撼人魂魄的人情的力量，称得上绝无仅有。但文中的母亲她为儿子、兄嫂、丈夫、人伦活着，却唯独忘了她自己也是一个人，是一个充满了人之一切基本诉求的人。而且，“父亲”对她的毒打也似乎超出了平常的情理。作者一方面在显示人情美的同时，也呈现出一个背后的东西，即“爱”。人应该如何去爱与被爱，爱应该如何去成就，如何去表达，确实是一个永远值得思考和探究的问题。

较之书写亲情的散文，他的笔涉爱情的散文显出更多的空与伤来。对爱情的理解感受充满了特别的忧郁的气质，读来有一种淡淡的酸楚的味道，但抒情描写是节制的。郭文斌书写爱情的散文有《空信封》《爱情没有药》《生命不可承受之重》等等。单永珍、刘立平曾在《空信封·序》[①]中写道：“郭文斌的散文让我们透过一个个美丽的心灵断桥和爱情伤口走进或失之交臂或尘封已久或习焉不察的生命秘密和感情隐私之中，于一种神意的欢欣和诗意的忧伤中把味生命的花开花落。”这是对郭文斌书写爱情散文的最好注解。爱情，作为人类感情的重要一支，历来为文人作家们所倾情，然而，永远有说不清，道不明的余绪。郭文斌书写爱情的篇目很多，有些篇目比较哀伤低沉，但抒情描写始终是节制的，情感的

① 单永珍、刘立平：《空信封·序》，（北京）中国华侨出版社，1998 年版，第 2 页。

表达是含蓄内敛的。作者在走向成熟的过程中，在文学关怀人性的严肃意义上意识到某种负面的影响，反思自己的创作，反思自己唯美的文字在带给人以美好和启迪的同时，或许在最根本的意义上也带给年轻生命以伤害。其实他对爱情的书写一定程度上是对生命形式、成长结合的着力思考和赞美，具有较高的美学启迪意义。《爱情没有药》中对爱情魔力的体认和对爱情至尊地位的认可是对真情的讴歌。尽管他用了一种忧伤的语气讲述着，但“表明他依旧相信一个生命对另一个生命的真爱是唯一且永恒的，商品经济时代也不例外，真的爱情可以穿行在唯利是图的现代都市中”[①]。正因为如此的唯真与唯美，郭文斌书写爱情的散文更多地见性见情，体现出永恒的真爱的魅力。

对于乡情的抒写，也是郭文斌散文中重要的部分。这方面的篇目比如《点灯时分》《腊月，怀念一种花》《本土如乳》等。作者抒写着的是记忆中的乡土上的风俗风土和风情的内容。对于乡村，节日等风俗是最有文化内涵的，它包含在最平常的事物中。对乡俗节日的书写最能体现一个作家的习性和方向。郭文斌出生于受秦文化影响的宁夏西海固乡村，自然从小受到其乡村民俗文化形式的熏染，这种文化民俗形式以无声的方式存储于他的童年记忆中，成为他散文书写的一份直接资源，显示了他的文化承传和命脉。郭文斌散文在有些地方对乡俗的书写充满了细致的情韵和智性的思考。如《点灯时分》中的这样一处描写：“赏完月，灯盏被分别端到各个屋里。每人每屋每物，都要有的。包括牛羊鸡狗、磨子、水井、耕犁等。让人觉得天地间的所有物什连同呼吸上都带着一点灵性。似乎耕犁磨盘它们不时会扯着你的手跟你攀谈几句，那时谁也没有问为什么要给这些没有‘生命’的东西点灯，只觉得这是再自然不过

① 李兴阳：《西部生命的多情歌者》，(《大年·代前言》)，(银川）宁夏人民出版社，2005 年版，第 10 页。

的事情，如果不这样做就是不应该了，而生命不正是一种‘应该’吗？现在想来，这其中包含着多么朴素多么深厚的善和美、连同真啊！”简单的乡俗，被作者赋予这么多情的韵致和理性的思考，真是难得的一种融合。这样的书写，使作品的品格得到了成功的提升，注入了思考的空间和成分，这样的片段在《红色中秋》《燎干》等篇目中多有成功的表现。

郭文斌的散文注重于对爱情、亲情和乡情等的诗意化审美和礼赞以及对人类情感价值的形而上的诗意追索与思考，是生命在自然状态下灵性的很大程度的闪现，是对生命的宁静与芬芳的表达，保持了对经验心灵的直接性。他的散文中，禅的思想与文本主题的契合是很恰当的，没有苦涩，看到的是干净温暖的人生理想和心灵境界。《空信封》《荷花沟》等篇目中隐约透出一份禅意，是一种期待，更是一种美的延伸。同时，他的许多散文中都有一个寓意深刻、酸涩而又凄美的故事，将期待和思考的空间一直在拓展。他心平气和的书写中，摆脱了令人窒息的暴力和毫不留情的批判，每一句话都是智的开启，都是有着启迪人的力量的。他的散文的韵致与内在追求和散文家刘亮程有很多可比较之处。刘亮程笔下的乡村充满了哲学气息，有着远古的风韵和未经工业文明污染的宁静与诗意。而郭文斌的散文也同样在对世事风情的阅读体验与回味中淡出宁静致远的诗意审美的境界，是对生命、哲学、文化本真的一种贴近与回归。

郭文斌精彩的散文创作和诗化的审美追求，使他作品的语言整体上呈现出一种散文诗化特征，往往非常精炼、干净、利落，跳跃性很大。但他的这种简练决非简单，而是在表意丰富的前提下的一种提升，使有限的语言结构外，浮有无限的意韵空间。这种把最大的创造性空间留给读者的尝试与努力其实是对读者最大的尊重。这在他的散文中尤其体现得突出。他的有些散文及小说语言本身就有很高的审美价值，比如《雨水》中的这样一句话：“那一刻，他也许正在灶前想心事，也许正在被窝里睡懒觉，也许正在凭窗看雨，看雨如何将一缕一缕炊烟绾成麻花……怎么就没想起去给它们打一把伞呢？”又如《我们心中的雪》中的这样一句话：“下雪了，我们并排站在院里，比赛着伸出长长的舌头，屏着呼吸，耐着性子，等待着天上的雪花一片一片落下来，落下来，然后用心体会雪花留在舌头上的轻浅的脚步。”再如《美丽的雪花哪去了》中“阳光像金鱼一般在青草地上跳跃，姐扮鬼惹得我傻乎乎地笑，姐说我咕咚咕咚的笑就像三河渠里的冒水眼”。这些句子如果把它们从作品中单独提出来欣赏，仍然是很好的文学作品。因此，可以说郭文斌的文本“处处开花”，他的这种特色我称之为“叙事语言的诗性”。语言在获得诗意的同时，自然对作品主旨的诗性有一个提升和帮助。任何艺术作品，在根本上都要具有诗性，只有具有诗性的作品才具有持久感染人性情的力量。郭文斌的创作这一点上具有了不俗的起点和有益的探索。

结 语

郭文斌的创作主要以小说散文为主，也有一定量的报告文学和诗歌创作，内容丰富，目前已经形成空灵飘逸、言简意丰、情感纯真唯美的特色。作品在对苦难、性、“文革”等的书写上取得了较大的成功。其作品中透出的禅意在当代作家中较为独特，在对亲情、爱情、乡情和社会人生、心灵的思索表述中具有表达的直接性和启示性。对小说表现手法也有了独到的领悟，对小说审美空间也有了成功的拓展，语言诗化的追求与运用尤其见出功力，呈现出独特风貌，有很强的研究与探讨价值。他的文学创作，整体上格调不俗，气韵高雅，接近了文学的本质。如果他今后在阅读与写作中，加强对西方文化中先进人文思想和现代理念的学习，使自己的创作深植于中西文化合璧的现实的土壤上，可能会走出更大气广阔的路子来。那样，其作品在具有关注心灵秘密，提升人品格的作用的同时，也会具有更多的干预现实的力量。

论《底片》的文体问题及几点文学价值

《底片》是回族作家石舒清的一部散文化风格浓郁的长篇小说，初发于《十月》2006年第四卷，2012年5月由黄河出版传媒集团阳光出版社出版发行单行本。该部作品二十余万字，背景仍然设置在宁夏西海固地区，作家以纪实的笔法集中地叙写了曾经生活过的一个村庄里的人与事，主要写他们悲苦无奈的命运，丰富绵密的内心，执着恒久的坚守，卑微客观的人生。围绕着“我”的家族、亲人和邻居而展开，由亲而疏，从内而外，由近及远。小说的结构是碎片化的，其中一个事件、一个人物、一件事物均是独立成文，可以单独欣赏。然作品构成整体，其间的关联则如笔下之人物的血缘关系与人际交往一样，多重交织地联系在一起，构成整体。小说中的人事均因为“我”的诸种社会行为和诸种社会关系有机地结合在一起，“我”是一个最为重要的叙述角度和叙事动因，“我”联系着小说里所有人的一切，构成一幅相对完整的生活图景，彰显出一种系统的伦理秩序、人际存在与社会现实。《底片》弥漫出来一种浓郁的生存诗意，也包蕴着含量丰富的现实沉重。

散文化长篇小说

散文？小说？于《底片》而言，这样的疑问在作者、读者和编辑之间都有着犹疑。石舒清在给《十月》编辑的信中曾表露过自己对《底片》作为一部长篇小说的犹疑："我也说不清这是不是可以合成为一个长篇。我是看了《呼兰河传》和《小城畸人》，从形式和内容上都得到一些启发，于是有了这么一篇东西。"[①]《十月》是以小说发表此作品的，阳光出版社也是以小说出版此作品的，他们在意的是小说这种体裁可以更吸引读者。对于普通读者而言，虽有犹疑，但这样的问题并不是他们最在意的。

在我看来，这篇作品之所以可以视为长篇小说，是因为作品里有多个独一无二的好的人物形象，这些人物又都有属于自己的不同的命运与人生故事，而这些故事和这些人物又是多重交叉演进在一起的。也就是说作品里有丰满成功的人物形象，有成熟的人物关系，这些形象和关系是由他们的人生故事展示出来的，此已足构成小说。其实关于体裁的界限，于小说和散文似乎常有模糊的时候，"小说的散文化倾向""散文化小说""纪实小说"等外延并不是很清楚的概念常被提及运用。学者陈平原曾说："文学艺术家的任务，就是使得'文学'永远处于流动不居状态，为已有的题材或类型增加新东西。"[②]对于作家在文学题材或类型的探索与创造方面给予肯定与鼓励。如此而言，作家的任何尝试都无可厚非，新创造的冲动和才能其实才显得珍贵。石舒清的《底片》虽为小制，也可能是一种写作习惯或能力的产物，但于文学体裁或类型的创造方面实

① 来源于石舒清给《十月》编辑的电子邮件，石舒清提供。

② 陈平原：《小说史：理论与实践》，（北京）北京大学出版社，1993 年第 1 版，第 138~139 页。

有自觉或不自觉的实践与探索。

评论者王晓静曾对《底片》的这种文体结构有较为到位的评价，她在《乡土是永远的诗意》里谈道："《底片》由一系列独立而又连贯的片段组成，整体结构与传统小说迥异，不似长篇小说故事与人物的集中统一，其背景设置在西海固土地上。一个偏远小村庄，庄子里的人全都沾亲带故，组合起来又是一个不可分割的整体，这种大板块结构之下分为若干小板块的结构，不仅打破了长篇小说的局限性，而且让故事的主角随时空变换而变化，这种结构特色可以称为'叙述连续性的中断'。《底片》与传统小说相异的地方，正在于这些叙述的标志分外鲜活。"[①]对于这样的小说创作方法所具有的独特的积极的叙述意义做了较为到位的论及。作为一部散文化的长篇小说，《底片》的这种结构确实在人物表现的多方面、多时空、多维度上具有独特的优势，因为不同人的故事在不同的时间、地点发生，这些不同的人又都会随意地重复性地在别人的生活故事里交叉出现，从而增加了表现他（她）们不同方面的机会，而且节约了表现成本，不似结构稳固的长篇表现人物时那般费心取舍。

真诚情怀、底层意识与抒情意蕴

读石舒清的短篇小说、散文，以及长篇小说《底片》，都可以强烈地感觉到，石舒清是难得的一位情怀很真诚的作家，在写作上，一贯葆有真诚的叙述原则和表达勇气。《底片》中，他的文风和语气一直显得平稳、明确、中性，文本中基本上没有矫饰、虚夸的内容。对每一位人物的叙写，都是坦诚相待，认真下笔的。确有可爱的人物他会用心写出他的可爱来，对于一些人物的不可爱之处，虽时过境迁，作家并没有貌似宽容以显自己"胸怀"地去故意

---

① 王晓静：《乡土是永远的诗意》，《朔方》，2011年5~6期。

美化，而是保持言说最真实的心底感受与评判，哪怕这样的人和自己沾亲带故。这是一个内心有操守的作家对写作素材的尊重，也是对读者的尊重，摈弃虚伪与油滑，他给读者带来最重要的审美要素之一：真。这样真诚的情怀与勇气，在当下的某些作家作品里，很遗憾，是缺少了的。

透过石舒清的小说，西海固农村曾经的苦难气息迎面而来。石舒清的小说，无论短篇还是长篇，始终带着一种不自觉的底层意识，这也与作家的出生和生活有密切关系，他几乎写的都是最底层的小人物，都是最朴素的贴近泥土的人物，这实则构成作家一种可贵的基本重要的文学品质，也是成就石舒清的重要因素之一。底层叙事，真正的底层文学，在石舒清这样的作家作品中，具有真正的可靠度。有意味的是，《底片》里的许多人物都是残缺的，要么是身体，要么是命运，哑巴、矮小的人、早逝的人……透过这些人物的命运，读者会更加感慨生命，感叹生活。这点可能符合作家生活和记忆的实际，但在读者看来，却有一份特别的审美感叹，对生命的感喟与洞察。因为在文艺创作中，作品中的人物一般只有置于“特别”的人生境遇里，其身上才会明确地蕴涵一些重要的人生与人的文学命题来。在写这些最贴近泥土的人的命运时，石舒清保持了一种客观的思想理性和恰当的感情温度，没有因时过境迁而用虚伪的善意去美化生活实际，没有因为他们的底层普通而只看到他们的陋习。作家的态度是让读者觉得这些人的命运确实是那样的真实而具体，葆有正直、善良，也无法超越狭隘与卑微。石舒清在给《十月》编辑的信中也曾说：“我想写出一群人，他们在世上这样度过了他们的一生。我想写出这个生的过程。至于他们为什么如此生活，他们不知道，我也是不知道的。而且没有人真的知道这个问题，而且看大家猜来猜去，答案各异，似乎这也是一个不给人知道的问题。风吹着树叶便动了，人生出来便活下去了。我写了许多过程，但不见一个答案在里面，无论写多少，我心里都是空的感觉。”[①]说出了作家在写作时最真诚的内心体验和心理感受，没有貌似得道般对人事装作全知的虚高的叙述姿态，也体现出了作家尊重生活、尊重常识、尊重经验与感受的创作原则。

王晓静在《乡土是永远的诗意》一文中说：“《底片》中那么多不同的苦难碎片，由偶得的欢欣作为黏合剂，拼成了一副完整的西海固乡村人文生活图景，粘贴在时代帷幕前，同时又给西海固土地上一个名不见经传的小村庄分割出了天地间的独立存在。”[②]同生于西海固土地上的王晓静是理解西海固的，所以她的批评指认到了《底片》中的苦难碎片和偶得的欢乐对于西海固人生活本身和小说命脉的支撑意义。其实从西海固的土地出发，石舒清可以说是写明白了所有生命的，也是尊重这种生命的，他写出了生命的真意所在：无选择性，悲苦底色，温暖理由，不自觉过程。

《底片》作为一份特别的记忆，值得特别的珍藏。这是一个写作资源的问题，西海固、回族、贫穷年代，这似乎是一个专属于石舒清的题材。石舒清写人物、故事，多是作家曾经的生活里面真实而具体的一些人物。时过境迁，春秋数易，作家记住的往往是这些人物最有意味的地方，最耐人寻味的事件，因而也是最珍贵的价值存在。这是适合抒情的一种资源，石舒清也是一个适合抒情的作家。和石舒清的短篇小说一样，《底片》中的文字有一种安静的弥漫，缓慢的紧凑，智慧的理性，他的文本本身有一种非常恰当的抒情的力量、感染人的意蕴。由于扎实的短篇小说的创作功底，锻造出了石舒清感受的细腻和独到，及他对语言意义的雕琢与深度把握，他对一些人物及环境的妆写，往往是从一两个被别人忽略过的细节展开的，再加上他善于对环境做感受性的阐发描写，从而让文字与意境显出抒情的意味来。因为是经验型写作，记忆随着时光的

① 来源于石舒清给《十月》编辑的电子邮件，石舒清提供。

② 王晓静：《乡土是永远的诗意》，《朔方》，2011 年 5~6 期。

远去会变得恍惚起来，作家以回望的眼光写作这些素材，自然地带着浓厚的怀恋与抒情意味，抒发记忆年代的浪漫、诗意，也不避苦难。当下时代的节奏不断地加快后，文学作品也批量地生产时，饱含情感的写作由于无法跟上速度的要求，日渐地远离了读者，而石舒清的《底片》给我们留下了很有质量的一份情感。作家虽在写着不同的人事，但最重要的其实是写着作家的一种从文心态、一种文学眼光、一种普遍情感，这也是读者阅读时真正需要的，这是石舒清携他的《底片》带给我们的文学价值之一。

在经济基本上主导一切的时代，发达地方的一切行为几乎都能界定为经济行为的时代，欠发达的宁夏西海固地区，因为历史的厚重、土地的贫瘠，坚韧之回族群众的集聚，倒显出这片土地文化上的一些难得的原本的顽强、深刻、坚韧与神秘来。从此意义出发，西海固完全是应该出现大作家作品的地方。《底片》的结构虽小，人物和事件虽小，但这能算是以小见大的一本书，它写出了人之生命的大朴素，人情的高境界，黄土地的硬风格。

民俗与封建性的涉及

《底片》在文本结构、情感质量、作品内容之外，也有另外几点文学话题可谈。比如里面有许多涉及民俗的描写，就很有意思。如《杨阿訇》里杨阿訇用清水里的七颗麦子给人叫魂的描写，七颗麦子如果在水里自动地聚集到了一起，说明病人的魂是能叫回来的。又比如《三姨》里面，外奶奶为了让三姨两口子好，把三姨的指甲和头顶的头发剪了少许，和在三姨夫的饭里，让三姨夫吃了，据说这样可以改善小两口的关系。这样的习俗，它的有用性不是我在本文要谈的，细究起来背后是很有一些话题可谈的。我要说的是，这样一些有意思的民俗，随着科学的普及和现代化的干预，在生活中是要式微的，文学作品将来自然很不可能有机会再去表现，它们或许将来只能存在于石舒清《底片》这样的小说里，这于习俗还是注意习俗问题的读者而言都算是幸运的。民俗与习俗，在任何时候，都是作家钟爱的写作素材，一般而言，民俗与习俗是包含着一定的文化特征、民族心理幽微属性的，许多时候是经典文化在民间的“变异”，它富有文化特征、民族特征和时代印痕。民俗与习俗本身的文化意义或大或小，但从民俗与习俗入手，很容易进入一个民族或群体的精神内部，管窥一个民族或群体在特定时代的文化水平、心理状态与精神际遇等等。而对民俗的叙述与保留，也有利于研究者以之为凭，进入一个民族或群体真正的内部。

《底片》里还涉及一个沉重的封建性的问题。或许在作家是无意识的，但他笔下的一些人事是让人叹息的。主要表现在女性的地位与命运上：父亲对母亲的毒打，四外爷对四外奶奶的毒打……这样的事情在多个家庭中频繁出现，似乎显出某种平常与习惯来。美国史学家斯塔夫里阿诺斯曾说过：“在几乎所有的文化中，以暴力对待妻子和妇女，总体上都有十分深刻的历史根源，以致它被宽容地视为可接受的行为准则。”①《底片》中，石舒清也在客观地面对这样的事件，不过他对女性有了颇多同情的意味，但同时对“暴力”的来源者（男性）也表示了理解，用作家在小说中的话说：“父亲脾气不好，完全是生活的原因。”其实西海固的女性尤其回族女性都对的自己的身份高度认同，自觉地接受了乡土文明或者民族文明中对女性的规约，按照习俗限定的范围生活。但她们在贫穷年代慎微的生活，悲苦无奈的命运，附庸顺从的地位给她们带来人生安宁的同时，也会带来沉重与不幸，而她们似乎并无任何能力有所改观。我觉得石舒清这样量级的作家和他的作品在表现她们宽容、忍耐、勤劳美的时候，对她们的命运有同情哀叹的时候，也或

①［美］斯塔夫里阿诺斯著，吴象婴、梁赤民、董书慧、王昶译：《全球通史》（下）（第7版修订版），北京大学出版社，2006年10月第2版。

许能针对所有命运相似的女性发出一些更有力量的人文关怀的声音来。

《底片》作为一部长篇小说，是经得起细致的批评的，也是和石舒清一贯精彩的短篇小说创作一脉相承的，评论家对石舒清创作的关注中也有相关此小说的批评文章，从乡土诗意、死亡主题、日常生活、文章之美、宗教性等角度分别论及了该作品的价值意蕴和艺术特色。本文在尽量不重复别人已有论述的基础上，选择了几点认为具有文学价值需要进一步明确指认与批评讨论的问题，阐发一己之理解，以《底片》为本，努力探析石舒清小说创作的意义空间与文学价值。

用心的文字　耐品的味道

——读钟正平《文字的味道》

文字结缘。最先读到钟正平先生的文字，是他在《六盘山》某期发表的《西海固“文星”“诗星”六家点击》，其文字凝练、言辞恳切、意蕴丰富、颇有洞见，我读之甚喜。随后他关于宁夏文学尤其是西海固文学的评论文章我读了较多，颇多认同，颇多收获。

2007年我从宁夏大学中文系毕业，持续爱好文学，因一篇论文受到我的老师李生滨教授等较大范围的表扬，可能被钟先生听到了，在固原的一文学会议上，我自我介绍时，他欣然表示知道，并眼含激励，我很受鼓舞。

我在阳光出版社当编辑时，因钟先生与社长相熟，颇多见面交流，我对先生有崇敬，先生对我有提携，来往之间，美好丛生。先生对我的信任让我很受感动，很受鼓励。首先，在他的信任下，由我具体承担，启动了他主持的“宁夏师范学院学人文库”出版项目，至今已出版三辑，还在延续，并且由我责编了他的文学评论集《文学的触须》。其次，在先生的进一步信任下，我这样一个学识与资历均浅的毛头青年在他专著的研讨会上做了主旨发言，最后形成《地域文学评论的重要收获与有益启示》一文发表。

我对钟先生还能写出优秀的文学评论是深信不疑的，但对他文学评论之外的文字，很少接触。一是因为我的概念里先生是个出色的评论家，对他的其他文字形成了遮蔽；二是因为先生很少公开发表文学作品；三是因为我平时很少上网关注别人QQ空间……诸多原因吧，这次集中通读先生的这本诗歌、散文、随笔、小说合集，对他完整的文学活动有了全面的认识。按先生的意图，编辑出版这本《文字的味道》，是要对自己三十多年的文学生活作一个梳理和交代，因之本书文字及体例均较繁杂，难以学理探析，我大概是先生这本书的最早的通读者，就谈一些阅读感受与感叹罢。

一是钟先生具有多方面的文学才能。先生的成就与影响在文学评论方面，看官周知，毋庸多言。喜的是先生在诗歌、散文、小说创作等方面均显现出足够的好奇、积极的尝试与有意味的探索，体现了他对文学事业的热忱、文学情怀的丰富。本书收录诗歌21首（组），散文60篇（组），小说9篇，序跋8篇，比较全面地展现了一个痴情文学的人的写作轨迹。青年的时候渴慕热烈、放飞理想、情感饱满、直抒胸臆，所以诗歌是最初的尝试，是青春印记的显现。他的诗歌有着明显的二十世纪八九十年代的时代印记，句式简短、工整，语言轻浅，主题鲜明，哲理思辨意味浓郁，特别追求深刻的思想性。初读时我感觉先生的诗歌是有一些汪国真诗歌的风格与韵味的。果不其然，他对备受争议的诗人汪国真颇多偏爱相惜，在汪国真去世的当天还著诗一首《有争议才会长久——悼汪国真》发表，并收录于此书中。

钟情文学的一生，一般的作者都摁不住对小说这一重大体裁领域的尝试。钟先生的小说创作始于上世纪八十年代，虽然数量不多，却是本书中最有分量的部分。最早的作品，有板有眼，中规中矩，主题鲜明，一看是在大量阅读的基础上写作的。小说题材都具有鲜明的时代印记，《地软子的故事》里所塑造的奉献乡村教育收获人生丰富感受和理想爱情的陶老师，《陆梅》里面热心农村青年工作独有人生追求的陆梅，体现出理想高扬时代的共同价值，继承了中国现代文学现实主义书写的优良传统，与今天一些基本价值很不明确的作品相比，自有其可贵之处。后来的小说技术逐渐圆融娴熟，笔法不尽相同，美学追求与前迥异，表现出作为评论家的作者对小说艺术的刻意探索与尝试，充满了艺术探险和文本实验的味道。《民间风物》对昔年乡村社会奇人异事的回望与反刍，《老人与孩子》里表现的跨年之爱和人生沧桑，《狐猎》《羽化》里的象征意味和神秘化书写，《黑雪》里面奇葩年代里的时代伤痕，都是先生同龄同辈作家钟爱的主题与素材。说实话，先生的这类书写，与我读过的新时期许多一流作家的作品相比，并不逊色多少。《天空的树》更是一篇很有意味的小说，是多种笔法的精心尝试，暗合着作者的人生经历与生命体验，对人性的美丑、历史的曲直、民间的信仰等有精彩传神的文学表现，对“天空长满了树，个个奇形怪状”的“变形”主题的阐释精妙、深刻，意蕴深远，耐人回味。

钟先生的散文创作跨时最长，从习文之初到现在，形式丰富，有散文、随笔、札记、游记、日记、书信、Q言Q语等，不拘一格，随性而为，信笔写来，才华毕现，是先生评论之外最擅长、最感性、最有味道的文字。从内容上说，这些作品与钟先生高校教师的身份有很大的关系，散文文风很“规范”，很“温良”，有教材上经典散文的气度，一些句式很具现代经典散文特质，如《春》《风雨》《五月二日的片刻时光》《雨天偶感》等，多见名家名作的影子和格调。另外，先生散文中的情怀也多显师者特质，如“复学子书”中对学生人生两难选择的用心回复，《生命的碑》中对学生就业后职业命运富含长者情怀与师者柔情的关注。我觉得，先生的散文很多地方也难掩一个评论家的识见，如《诺奖感言》对诺贝尔文学奖的关注，《狄剧之殇》对无厘头戏说历史现象的愤慨等。

评论序跋是先生的文学“主业”，因有专著问世，此处收录的仅为专著出版后的新作，数量虽不多，但学术意义不菲，尽显学识才华，如《无声的歌谣——高琨花儿散文集<黑牡丹>序》，对高琨老人毕生钟情花儿散文创作的精到评述和对其突然病故的万分痛惜，读之令人不禁潸然。

二是先生对故土的热爱之情甚浓。读钟先生的文章，我每每生出许多自责来，感到了自己和他的差距。同生于西海固，他对故土的情感与书写，是我所不及的，是我所用心不够的，是我所没有投入为之的。他的散文表达出对故土西海固乡土的无限挚爱、浓烈情谊和无尽眷恋。《山区素描》等篇什，对西海固的一物一景、一人一事，凡相关联的都表现出足够的热忱，足够的兴趣与发现，作者情不自禁地感叹："山区的胸襟博大无比。""在这里生活着的人，必须具备一种勇气：要敢于面对生命的寂寞和人生的'平庸'。意识到这一点，对一种长期的坚守来说，很重要。"即便是长篇系列游记《由西向东下江南》里，陶醉于江南画山秀水里的作者，人在江南水乡，心系黄土大地，下笔落脚，时时不忘故乡故土，他愿把才情主要放到对西海固地域文学的研究上，也正体现了他的如此特质。对所供职的大学，先生尤其热爱，不光记叙花草，注目学生，留恋校园，更为学校立赋撰歌，碑石刻之，校歌诵之，其《〈宁师赋〉再记》中："文章千古事，得失寸心知，一赋百日得，搁笔双泪流！《宁师赋》之后，终生不敢再为赋！"的感喟，用心用情用力，令人感佩、崇敬。轻薄浅淡如我者，西海固生育了我、教育了我、成长了我，但我离开后其实再没有做出反哺故土的有效行为，连感情也日益淡化了，这是非常糟糕的。钟先生的文字不好高骛远，不自绝烟尘大地，贴近身边，贴近现实，多写葫芦河、老龙潭、荷花沟、长城梁、茹河瀑布、家乡的古堡、宁师校园里的花草树木等身边物件与关己的事情，如《身边的风景》《春行手记》等篇什，对身边微小事物的重视与表达，不但是词美情美的美文，更是值得赞叹和推崇的写作态度。作者的文字中多处出现"山区""六盘山区""宁南山区""西海固"等字眼，倾注了作者对故土的浓情与爱恋。

三是先生的家国情怀浓烈。从钟先生的文字里，能强烈地感觉出他对祖国、对生活的热爱，对人生的珍重和用心，文人儒士与家国情怀在他的文字里达到了高度统一。《两个人的国庆》中在家着正装观看国庆庆典与阅兵的行为与书写令人难忘，敬佩，《集体性的人格缺失》中所流露出的现实忧思，《日本记感》中对日本国民的深入观察与细致思考及对国人的深切反省和忧虑，富含历史思考与现实思量，满彰知识分子的爱国情怀。文如其人，先生的文章与平日言谈颇多一致，文学之外，多涉及国家民族大事，表现出先生的独一份关注、奋发、挚爱，这是当下知识分子较大面积地历史虚无、思想偏颇背景下最缺乏的一种情怀与品质，尤其显得可贵，体现出时代最需、最优知识分子群体的价值选择与思想贡献，值得尊崇。先生对生活的用心是更多的，凡工作旅行每到一处，都悉心感受，访古问今，撰文纪念，久而久之，形成系列。国内国外的系列游记，能看出先生对每一段生活都非常珍视，认真对待，认真发现，认真书写，此是一种非常值得我们学习的人生态度。澳洲访学时对堪培拉游泳馆的留恋之情令人侧目，《澳洲掠影》《北行手记》《云龙湖手记》《晋北手记》《青藏记行》等对旅途风光与感受的优美抒写颇值玩味，《南行的三件憾事》（之一）中欲见女儿被婉拒的落寞与感叹引人共鸣。其实我们许多人的生活与情感都是平凡的，是基本庸常的，但都是面目独特、滋味别有的，我们缺少对这种感受与滋味的表达。零星地，我也去过一些地方，但每每匆匆而去，潦草而归，间有感受，但没有仔细品咂，更没留下什么文字，日后回顾起来时一片荒芜，其实是对自我生活的发现不够，是一种“自尊”的不够。读钟先生本书的文章，感叹之余，我发现用心生活的人是有魅力的，用心写下的文字是有历久弥新的味道的。

四是先生的文章均为有感而发。缘情而作其实是文学创作的一个重要原则，没有感情的文字比白纸更苍白。先生的文字中没有煽情滥情的内容，可能是评论家之因，文章多是中肯客观、厘清归正的语言。对网友的生日祝福，对国家大事的关心关注，学电脑的感受，旅行中的所见等，均不藻饰，不虚情，不做作，不夸张，都是用心书写的文字。先生笔下也从不掩饰对两性情爱的体味与诉说，集中体现在他的诗作里，且占有不少的篇目，我觉得，这是本书里最具私人化的心灵抒写，表达的是一个人在主要的生命周期里“甜蜜的忧伤”，是人性中的“缺憾”之美，极易引人共鸣。譬如《枫叶作笺》《无题》《假若》《错过了季节》《你生日这天》《其实我只是想时常看见你》等情诗里对两性情感的“深度”感发与“执着”书写，尤显苦恋挚爱、情深意浓、凄美感伤。这类文字情感饱满、用力甚深，虽题材为基本永恒之主题，但先生写出了自己的力度与感悟，也显现了“才子、英雄”之心态，足叹。先生曾和我谈起过，没有感情的共鸣他一般写不出文章来，在本书后记中也重申自己“不动情，不提笔”的创作原则。我仔细端详了他的文字，体会了他文章中的感情，几乎每一篇都是有感而发，少有为文造情的文字，无趋附权势利俗之言辞。包括寄语、序跋等，均用心对待，用情入文，有感而发。先生的文字是忠实于自己情感的文字，对自己的文学履历也是，本书的文体排序大体是按创作时间的顺序排列的，时间跨度达三十多年，依我之见，本书的诗歌、散文、小说、评论序跋的排序是从浅到深、从薄到厚的一个顺序，早期青涩的文字与后期精彩的华章一并收入，先生不忌读者误读，不怕暴露成长的稚嫩，亦不愿错过精彩的自己，而忠实自己的文学创作履痕，亦见先生为人作文的忠实、真实。

五是先生的文章语言中正平直，字正腔圆，流畅而优美。系文学教授与评论家之因，先生对汉语言的运用颇为讲究，颇有规矩，确有迷恋，始终在追求修辞的恰当表现与语感的节奏力量和味道，读之无任何障碍和隔阂，正如其《关于写作的一个“唯心”的想法》中所言：“好的文章就是让每个字都排列在最恰当的位置上，不好的文章就是一些文字被放置的不合适。”其用力甚深的长篇系列游记《由西向东下江南》等文章尤体现如此，贯通历史、人文、自然与个人胸臆，语言干净、凝练、优美，悦目爽心。书中所有文句表意准确到位，不留歧义，明白晓畅，饱满有力。间有自作的诗词如“峥嵘岁月稠，又逢端阳至；白云绕山冈，阳光驻心田。”“千里走彭城，夜看云龙湖；碧波含倒影，疑是梦中人。”简洁中有生动，轻浅中有深味，易读易解，易记易诵，韵律和谐，表意透彻，让人想起李白的《静夜思》。其实韵味悠长的文字并不一定非得追求“含蓄”、费解和绕弯子说话，关键是表达的准确与贴切。在与钟先生的交往及对先生文字的阅读中，亦感受到先生为人为文高度统一，有胸襟，有思想，有情怀，富理性，有态度，不隐晦，此是涵养他中正平直、字正腔圆、流畅优美文字的重要原因。

不过，也有美中不足的地方，有些篇章的文字似觉过于规矩本分，辞藻稍嫌直白平和，失却了个性文字之独特色彩与恣意之韵，先生的文学才华似乎因职业身份等原因而受到了某种节制和约束，不像先生的评论文字那么恣意汪洋、纵横潇洒。当然，于我，这已经是苛刻之责、尽善之想了。

今在先生的再次重度信任下，我失去了拒绝的力量，撰文论说先生此本文学创作的集成之作，我自知，每次的被信任，我其实都没有足够的能力与智识匹配好，惶恐歉疚交织于心，今又添一分。

浅薄文字，随感而记，必不达先生文字之韵，不求增色，唯愿不遮蔽先生文章风华过甚。美的味道，在先生的文字里；美的风采，在先生的华章里。

倏然的转身，突然的自我

——孔繁卿小说创作漫议

孔繁卿出版玄幻长篇《卿非卿》时间不长，第二部现实题材的长篇小说《明天又见天明》就定稿了。闻听后我比较惊讶，惊讶之一是作为重点高中在校学生的他，面临高考的巨大压力，保持了成绩优异并有如此量的文学创作，实属不易，光挤时间这一点就让人对小作家起敬；惊讶另一是因为创作前后时间很短的两个长篇，内容却是相差十万八千里的，《卿非卿》是一部玄幻小说，而《明天又见天明》却是现实主义的。《卿非卿》在阳光出版社出版后，我撰文鼓励过90后的小作家，主要认为作者具有90后一代正具有的漂亮的想象力和美妙的情感，文尾也含蓄地指出了90后小作家普遍没有形成自己独特的语言风格与思维结构的实际特点。如果说我那时候认为孔繁卿作为90后写出的是他们这一代人的文字，他笔下的玄幻与其他人一样是千篇一律的话，那么，在读过《明天又见天明》的书稿后，我认为，孔繁卿在文学创作上已经可以说是成为了他自己。当然他的写作肯定是具有很明显的90后作者的文风及思维方式与结构等特点的，这点由年龄决定，但他这次更多地显出了自我相对个性独有的面目。不能再把他放在90后整体特点中一论就能概括清楚到位，而是需要注意到他自己更多的自我性的特点。

《明天又见天明》是一部完全的现实主义作品，作品主线也是俗常的爱情故事，作品贵在表现爱情故事的时候，没有沉浸在唯美及虚幻和华丽缥缈中，而是关涉当下现实时代特征的程度较深。在不久前，我在一篇文章中谈过宁夏文学的不足，我认为：宁夏作家多数人沿袭着经验写作的路子，大多数在写着记忆的年代和故事，缺乏把握现实时代的能力，缺乏从文化角度反思现实的深度、能力和水平，或者是勇气。好的作家应该超越他的时代，而我们周围许多的作家，还无法与时代同步。因为我个人认为，当下的时代，是个矛盾突出、价值混乱、观念冲突剧烈、天然的人性受到伤害最大的时代，我认为是一个出现好的现实主义作品的时代。当然，孔繁卿的创作与宁夏文学并不沾边，也不能放在一起谈论。但从对宁夏文学的现代性不足与现实性匮乏的实际中出发，我更加珍惜作为90后的孔繁卿能迅速地从千篇一律风头将过的玄幻创作中转身，写出《明天又见天明》这样有时代气息和现实质感的现实主义作品。随着年龄的增长、阅历的丰富，参与社会程度的加深，90后转回写现实应该是一种必然，但孔繁卿转身得很快，很自觉，也很能让自己转身后的写作处于当下，与时代发生关系。

现代文学有一个好的传统就是现实性，从现代文学历史传统来看，好的现实主义的大作都出现在社会矛盾突出、价值混乱、观念冲突剧烈的时代。所以从中国传统文化文学存在、现代文学历史到今天的社会现实、思想境遇与文化遭际出发，我认为这还是一个出现现实主义好作品的时代。当然，这是一个大的方向意义上的判断，《明天又见天明》肯定不能达到我所要求的最好的时代高度意义上的最好的现实主义作品，这是许多作家一生努力都未必能达到的。但作为90后作家，书写现实的勇气、能力、意识都让我欣喜，感到珍贵，这表明90后一代并不是不积极面对现实的一代。《明天又见天明》中，主人公易夕充满叛逆，因早恋而与大学失之交臂，然后只能混迹在街头的酒吧、咖啡厅等，在社会上碰到了仗义却充满罪恶的黑老大，目睹了他嚣张、放纵到落败的过程，内心感到怆然。自己为了生活，也不能长时间啃老，遂多方寻求打工、为了情爱参与打架、被伤住院，受到了现实的痛击。易夕向往美好的爱情，却没钱支付爱慕者的慕衿母亲的昂贵医疗费，最后，慕衿在现实的压迫下，被迫靠拢自己并不喜欢的充满铜臭味而并无良心与人格底线的男友韩旭然，走向彻底的堕落。在疲惫的现实中，易夕艰难地追求着自己的文学理想，与同处境的苏子怡紧密地相爱……作品立足于现实，啃老、下岗、弃婴、贩毒、商业欺诈、卖淫、被潜等一系列事件贯穿其中，组成了这部小说多元的叙述背景。作品中对人群道德沦丧、社会财富不公、贫富分化拉大、金钱对人性扭曲等现实问题的触及，让人感叹我们混乱的被经济完全主导了的现实时代对90后一代构成的消极影响。书中，深谙社会暴力规则、徒信金钱不惜出卖爱情、欲望难平的企业家韩旭然的形象塑造，可说很成功很入骨。这是一个被经济伤害了文化、伤害了伦理秩序与普遍的心理规则的时代，作为90后作者，能对这个社会最本质的特点、成人世界深处的规则与游戏有如此到位的认识与表现，也属不易。

作者在本书的后记中写道：“这是一部构思了很久的都市爱情小说，里面融入了很多我自己的情感和感触，城市整体的布局，酒吧和咖啡厅的装潢，都是很久之前在我脑海中形成的印象。终于，我可以借助这部小说把它们从我的记忆中变成文字。虽然说是爱情小说，但却没有那么纯粹，里面夹杂了很多现实的感慨，例如昂贵的医药费、爱人的背叛与利用等等。构成现实的永远不只是光明，而在这部小说中，我只是想把生活中更多的情景展示出来。这部小说不会像很多爱情小说那样，白马王子娶公主，或是灰姑娘最终得到了自己的幸福，那是一种脱离现实、过于理想化的生活。现实中没有那么多的童话，因利益引起的争端大面积存在于我们的生活中。”90后的孔繁卿极言自己对现实的多重触及与思量。

现实性的反应，是这部小说最大的亮点。虽然它触及的现实并不宏阔，也没有太深的思量，但涉及的，却都是事实。这个经济主导一切的时代下阴暗的存在与混乱的现实对人性本身的伤害与扭曲，实如作家笔下的展示，所以说作者笔下的现实是准确的，他相对稚嫩的目光并没有像一些成名的作家一样被地位、名头、收入等东西隔起来，作家触及的并不是伪现实。

当然，我们知道，任何社会现实肯定都是立体的，多元的，丰富的，美善共存、正邪并立的。对现实的展示体现出了作家关注现实、表现现实的努力。我以前读过年轻的初写者的作品不少，许多人青春期在自己成长的烦恼与糟糕的情绪的推动下，很容易把现实完全地涂黑，但欣喜的又一点是，《明天又见天明》的作者孔繁卿力避了这种倾向。本书中作家最后用爱收住了这一现场，本书结尾处易夕亲见慕衿严重堕落后极度伤悲失望无奈之余与苏子怡“亲爱的，等我回去，我们就结婚”“老公，等你回来。”的手机对话，给了阅读者最关键时候最重要的温暖，因而也让本书获得了超越现实寒冷的温暖力量。

起先听别人谈《明天又见天明》这部小说的时候，强调现实表现的程度和作家于此意义写作上的困难。那个时候我开始隐隐有点担心，担心90后的孔繁卿完全地过早地摒弃了所有的纯真与浪漫，彻底走向过分沉重与严肃的成人思想世界，但读完《明天又见天明》后我放心了，发现它虽涉及现实较多，但作为贯穿故事的主线仍然是一个较为简单单纯烂漫的爱情故事。故事中，人爱人的理由都很简单感性，人做事的动因也很简单，事情的走向也很线性，这是很明显的90后年轻作者的想法与思维特点，符合年龄特征。于孔繁卿的年龄实际而言，这点我不认为是不足，而恰恰认为很好。作为90后，他还是不应该过早地失掉纯真与唯美的情怀，这对他今后在文学思想上的真正成熟、情感态度结构的平衡稳固等具有重要意义。

但不管从作家成长的本身还是我们对90后文学整体的希望出

发，孔繁卿已具有的现实感无疑是更为珍贵的。葆有纯真并能在现实中快速成熟起来对于作家个人来说是好事情，对于90后群体，今后也应是方向和要求。

地域文学评论的视域与守望

——西海固文学评论论析

一 西海固文学发生、发展情况

同西部文学在全国开始产生影响的节奏相一致，新时期以来，宁夏文学真正有所发展和建树。张贤亮、昌耀、路遥、陈忠实、贾平凹等西部作家在全国文坛冲击成波时，宁夏文学也在发展、进步。西海固文学正是在这一格局中培育并丰满起来的，从而占据了宁夏文学的半壁江山。

20世纪80年代，改革开放政策的落实，让一批“文化大革命”及前期来到西海固地区的知识青年和右派知识分子焕发了创作青春，西海固地区相继出现了丁文庆、慕岳、袁伯诚、范泰昌、徐兴亚等一大批在宁夏有影响的诗人、评论家，尤其以《六盘山》杂志为核心，形成了一批西海固中青年作家。20世纪90年代中期后，西海固作家群逐渐引起全国文坛的关注，宁夏的钟正平、马吉福、李克强、左侧统等众多研究者也将目光投向这里，相继提出了“西海固文学”“西海固乡土文学”“西海固现代乡土文学”等概念。

对于西海固文学的发生及成长，钟正平在《西海固文学及其释义》一文中有过梳理：“‘西海固文学’源于20世纪80年代初，作为一种‘文学现象’得到区内外文坛认可并受到广泛关注，则是在20世纪90年代中后期。1998年新春伊始，西海固作家的‘摇篮’——《六盘山》杂志正式打出了‘西海固文学’的旗号，提出了‘西海固作家群’的概念，推出了‘西海固同题散文专号’。对此，张贤亮先生著文称‘幸亏宁夏南部山区还有几位作家出来’。6月11日，中国文学界的权威报纸《文学报》头版以《‘西海固文学’正在崛起》为题报道了‘西海固文学现象’；8月，中国作协创研部副主任、著名评论家雷达为《六盘山》杂志题词：‘西海固，神秘的土地，承受过太多的苦难和贫穷，创造过绚烂的历史文明，它必将创造更加美丽而宏伟的文学！’”[①]至此，西海固文学逐步受到宁夏回族自治区内外文学人士的关注，开始具有一定的影响。

西海固文学不是一种思潮，也不是一个流派，而是一种繁茂丰富的文学现象。其形成和发展，不是一个简单的“推出”过程，而是有其必然的历史文化原因。西海固地处陕西、甘肃、宁夏交汇处，是我国历史上重要的交通枢纽、军事重镇，是关中通往河西走廊的“咽喉”要道，是古代丝绸之路的重要组成部分。已经发现的新石器时代墓葬群、秦长城遗址、须弥山石窟、北周柱国大将军夫妇合葬墓等，说明了这块土地承载着深厚的历史文化底蕴，加之历来受到秦文化的影响，民间保留了大量的民俗文化形式，具有一定的文化积淀。近代以来，回族人口的集中又让这片土地增添了伊斯兰文化的内涵。在历史文化深厚的地方，在浓郁、绵长的文化气息的熏陶下，作家的生成和文学的繁荣成为必然。

西海固文学的提出是一件简单的事，得到个别专家的认可也不难，但要真正形成影响和得到广泛认可是需要实践证明的。西海固文学正式提出后至今，西海固本土确实涌现出了一大批优秀的作

---

① 钟正平：《西海固文学及其释义》，钟正平：《文学的触须》，（银川）阳光出版社，2012年版，第9页。

家和诗人，如石舒清、郭文斌、钟正平、牛学智、南台、杨梓、火会亮、武淑莲、火仲舫、马吉福、了一容、马金莲、许艺、李方、李义、穹宇、单永珍、王怀凌、杨建虎、冯雄，等等。据不完全统计，至今已在国家级刊物发表各类文学作品的人数不低于250人。其中，石舒清、郭文斌获得了“鲁迅文学奖”“人民文学奖”“小说选刊奖”，了一容获得了“春天文学奖”；王文清的戏剧小品《人活一口气》《甜甜的日子浓浓的情》等获得了“曹禺戏剧奖”；石舒清的作品还获得了“少数民族文学骏马奖”和“庄重文学奖”等。这种现象对于一个人口较少、曾经的文学荒芜之地的地级市来说，并非一件易事。他们的作品对这片土地曾经的苦难和忧伤做过充分的追忆，对现实困苦的生活做过既诗意又真诚的书写，对生活在这片土地上的人们内心苍凉、真诚守望、乐观精神、负重状态等有过充分的描摹。

西海固文学，作为一个文学概念，不仅仅是指本土的作家创作的文学作品，它更应该是一个开放的概念，外地来的作家写作的相关西海固人文历史地理的文学作品也应在列。这块贫瘠而又多灾多难的土地，曾被联合国官员认为不适宜人类生存。中国有史以来最大的地震就发生在这块土地上。因此，这块土地在外人看来显得不可思议，充满了神秘和恐惧。这块土地上顽强生存着的人们，他们的生活状态、内心世界和情感结构究竟怎么样，是人们普遍感到新奇的，也是一个关于文学关怀的话题。张承志、李敬泽等名家对西海固实地走访后的文学书写，也展示了西海固土地上的另一种文学价值，影响较大的《心灵史》，尤其以巨大的悲怆之情让人们对西海固有了宗教层面的认识与感触，对西海固人的隐忍、顽强、坚贞与酷烈有了理解。

西海固文学至今依旧是宁夏文学的重中之重。在经历了徐兴亚等老一代作家的拓荒，以及石舒清、郭文斌、火会亮等作家的辉煌后，西海固文学力量仍在爆发。宁夏文学的后来者仍然以西海固本土的作家为主，70后的了一容、李义、林一木、许艺、谢瑞、林混、何强，80后的马金莲、刘岳、刘汉斌、王西平、田鑫等，是活跃在宁夏文坛的主力军，他们还在不断地丰富与扩充着西海固文学的内涵与要义。

西海固文学不光有过去，还有未来。如今，西海固文学受到文学界的普遍认可，多所高校的学生选择西海固文学为毕业论文的选题，西海固文学已经成为一个重要的研究课题。1998年4月，宁夏师范学院成立了“西海固文学研究室”，最后升格为“西海固文学研究所”，成为专门以“西海固文学”为研究对象的科研机构。该研究所在推动西海固文学不断丰富进步、克服西海固文学存在的问题、扩大西海固文学的影响等方面发挥了重要作用。2008年，宁夏师范学院建成了一个中央与地方共建基地——西海固文学与地方民俗文化研究基地，共投资54万多元，是目前宁夏专门研究“西海固文学”最具优势的研究基地。

二 西海固文学评论的现状和问题

西海固文学的丰富与发展，必然引起评论者的关注与言说。一直以来，大家对于西海固文学的发展有一个共有的认识，即理论研究的不足与乏力。这是一个显在的事实。西海固本土成长起来的作家多，而评论家少。通过对相关西海固文学与具体作家作品的评论通读后发现，西海固文学评论也并非乏力无为，从现有的评论文章来看，对其进行的分析与评论是较为充分的，对主要作家作品的讨论也是充分到位的。目前，对西海固文学研究最为深入的学者之一是宁夏师范学院的钟正平教授。钟正平教授可以说是西海固文学的发现者、培养者、推动者，对西海固文学的论述最为执着，阐述最为透彻与明白。其次，是作家马吉福。在西海固文学提出之初，作家马吉福的《试论“西海固文学”的形成与发展》等论文，对西海固文学形成的历史原因、存在现状和未来出路都有较为客观、准确、到位的考察论述。再次，是宁夏师范学院的“西海固文学研究所”所长倪万军。他以课题为依托，对西海固文学发生发展的情况有详细的梳理、总结和阐释。其他评论者，如郎伟、孙纪文、武淑莲、李生滨、牛学智、马晓燕、许艺、王佐红、单永珍等人，对西海固文学在不同的文章里也多有论述。他们多重交织的对西海固文学的评论，共同构成了对西海固文学、重点作家作品的全面解读和细致评论。

纵观来看，以上作家对西海固文学的评论主要涉及以下四个方面。

一是对西海固文学形成及兴盛原因探讨。主要阐述固原悠久的历史文化、丰富的民族性、独特的地理风情、特有的生存背景、具体的时代文化条件等。例如，作家马吉福认为：“西海固文学形成的根本因素是不同文化主体同区位意义上的西海固的历史的结合。西海固文学出现的关键因素是西海固文化人的产生和《六盘山》的创刊。”[①]马吉福对西海固文学形成的大的文化背景与具体的文化条件都进行了论述。再如，周庆华在《六盘山文化丛书 · 文学评论卷》（序二）谈道：“张铎、白军胜、钟正平、武淑莲、白草、牛学智、倪万军、王龄松等青年评论家在关注外在文学变化的同时，他们的目光执着地守候在六盘山大地上，与同时代的作家作品同呼吸、共命运，共同打造出在区内外颇有影响的‘西海固文学’和‘西海固作家群’现象，引起了国内文学界的关注。西海固文学的崛起，与这批评论家的鞭策和鼓励是分不开的。”[②]其对文学评论在推动西海固文学的形成与发展方面的作用进行了积极评价。众所周

① 马吉福：《试论“西海固文学”的形成与发展》，周庆华：《六盘山文化丛书 · 文学评论卷》，（银川）宁夏人民出版社，2009 年版，第 2~3 页。

②周庆华：《六盘山文化丛书 · 文学评论卷 · 序二》，（银川）宁夏人民出版社，2009 年版，第 5 页。

知，西海固悠久的历史创造了精神文明，当年红军长征传播了红色文化，伊斯兰文化与佛教文化相互渗透，老少边穷地区的生存苦难增添了特有的精神内涵，这是西海固文学产生并繁荣的文化依据。而外来的受过高等教育的知识青年扎根于西海固，直接推动了西海固文学的萌生与发展，《六盘山》刊物尤其成为了西海固作家成长的“摇篮”，评论家对其的聚焦和研究加速了西海固文学概念的形成和丰富内涵的确立。

二是对西海固作家作品共有的主题进行论析，集中针对苦难生活的描摹，生存精神的诗意化，狂欢的品质，民族生活的独特性，民俗文化形态的保留等方面。钟正平在《生存苦难与精神狂欢》一文中谈道：“迄今为止，很多西海固的人文知识分子都在寻求西海固人的生存之谜，在没有更惊人的发现之前，我宁愿相信苦难中的精神狂欢是一个答案，一个形而上的解释，还有什么比精神狂欢更能熨帖灵魂的呢？”[①] 史佳丽在评论西海固作家郭文斌《大年》的文章《含泪的微笑》一文中说：“《大年》以贫穷为主题，但贫穷并非主角，强大的‘贫穷’被挤压在一隅，被形而上的精神富足消弭在虚空之间，在这个小村，富人、穷人和更穷的人坦然面对，无哀苦、无羞赧。悲悯的学者会说他们对贫穷已经麻木，但谁能否定他们其实在享受生活的‘彻悟’？在这个小村，泪的确存在，但微笑更真实。”[②] 以上两者谈到的都是西海固作家作品中潜在的苦难生活，以及苦难下的精神诗意和狂欢品质，这是西海固人生命力量中很隐秘的一部分，也是支撑生命结构平衡的很重要的一部分，被诸多评论家集中深入地谈到了。另外，武淑莲在《渐行渐远的乡村背影——评火仲舫的长篇小说〈花旦〉》一文中，集中谈到作品中保

① 钟正平：《生存苦难与精神狂欢》，钟正平：《文学的触须》，（银川）阳光出版社，2012 年版，第 77 页。

② 史佳丽：《含泪的微笑》，《作品与争鸣》，2004 年 5 期。

留的西海固汉民族的习俗，“《花旦》里‘大西北民俗宝库’的很多东西，有社火议程、祈雨仪式、花儿歌词，还有那些点高高山、绑花绳、押保状、点灯盏、奠戏台、烧倒主、做道场、办婚礼、送亡灵、洗乌苏里以及贱名、求吉利等诸多民俗活动，都是日常生活模式中的形态。”[①]在这里，有代表性地对民俗文化形态的保留和完整性呈现进行了论述，并给予文学价值方面的充分肯定。相似的民俗在诸多评论家评论郭文斌的《农历》一文时也集中谈到过。西海固作家作品各有风貌，在一些重要主题的表现上是集中的，各有形态和得失，但集中表现反映了作家作品共有的特质和内蕴。文学评论在深入探讨时，自然会谈到这些问题，构成了作品和评论对西海固文学重要主题与意蕴的深刻表现。

三是对作品中西海固方言土语运用效果的论述。西海固文学本质上是一种地域性很强的乡土文学，独具地域文化和乡土气息的方言往往蕴含着丰富的文化意义，具有独特的表达效果。西海固作家在以文学方式反映生活在这片土地上的人们的生活时，运用他们独特的方言土语不可避免，这是一种恰当的选择，精准地表达了人物个性，神奇地传达了人物内心。刘必隆在《火会亮小说创作论》一文中论述火会亮稳健、老道的语言风格时，专门摘取了火会亮作品中运用的方言土语，比如“钻坛，舔盘，下茶，难肠，泼烦，骚情，浪闲，攒劲”等词，认为方言土语的运用使“其小说语言均简洁、洗练，富有质感和表现力”。[②]胡笑梅在《人性家园的孤独守夜人——了一容〈手掬你直到天亮〉评析》一文中，对了一容作品中西北方言、口语的运用进行了详细统计，并就表达效果与普通话进行对比。列举出的口语有：“哪达、大（父亲）、古今（故事）、

---

① 武淑莲：《渐行渐远的乡村背影——评火仲舫的长篇小说〈花旦〉》，武淑莲：《心灵探寻与乡土诗意》，（银川）宁夏人民出版社，2010年版，第212页。

② 刘必隆：《火会亮小说创作论》，周庆华：《六盘山文化丛书·文学评论卷》，（银川）宁夏人民出版社，2009年版，第97页。

死狗、勤骨、烂松、浪、日鬼”等，列举出的谚语俗语有：“顺坡下驴、裤裆里捉虱子、穷庙富和尚”等。并认为，“这些随处可见、来自劳动人民的、口耳相传的谚语和俗语，正如烧菜时添加的那关键的一勺味精，不但使小说读起来有滋有味，充满机智幽默，极富表现力，而且使人物形象立体丰满，使小说情节生动传神，使其作品带有一种浓得化不开的‘西北风味’……”[①]

四是对作家生活环境与作品风格形成的关系进行探讨，主要从作家的成长经历与环境入手，解读作家的审美趣味与作品风貌。王佐红在《马金莲论》一文中谈道：“马金莲是居于乡土的，生于西部农村的回族家庭，决定了她不可能是一个女权主义者。乡土的马金莲目光投向的是乡土的女性，她对乡土女性有着独特的关怀与表现，有着丰沛的情绪去关乎她们的喜怒哀乐与人生酸甜。”[②]就作家作品风貌寻找作家文化成长与生活阅历等方面的深层原因，即独特的地域文化、民族心理、成长背景等。还有多位论者集中谈到西海固作家作品的个性，比如石舒清的温婉深邃，郭文斌的温暖洁净，马金莲的女性诗意，了一容的酷烈流浪，火会亮的乡土现实等。并就这些作家作品特质探究他们相似的地域环境与不同的成长背景，进而论述西海固这片土地上不同的文化形态、文学资源等。

纵观对西海固文学的评论，整体上来讲，入微细致、全面客观，体现出评论者乡土文学的视域和文本细读的方法。但西海固文学评论存在的问题也是明显的。对此，王岩森先生曾有过准确的评论，他在《六盘山文化丛书·文学评论卷》的“序三”里谈道：“西海固文学的评论多是集中在文学作品本身或文学现象本身，鲜有从外在的其他角度研究西海固文学的文章，真正有批评能力的评

---

① 胡笑梅：《人性家园的孤独守夜人——了一容〈手掬你直到天亮〉评析》，周庆华：《六盘山文化丛书·文学评论卷》，（银川）宁夏人民出版社，2009年版，第98页。

② 王佐红：《马金莲论》，《朔方》，2012年第8期。

论家偏少，印象式、感悟式阅读居多，学理的分析偏少。从外在文学环境和文学发展评论西海固文学的偏少，就西海固文学论西海固文学的偏多。正如其特点、成就是鲜明的一样，其缺憾与不足也是明显的，概而言之，其一，缺乏宏观的视野，其二，缺乏理论的开掘。”①王岩森所言对于西海固文学评论的现状是准确的，也是重要的，是西海固文学评论确实存在和需要解决的问题。此外，西海固文学本身所具有的局限被评论家较少论及，比如西海固文学普遍缺乏现代性视域，许多作家没有接受足够的哲学启蒙，作品中封建性的、落后内容颇多；再如，西海固文学普遍缺乏批判意识和思想力量，许多作家没有文化自觉和警惕意识，对某些思想观念和价值取向只是一味地迎合。上述局限较少论及或剖析肤浅，也反映了西海固文学评论始终以构建、发掘、鼓励为主要任务，缺乏纵深感和力量感俱全的批评旨趣。

从西海固文学健康、持久发展的内在需求出发，西海固文学评论的繁荣在吸引外来评论家关注的同时，尤其还需要本土的学者与批评家继续努力，因为外来的评论者往往重在发现西海固所具备的文学气候和文学风景，只是表达一些感叹、赞美和祝福。对西海固文学有深入理解与扎实批评的还是在西海固出生的钟正平、马吉福、武淑莲、倪万军等为数不多的几人。

三 文学评论对西海固文学发展的意义

评论的发展对西海固文学的促进和推动是重要而深刻的，文学评论旨在评价文学作品的优劣得失，指导、修正、批评作家的创作，给读者提供帮助、选择等。一方面推动作家的创作，另一方面

---

① 王岩森：《六盘山文化丛书·文学评论卷：序三》，周庆华：《六盘山文化丛书·文学评论卷》，（银川）宁夏人民出版社，2009年版，第7~8页。

提升了读者的审美素养，消弭语言表达的遮掩和解读障碍。关于西海固文学的评论和具体作家作品的评论，确实起到了重要的作用和意义。

首先，西海固文学评论折射出西海固文学自在的景观。对西海固文学整体的论述和评价，让读者厘清了西海固独特的历史文化、民族心理、生活内容、精神内质，等等，从而也让作家发现了自我写作的背景与定位，明晰了写作目标与思路；让读者理解了西海固作家独特的人文涵养与作品特质形成的原因。对石舒清、郭文斌、马金莲等作家作品的论述，让作家自己发现了写作中不清晰的审美价值、文学资源和存在问题，增添了创作的自信心，理清了创作思路，也让读者明白了其作品的思想成因与价值所在。石舒清曾在与笔者的一次电子邮件通话中谈到，对于作家而言，评论家是一面很好的镜子，作者可以通过这面镜子来打量自己，而这样打量自己的机会是不多的。

其次，西海固文学评论拓展了西海固文学发展的空间。西海固文学评论让西海固文学从浅表的宣传口号成为富有学理深度与内涵的文学概念，概括提炼出西海固文学共有的美学风貌、审美价值，促使西海固作家从自卑到自信、自觉，从视野狭隘到情怀丰富与广博。一般而言，优秀的评论家多是从文学史的角度出发评论当下鲜活的文学创作，文学史的视野决定了他们多数是站在全国的文学现场上发言的。也有一些评论家习惯从文学理论的角度评论作家作品，其聚焦的多也是名家名作。其实，地域性文学的批评与研究也是重要的一部分，一般是本地的部分学者、评论家会对本土的文学现象有关照。地域文学评论在推动地方文学的发展、促成流派和现象的形成、厘清地域文化脉络、超越地域文化局限等方面具有重要的作用。西海固文学还构不成一个流派，但足以形成一种现象，对其进行批评、梳理和研究使西海固文学的内涵逐渐清晰，乡土文学的底色、地域文化展示和民族心理书写等方面的文学价值，以及现实沉重和精神超脱等方面的特点更加鲜明，现代性视域不够，批判性不足等局限也得到指认。宁夏本土尤其是西海固本土的学人评论家在此还应该继续努力。

文学的发展是永无止境的，评论的发展更是如此。文学评论不光从历史中探寻规律，从现实中找到出路，还应该对未来有所构想。西海固文学应该是一个流水不腐的发展的概念，西海固文学评论更具有不断衍生与开拓创新的空间，其普遍具有的现代文学、乡土文学的批评视域已较为恰当地评论了西海固文学。然而，两者之间相依相生的共存与发展是西海固文学健康持续发展的需要，也是西海固文学评论有所作为的条件和执着守望的未来。

寂静的芬芳与自赏

——新时期宁夏女作家文学评论论析

宁夏女性文学发生、发展情况

中国的新文学是伴随着五四新文化运动的酝酿、发端、发展一路兴起并繁盛起来的，女性解放运动在中国的推动，使得中国妇女的自我主体意识觉醒，妇女地位提高，这样大的时代文化背景下，女性文学的自觉、发生和发展就具有了条件，也成了必然。中国现当代文学中，女性文学的思想魅力、语言才华、情感品质，为中国新文学发展贡献出了非常重要的力量。冰心、庐隐、凌淑华、萧红、张爱玲、丁玲、苏青、林徽因等现代女作家，以她们柔美的情怀、丰富的内心、创新的能力为现代文学增添了多彩、丰富与生动，展示出了革命文学侧翼的中国文学安静与柔软的另一种力量。

中国当代文学是在新时期获得又一次发展的春天的，新时期文学中，女性文学为当代文学贡献出了独特的审美内涵、文学形象和精神品质。铁凝、陈染、林白、王安忆、毕淑敏、方方、三毛等当代女作家，用精品力作证明了她们的文学存在与价值。宁夏文学是在新时期以来成长并成熟起来的，这其中取得突出成绩的是男性作家，女性作家的成绩相对较小。但这并不是说宁夏女作家的创作乏善可陈，详细地整理会发现，宁夏女作家也有自己耕耘的收获和取得的成绩，从作家数量、作品数量和质量上都不可小觑。颇有影响的就有王湛、张冀雪、于秀兰、吴音、吴善珍、冯剑华、余光慧、哈若蕙、李凝祥、丁朝君、艾琳、马丽华、韩银梅、平原、阿舍、马金丽、曹海英、吟玲、马金莲、许艺、马晓雁、李敏，等等。她们虽年龄不同，出身不同，人生的阅历不同，但共同的女性意识的存在，对生活的感悟和发现，母性美的体现，对女性地位、命运的关注等特点在其文学作品中清晰而鲜明，为西北宁夏文学的硬朗、粗粝和旷达的整体风格填充了温柔和细腻。

"宁夏女性文学"，用这样一个概念，表明她们的文学创作是属于宁夏文学的一部分，更属于女性文学的这个大范围。女性文学的发生和发展，与政治、教育、伦理道德、思想文化、经济发展等带来的观念变革有极大的关系，归根结底源于社会历史的进步、妇女解放和人性复归的程度。从世界妇女文学的总体格局来看，相当多的国家是与上升状态的资本主义因素联系在一起的，尤其是充分发展的女权运动，作为其后盾力量，使妇女获得了自由、独立人格、自身价值。与西方妇女相比，中国妇女解放是社会主义革命而不是女权运动的结果；中国妇女的社会解放是通过立法在政治上实现的。但中国的封建社会太长，"男尊女卑"的观念深入文化心理，很难一时间转变，所以与西方的女性相比，中国的女性尚没有完全克服自卑感、依附心理与弱者意识。改革开放以后，国门洞开，西方的文化思潮潮水般涌入，一定程度上推动了中国"女性意识"的加速发育和成长。宁夏属于中国的偏僻之地，但也很受这种大潮的冲击，从宁夏女作家的作品来看，她们逐步地具有了一定的"女性意识"，她们意识到自己是一个作家的时候更意识到自己是一个女人，她们几乎是不约而同地把笔触伸向了自己熟知的同性，展示她们对人生的体验、感悟，对生活的思考发现，对社会的理想与理解。

新时期来，宁夏女作家的创作呈现出繁荣的态势，据不完全统计，出版的作品集主要有吴音的散文集《真诚的言说》，冯剑华的散文集《冯剑华散文选》，李凝祥的散文集《爱是阳光》，吴善珍的小说集《粉红漆》，哈若蕙的文集《一片冰心》，余光慧的报告文学集《强者的纪年》《创造平等》，马青的小说集《插队的故事》、散文集《北方的心》，于秀兰的散文集《兰亭心语》、小说集《流逝》，艾琳的长篇小说《金色指甲》《爱伊河畔》，丁朝君的评论集《当代宁夏作家论》，陈晓燕的诗集《西部的太阳》，唐羽萱的诗集《梦中的红嫁衣》、长篇小说《金羊毛》，平原的小说集《镜子里面的舞蹈》，曹海英的小说集《左右左》，阿舍的长篇小说《乌孙》，马金莲的小说集《父亲的雪》《碎媳妇》，武淑莲的散文集《真水无香》，马晓燕散文集《深寒》，邹慧萍的散文集《行走的阳光》等。

以上出版的作品虽质量不整齐划一，但题材广泛，品类全面，数量不少，影响也不小，体现出了宁夏女作家的辛勤耕耘和结出的丰硕的果实。其作品在女性意识的展现、女性命运的关怀、女性美的表现、女性话题的聚焦等方面展示了文学的力量和才情，丰富了新时期的宁夏文学和中国女性文学的审美资源和文学形象。

宁夏女性文学评论情况

宁夏女性文学评论是伴随着宁夏女性文学创作的，为推动宁夏女性作家创作，促进宁夏女性文学繁荣贡献了力量。关注宁夏文学发展的评论家们，在评论宁夏文学的时候，自然地不能避免地要评论到宁夏女作家的作品，这其中，女性评论家对女性文学的评论文章居多，丁朝君、冯剑华、哈若蕙、马晓燕等女评论家，多篇文章评论宁夏女作家的创作。其中哈若蕙的《一枝红杏出墙来——宁夏新时期十年女性文学浅议》等论文影响较大。

宁夏女性文学评论主要集中地关注这样几个问题。

一是关注女性对婚姻爱情的独特感受与表现。丁朝君在评论吴善珍的小说《辉地》时谈道："《辉地》很耐人寻味。这是一篇内心独白式的心理小说。这篇小说打动我们的并不是小说本身，而是小说将一个婚姻失败的女人所遭受的心灵磨难，细腻而真切地铺陈在读者面前。"[①]关注的是女性在婚姻中的地位和对婚姻的依赖与接受后的心灵磨难。刘昭、刘璐在评论曹海英小说集《左右左》时谈道："与其说主人公接受不了同床异梦，不如说她接受不了离背了她预设的想象的婚姻，这种落差使她心怀恼恨，虚无缥缈的幸福感终于在坚硬的现实面前脆弱崩颓。"[②]也关注女性对婚姻的理解与婚姻对女性命运的深刻影响。

二是对女性作家作品里表现出的女性意识、女性视角的重视和关注。马晓雁在《论马金莲小说中的女性意识》一文中谈道："因为女性作家的身份，马金莲的创作表现出了显著的女性关照意识。"[③]王佐红在《马金莲论》里谈道："女性视角是马金莲写作的基本视角，马金莲的小说中，女性都对自己的身份高度认同，自觉地接受了乡土文明或者民族文明中对女性的规约，按照习俗限定的范围生活，这本来是乡土文学表现中一直被普遍忽略的部分，马金莲让她们在自己的笔下成为了绝对的主角，是具有重要的文化意义的。"[④]二者都敏锐地察觉到了女性意识在马金莲小说中的显著存在

① 丁朝君：《歌舞团的俊男靓女们——读吴善珍的小说》，《当代宁夏作家论》，宁夏人民出版社，2007年11月第1版，第16~17页。

② 刘昭、刘璐：《心似双丝网，中有千千结——浅议短篇小说集〈左右左〉中女性生存境遇的悖论》；孙纪文主编：《当代穆斯林作家作品评析》，黄河出版传媒集团宁夏人民出版社，2012年11月第1版，第241页。

③ 马晓雁：《论马金莲小说中的女性意识》，尹文博主编，《文学西海固》，黄河出版传媒集团宁夏人民教育出版社，2011年12月第1版，第273页。

④ 王佐红：《马金莲论》，孙纪文主编：《当代穆斯林作家作品评析》，黄河出版传媒集团宁夏人民出版社，2012年11月第1版，第192~193页。

和积极力量。哈若蕙在《一枝红杏出墙来——宁夏新时期十年女性文学浅议》一文最后深情地谈道：“我们殷切地寄希望于宁夏女作家们，以更加自觉的女性意识和文学的觉醒，进一步开拓文学的表现领域。”①丁朝君在谈平原的创作时谈道：“平原的文学创作是的的确确的女性文学，她的小说几乎每一篇的主人公都是女性。”②丁朝君在谈韩银梅的创作时谈道：“无论写什么，她总是以一个女子的目光和价值尺度去审视生活，去评判生活。”③两位女性评论家以更加自觉的女性意识看到了女作家们自在的女性意识、女性视角，对她们的下一步创作也寄希望于在女性意识方面有更重要的文学表现和进步。

三是对女性知识分子、现代女性出路的问题的思索与关注。丁朝君在《好一片女儿家的情愫——评艾琳的文学创作》中评艾琳的长篇小说《金色指甲》时谈道：“对当下商品社会、世相人生和欲海浮沉中女性知识分子命运的描写是这本书的主题。”④对女性知识分子这样一个相对边缘的群体进行文学的关注和探讨。刘昭、刘璐在评论曹海英小说集《左右左》时谈道：“或许作家和女子一样，她们也实在不知道现代女性独立意义的出路到底在哪里？”⑤看到了作家在作品中对现代女性独立的精神出路的探寻与思考。

---

① 哈若蕙：《一枝红杏出墙来——宁夏新时期十年文学浅议》，《一片冰心》，中央编译出版社，2010 年 5 月第 1 版，第 152 页。

② 丁朝君：《女性世界的多层韵味——回族作家平原小说论》，《当代宁夏作家论》，宁夏人民出版社，2007 年 11 月第 1 版，第 88 页。

③ 丁朝君：《走出宁夏——韩银梅小说论》，《当代宁夏作家论》，宁夏人民出版社，2007 年 11 月第 1 版，第 78 页。

④ 丁朝君：《好一片女儿家的情愫——评艾琳的文学创作》，《当代宁夏作家论》，宁夏人民出版社，2007 年 11 月第 1 版，第 53 页。

⑤ 刘昭、刘璐：《心似双丝网，中有千千结——浅议短篇小说集〈左右左〉中女性生存境遇的悖论》，孙纪文主编：《当代穆斯林作家作品评析》，黄河出版传媒集团宁夏人民出版社，2012 年 11 月第 1 版，第 243 页。

四是对妇女问题的思考与关注。丁朝君在《如诗如歌的女性文学画卷——回族作家于秀兰作品论》中谈道："回族作家于秀兰对妇女问题的思考严峻而深沉，既有对阻碍妇女解放的社会因素的犀利批判，又有对妇女自身品格、修养、气质的厚望；既有情绪的抒发又有哲理的思辨，令读者在阅读中情不自禁地沉吟良久，从中得到启迪。"[①]关注到妇女问题这样的一个世界性的、历史性的大的社会问题在宁夏女作家笔下的文学表现和具体呈现。

五是对女性母性美的发现。丁朝君在《理想主义的唯美追求者——回族作家哈若蕙其文其人》中谈道："当儿子会写日记了，为了所记有内容，想方设法'制造'事情，'添乱'地帮妈妈做家务，哈若蕙以母亲的惊喜心情写下了儿子无邪的童真和执着，慈母之心令人感动。"[②]母性美，是女性独特的美，也是最高贵的美，理应由女性作家进行阐释和表达，宁夏评论家对女性文学美的发现与关注，自然不能少了对母性美的发现与赞誉。

宁夏女性文学评论分析与评价

宁夏的文学在新时期以来取得了重要的进步和收获，相对于宁夏人才辈出的作家群体，宁夏本土兴起的评论家数量偏少，自然对宁夏文学的评论研究用力就不会太多。对宁夏女作家的关注也会表现出一定的疏淡。纵览宁夏相关女作家的评论会发现，在取得初步成绩的同时，存在的问题也很明显，比如：印象式的漫评偏多，学理性的分析不够；个别作家个别作品的评论偏多，综合联系的评论研究不够；注重审美批评的居多，偏重思想批评的较少；女性评论

① 丁朝君：《如诗如歌的女性文学画卷——回族作家于秀兰作品论》，《当代宁夏作家论》，宁夏人民出版社，2007年11月第1版，第49页。

② 丁朝君：《理想主义的唯美追求者——回族作家哈若蕙其文其人》，《当代宁夏作家论》，宁夏人民出版社，2007年11月第1版，第38页。

家关注女性文学的居多，男性评论家关注女性创作的不多。再者，对宁夏女性文学的集中批评不多，只有丁朝君有意识地集中批评，但感悟式的漫评居多，理论的分析与开掘不多，缺少史的参考背景、理论参考的框架与文本细读的感发。当然，这种原因的形成，与宁夏文学整体发展的阶段有关，与女性文学在当代文学的地位有关，与宁夏女性文学的具体成绩有关。

但宁夏的女性文学评论对宁夏文学创作作出的贡献、影响是明显的。

一是凸显了宁夏女性创作的存在和意义。宁夏女性文学评论的存在，让人们集中地发现了宁夏女性文学的存在和展示出的片片风景，引发了人们关注的热情和阅读的兴趣，一定范围内展开了以宁夏女性文学为话题的讨论，对于推动宁夏文学发展、丰富、延伸具有明显的意义。

二是厘清了宁夏女性文学的发展脉络。宁夏女性文学自在的发展局面和发展程度，在宁夏女性文学评论的专门梳理下，有了清晰的显现、集中的关联和独立的面貌，展示了宁夏女性写作的从无到有，从有到众，逐步进步的过程，是读者理解宁夏女性文学发展实际，进而理解作家作品的钥匙之一。

三是拓展了宁夏女性文学的内涵和外延。宁夏女性文学的相关评论，确立并丰富了“宁夏女性文学”的概念，用女性意识、女性视角、女性体验等扩充了其内涵，并用不断的其余阐释延伸其外延，使得宁夏女性文学具有了实质的内涵和其为宁夏女性文学的应有之义。

四是超越了宁夏女性文学的局限。宁夏女性文学的实际存在，在体现成绩的时候也体现了局限。宁夏女性文学的相关评论一方面指出了这种局限的存在，局限的地方，也就突破的渠道和发展的方向做出了分析和指明。

宁夏女性文学评论的发展程度，一定意义上，取决于宁夏女性文学创作的发展状况。评论或者说批评是必要的，这是无可否认的，因为没有批评，文学很难进步，当然，没有文学，就谈不上批评。[1]所以，足够繁荣的创作必然伴以足够繁荣的评论，反过来，足够兴盛的评论，必然推动创作的进一步发展和兴盛。二者相依相生，这是创作与评论的关系，其实也是作家与评论家的关系。就目前而言，宁夏女性文学呈现出寂静、散淡的芬芳之态，宁夏女性文学的评论可以说还是以颇有孤影自怜意味的自赏为主，离真正的发展、深入、贯通有一定的距离，这是宁夏女性文学发展需要逐步摆脱的局面。

① 李咏吟：《文学批评学》，浙江大学出版社，2010年7月第1版，第9页。

周围，文学的时代要求及存在

现实主义文学时代

2011年12月11日，在宁夏石嘴山市举办的每年一次的文学交流会上，宁夏评论家牛学智、赵炳鑫与我到会一起与石嘴山市的作家学习交流。会上，大家不约而同地迫切地谈到同一个问题，即如何认识当下这个时代，以及该时代最应该出现什么样的文学作品。牛学智、赵炳鑫对这个时代有一个基本的判断：消费主义时代，浅阅读的时代。时年9月，二位在《文艺报》上有一个由赵炳鑫新著《哲学深处的漫步》引发的谈话，题为《“浅阅读”时代的文学何为》，谈话中二者对消费时代消费性的浅阅读保持了充分的警惕，阐释了深阅读对于人生与现实重要的意义。提出“浅阅读”问题已经不是新鲜事了，二者是想从哲学的角度建构起作家深阅读的意义。谈话中最后提到了作家应该如何看待自己的问题，认为作家是公共知识分子中的一员，必须要具备公共知识分子所具备的忧患意识、责任意识、担当意识。对此我也有相近的认识，在石嘴山谈到这个问题，我想大家基本上都是有针对性地对存在于我们周围的宁夏文学整体在谈。宁夏作家多数人沿袭着经验写作的路子，大多数在写着记忆的年代和故事，缺乏把握现实时代的能力，缺乏从文化角度反思现实的深度、能力和水平，或者是勇气。好的作家应该超越他的时代，而我们周围许多的作家，还无法与时代同步。这当然与宁夏的内陆区域、民族地区等都有关，决定了大多数作家不是批判者反思者，而是继承者与发现者。

不容置疑，宁夏作家在经验写作上取得的成绩是可喜的，也是不用再重复多说的。但宁夏作家的批判意识不足，知识分子意识缺乏与现代性不够的问题近年来也引起一些严肃自省的评论家与作家的思考。现代性其实是一个已经过去了的话题，但在宁夏还姗姗来迟。会上，石嘴山市的作家普遍对西海固作家的成绩表示赞叹，对于自己的创作有许多疑惑。对此我谈到，西海固作家的成绩是有目共睹的，已经经过了充分的阐释。但宁夏文学的当下及未来不独属于西海固，因为当下的时代，是个矛盾突出、价值混乱、观念冲突剧烈、天然的人性受到伤害很大的时代，我认为是一个出现好的现实主义作品的时代，而宁夏如果要出现好的现实主义的作品的话，不一定会出现在西海固，很可能是会在银川或石嘴山这样的地方。西海固是一个历来受中原文化影响颇深的地方，近代以来回族人口的集中又增加了浓郁的穆斯林文化，乡土的文明形态还比较完整，或说顽固。有文化文明是好事情，继承起来非常容易，也容易出成绩，石舒清、郭文斌、火会亮、了一容、马金莲等正是因为地域文化与民族心理的书写而获得了成功。但文化根基深厚同时会带来另一个问题，就是突破起来非常难，不容易站在时代的高处解构时代。这从西海固许多后续作家作品的类同性与继承性中能得出答案。

现代文学有一个好的传统就是现实性，这是一个文学史上很明确的问题，大家都熟悉，我不多谈。好的作家应该超越他的时代，而超越时代必然要深刻地融入现实时代，对当下有独特到位的发现与表现。我认为好的作家应该站在历史上写作，站在历史上就是站在了现实时代上。我认为作家应该研读历史，文史哲不分家，站在历史上，作家才能真正打量并认识自己所处的时代，从而发现什么样的写作是重要的，什么是被遮蔽而也重要的，什么是缺乏发现的，什么是紧迫的，超越从此才有可能。当然站在历史上是很有难度的，因为能站在历史上，那你就是站在前人包括大师的肩膀上，站在成绩上。从历史传统上看，好的现实主义的大作都出现在社会矛盾突出、价值混乱、观念冲突剧烈的时代。所以从中国传统文化文学存在、现代文学历史到今天的社会现实、思想境遇与文化遭际出发，我认为这还是一个出现现实主义好作品的时代。

文化选择与时代高度

一个时代里，其文化形态肯定会是多层次存在的，但好的作家应该站在文化思想发展的最高处。我发现当下仍然有一些学者作家在文化选择上有问题，比如热衷于表现传统文化中属于落后部分的利己、粉饰太平、消极、保守、虚伪的那一些。这就又需回到历史——“五四”时代，精英知识分子群体对此有一个共识：即“五四”的启蒙是失败的，启蒙没多久，革命就压到了一切。所以中国人今天文化上的封建性还很严重，但作为文化分子的作家，在文化选择上具有封建性，那很不应该，我们不能仅仅需要文学的审美功能，还需要文学鲜活的思想功能、文化功能。

作家作为知识分子的部分，应该认识到，中国的封建社会虽然结束了，但封建性至今犹在，在一些领域和人群中非常严重。所以，今时代之作家，还应该有启蒙的责任，在面对传统文化时应该选择性表现。我曾在一个公开场合谈这个问题，有人曾反驳我说，看看日本和韩国，人家也吸收了我们老祖宗的东西，一直延续下来，素质明显和我们不一样。但我要问，日本和韩国吸收了哪些西方先进文明的内容，你们知道吗，而且，就传统文化来说，他们吸收的是哪些东西，难道是封建性吗。所以，从此意义上说，我说真正的好的作家是非常孤独的。普通大众的认识水平非常局限，辨别能力很弱，对他们最有益的民主、平等、法治、人文关怀思想往往受到的是他们的排斥和诋毁。比如，如果有一位学生谩骂了老师，马上就有相当多的人认为是新的教育方式的问题，言如果是古代，大家都学《弟子规》，会有学生打老师吗，听起来也有一定的道理。但这是根本的道理吗？新的文化思想和教育要求号召学生打老师了吗？没有，恰恰，要求的是师生平等、尊重、和谐、呼应，它带给孩子思想心灵解放的意义有多大，这些人意识不到，而对之学习的不够所留下的点滴问题，他们还会怪罪到新文化新思想的头上。

当下，中国真正称得上国学家的人不多，别有用心的人或迷蒙不清的人一谈弘扬国学，优秀的部分所谈不多，专挑那些维护自己利益的内容。“五四”也是我们的传统，为什么就少有人谈继承呢？而且一些人在谈弘扬的时候，多是要把祖先的东西原本地端出，难道选择与创新不是必要的吗？老祖先的东西确实能指导我们今天的一切？老祖先能知道地球村与核威胁？能知道经济危机与“蝴蝶效应”？所以我们要树立文化自信，但这种自信要来源于在继承弘扬中不断的革新创造上，而不是一味地沉醉于偏狭的历史“自足”中。

所以，一个伟大的作家应该是非常孤独的，有时候是要和大众为敌的。我认为，一个好的作家，对任何思想、价值等等都应该持有怀疑和担忧，可以有倾向，但不该是全面的认同。作家认识社会问题，应该更深入，不要停留在普通网民的水平。现在的网民看到城管与小贩争执，就讨伐城管，看到拆迁，就支持拆迁户。这是一种简单的情绪化的理解，小贩和拆迁户就代表真理吗？远远不是，真理不可能掌握在这些人手中，当然也未必就掌握在城管和拆迁者的手中，我的认为是，真理不可能在底层。作家奈保尔曾说过，我憎恶压迫，惧怕被压迫者。我也认为，等到有一天他们成了城管和执法者，会更快地摧毁这个社会。

作家，作为人类灵魂产品的制造者，保持自我思想意识深处的警惕、担忧、求索、否定与突破是非常必要的，应努力站在时代的最高处、最深处，为时代作证，为时代把脉，推动时代前进向新。

存在与可能

周围的宁夏作家在经验写作取得成绩的同时，贴近时代的写作也有光彩，只是并不占成绩的主流。这方面的作品有一些，我不可能全部论及，本文只结合自己最近编辑过的几部略谈，陈勇的《养女》，张学东的《遥望白银湖》，张玉秋的《办公室的故事》。《养女》是近年来宁夏文学中很能关涉时代的一部作品，也是这几年宁夏文学里面很有力量感的一部长篇，作品有撞击现实的力量，深刻揭示了金钱对人性的戕害，官交易和权力对人性的伤害，权钱结合在一起对人性及家庭伦理的破坏，是一部很有现实背景的作品。它的力量感则来源于作品中压倒这种权钱的人性美善忠孝的力量。“我”虽是父亲的养女，但所受到的养父的宠爱和呵护却远远胜于他的亲生儿子；买“我”的公公虽然做了大错事，但他忏悔的姿态和对“我”付出一切甚至生命的爱护又让我不能不感动；大哥虽抛弃了大姐，但他对父亲的忠孝又罕有其匹。他们美好的品格照亮了他们简陋的人生现实。他们的情义比一般人重，比一般人深。书中那种现实伤害和从现实而出大于现实伤害的人情的力量给人的感觉着实让人感动。

《遥望白银湖》不是张学东最好的长篇，它的内容感觉是一个中篇的容量，含量不是很大，但作品触及了时代变迁、政策变化对塞北江南土地上人的现实生活与精神生活的多重影响。常河由穷变富了，熟谙了很多社会规则与暴力形式，但念念不忘旧情；云秀、云朵的命运随着白银湖的几番变迁不断变化着，承受着此时代女性无法避免的伤害、困苦，也有抚慰。在时代潮流的裹挟下，她们的生存际遇与其说是主动选择，不如说她们在默默地顺应潮流。他们的命运，深深地与时代纠缠在一起。

在文学面前，人的生活没有高下之分，最穷的人可以抵达文学，最富的人也可以抵达文学，最穷的人也是文学书写的对象，最富的人也是。所以，每个作家其实都应该尊重自己现实的当下生活，没有必要追着大的事件和题材走，也不该常停留在记忆里。因为自己当下的生活就是独一无二的。李娟的《阿勒泰的角落》，写了自己在新疆人迹稀少的土地上与牧民日常做生意的琐事，刘亮程的《一个人的村庄》，写一个村庄里最平凡的事情和物件，张联的《傍晚集》，所有诗在写一个村子的傍晚，写村子里的云、孩子、夕阳、月亮，但都很成功，别人永远无法复制。因为别人没有那种生活，或许见过那种生活，但他没有那么深的体验。《办公室的故事》整本书在写办公室，这很多作家怕完不成，给我一篇文章就打发掉了。但他写出来了，为什么，说明作家把自己的生活真当回事了，看得很重要，很尊重，很仔细的去发现它，他没有去表现那些大的事件和主题。作者做过秘书，他熟悉办公室那种生活、逻辑和故事。他也确实写出了办公室里一般工作人员生活里压抑形态下表现出的另一种的轻松、有趣、诙谐，这是些当下文学作品里表现的并不多的小人物。前一时间，官场小说很火爆，但写到的都是领导，《省委书记》《组织部长》《秘书长》什么的居多，很少人写到了小干事。所以作家尊重了自己的生活后，如果再善于发现与展示，肯定会取得一定的收获。文学的价值和意义是多方面，一方面成功了，其他方面没有糟粕的东西，已应无愧。当然《办公室的故事》在塑造人物上还是有些单薄，人物形象可阐释的内容偏少。

《养女》《遥望白银湖》《办公室里的故事》等，这样的现实主义的作品，虽不能说是时代最高处的作品，也并不具文化启蒙意义上的价值，但都与时代脉搏有紧密的关联，深深关涉当下人生实际与困惑，作品中有人的价值与存在的困惑与诉求，寻求的是人的灵魂的突围与新的栖居，而不是普遍地安放在记忆里，表明了作家对时代的文学内容和自己持续的写作不断地有反观、思考及主动跟进。这让我们看到，宁夏作家在除过经验写作、地域民族文化写作之外，也可以在时代性上有所表现，写出独属于当下这个时代或超越这个时代的作品。

批评的融合与真诚

——郭文斌小说评论论析

孙纪文 王佐红

郭文斌的小说曾获鲁迅文学奖，是近年来受到全国范围内关注的宁夏作家，其创作风貌渐进成熟，相对固定，已形成独特的个性特征。评论者对他创作的小说给予多方面的关注，尤其是对小说集《大年》、长篇小说《农历》、短篇小说《吉祥如意》《水随天去》《陪木子李到平凉》等予以格外的批评青睐。批评内容关涉到小说的思想旨趣、艺术手法、叙事策略、审美价值等多个层面，在多元对话中开拓了批评的空间。诸多评论较深刻地触及到郭文斌小说存在的价值、文学意义、创作纬度的指向等理论深度问题，为阐释郭文斌小说提供了学术路径。这些评论或属于内部批评，或属于外部批评，或兼而有之，从而形成融合的批评态势。

一、多元阐释和三个聚焦

郭文斌小说自在和潜在的言说空间带给批评者广阔的批评视阈。举凡郭文斌小说性描写的独特视角；作品对苦难、乡土情怀的审美处理；对“文革”往事的追忆；叙事艺术的诗意化；传统文化及审美意蕴的领悟表达；对人类精神困惑的诗意探求；小说蕴涵的消解现代性等等，都曾是批评者津津乐道的批评话题。并有论者对郭文斌小说童年视角的运用、语言的诗意化追求等艺术手法做了较为详尽的论述，从而构成多元阐释的批评话语。

熊修雨对郭文斌小说中较为成功的性描写有充分的肯定，他在《如何看待郭文斌小说中的性》一文中认为：“《雨水》《快乐的指头》体现了非常出众的艺术表现力，它们写性就能让人认识到性的美与合理，并且在阅读的过程中，伴随着作者的文字，体会到性感和性的快乐。”[①]史佳丽、赵宏兴等评论者更多地阐释郭文斌小说对苦难的诗意化表现问题，如史佳丽在《含泪的微笑》一文中就《大年》说：“小说以贫穷为主题，但贫穷并非主角，强大的‘贫穷’被挤压在一隅，被形而上的精神富足消弭在虚空之间，在这个小村，富人（预备下较多的核桃）、穷人（给孩子分有限的几颗核桃）和更穷的人（一颗核桃也没有）坦然面对，无哀苦、无羞赧。悲悯的学者会说他们对贫穷已经麻木，但谁能否定他们其实在享受生活的‘彻悟’？在这个小村，泪的确存在，但微笑更真实。”[②]李兴阳、李社教较多地关注郭文斌小说中“道”与“禅”的文化追求以及对人类心灵精神之路的启迪意义。李兴阳针对郭文斌的小说《水随天去》曾发表争鸣文章，他在《生命真意与人间真情》一文中说：“在‘父亲’的生命哲学与人生观念中，以道家思想为底蕴的对生命真意的执意追问和以儒家思想为底蕴的对人间真情的珍重与眷恋，显然是其基本构架的两个方面。这两个方面有时是可以互补的，但在更多的时候充满了无法弥合的抵牾。”[③]李社教在《生命的自适与对他者的关爱》一文中曾评论郭文斌的小说：“在高度物化的时代，在人们‘忘我’地追名逐利而对生命的异化失去自觉的

① 熊修雨：《如何看待郭文斌小说中的性》，《小说评论》，2005 年第 1 期。

② 史佳丽：《含泪的微笑》，《作品与争鸣》，2004 年第 5 期。

③ 李兴阳：《生命真意与人间真情》，《作品与争鸣》，2005 年第 11 期。

时候，吁求关注生命存在的真实意义，倡扬生命的自由和精神的逍遥，是有其现实意义的。”①还有评论者如王清淮关注到了郭文斌对“文革”的反思态度。他在《画外人》一文中说：“《大年》的细节当然真实可信，只是作者对这些事情的感受发生了位移，从前那些忧虑现在模糊了，不再痛切，更进一步，他追忆那一段似水流年，甚至觉察到一些温馨的愉快。病痛痊愈，病者只记得那场病的名目，至于病痛本身，大多记不起来了。”②而更多的批评者则更多地阐释了郭文斌小说对西部落后乡村人群独有的生存精神的诗意探照与质朴表达，如李生滨在《乡土抒写的另一种审美传统》中谈道：“他的小说和散文具有非常明显的地域色彩，与其他西海固乡土作家的作品一样，西海固生活的苦难气息扑面而来，但他并不以此来直接呈现苦难的生存情景及其对人性的压抑和扭曲，而是触摸生活深层的温热与真实，抒写人性的淳朴和可贵，从容和坚韧，在生活的困顿里发现温情和诗意，在物质的贫乏中发现精神的富足，用深挚的情感和诗意的语言营造小说和散文的审美境界。”③徐安辉在《人性本真的诗意描写和审美观照》一文中说：“他的乡土题材小说，以诗意的感动情怀，把汉语普通话和纯熟而贴切的乡土语言有机地结合，质朴、精炼、新奇，达意细腻而具内蕴……”④这些评论充分利用历史经验和文学经验，以小说所蕴涵的旨趣为基点，从不同层面阐发了郭文斌小说所具有的文学韵味。

短篇小说《吉祥如意》获鲁迅文学奖后，郭文斌的小说逐渐受到全国范围内评论界的关注，李建军、吴义勤、贺绍俊、白烨、汪政、谢有顺等评论家各有论题，各有所论。批评阐释的视角更为多

---

① 李社教:《生命的自适与对他者的关爱》,《作品与争鸣》, 2005 年第 11 期。
②王清淮 :《画外人》,《作品与争鸣》, 2004 年第 5 期。
③李生滨 :《乡土抒写的另一种审美传统》,《黄河文学》, 2007 年第 11 期。
④ 徐安辉:《人性本真的诗意描写和审美观照》,《名作欣赏》, 2007 年第 9 期。

样，言说方式也更为灵活，主要涉及了郭文斌小说叙事艺术的诗意化、叙事儿童视角、小说与民俗文化的完整性呈现等问题。如李建军在《从混沌的理念到澄明的诗境》一文中谈道：“在我看来，郭文斌的‘诗意化叙事’特点有三：一曰美好的祝福感，二曰诗意的抒情性，三曰优雅的反讽性。”[①]“虽然郭文斌也注意在文体形式上营造诗意的效果，但是，他的作品的诗意和感染力，却还是更多地来自于孩子们的心情态度，来自于小说所表达的充满道德意味的主题内容。”[②]范晓棠、吴义勤在《诗性而唯美的“经验”》一文中说：“《吉祥如意》用散文化的抒情笔调将端午节采艾这个古朴的民俗叙写得绵密而温润，营造出一片祥和的诗意氛围。”[③]“《大年》《吉祥如意》等小说虽也涉及了‘苦难’与生活的疼痛，但是在表层的故事与人生背后，郭文斌把握到了诗性的‘核心’。”[④]汪政在《乡村教育诗与慢的艺术》一文中谈道：“说郭文斌的写作是一种几近纯美的劳动，就是因为他不但是一种描写的小说修辞学，而且是一种焕发出文字的全部潜能的小说修辞学，它使小说成为散文，成为诗，成为东方文字诗学的体现。”[⑤]贺绍俊在《在天高云淡的意境里阅读郭文斌》一文中谈道：“也许用‘天高云淡’这句诗来概括郭文斌小说的精神追求和风格特点是再贴切不过的了。天高云淡中，一切都是那么澄明，一切都是那么干净。”[⑥]这些批评或立足《吉祥如意》等名篇的冲淡意境而立论，或针对郭文斌多部作品的语言风格、叙事技巧、乡土情怀而立论，在多维批评空间里闪烁着理论文字的火花。于此，有三个批评模式的聚焦点最为鲜明：一是审美批评，二是思想旨趣批评，三是叙事艺术的阐发。

①② 李建军：《从混沌的理念到澄明的诗境》，《黄河文学》，2008 年第 11 期。

③④ 范晓棠、吴义勤：《诗性而唯美的“经验”》，《当代文坛》，2008 年第 3 期。

⑤ 汪政：《乡村教育诗与慢的艺术》，《南京师范大学文学院学报》，2008 年第 4 期。

⑥ 贺绍俊：《在天高云淡的意境里阅读郭文斌》，《当代文坛》，2008 年第 3 期。

审美批评着眼于文学作品美的构成及其审美价值，着重强调作品的愉悦和移情效果。诸如评论郭文斌小说的意境之美，郭文斌小说冲淡之美与废名、汪曾祺小说清淡和谐之美的比较，郭文斌小说脱离世俗的喧哗而精心营造清新艺术世界等等，都属于审美批评。《吉祥如意》的获奖评语可谓知音：“优美隽永的笔调描述乡村的优美隽永，净化着我们日益浮躁不安的心灵。”[①]

思想旨趣批评着眼于作品思想内容的丰富意蕴而下笔，着重探询作品深层结构中所拥有的思想深度和人生的生存意义。诸如评论郭文斌小说的人性本真诉求、郭文斌小说有一种生存精神的探照感、郭文斌小说具有精神狂欢的趣味、郭文斌小说的历史沧桑深度、郭文斌小说的美善统一与和谐安详等等，都承载着思想旨趣批评的力度。如同钟正平所说，郭文斌小说、散文和诗歌创作中，“都渗透着对青春生命，对黄土地上的生存图景，对人的精神世界和生命意义的现代思考”[②]。

叙事艺术的阐发着重从叙事学的角度，探究叙事情境、叙述声音所带来的叙述效果和艺术品位。如评论郭文斌小说儿童视角的艺术魅力、叙事与“慢的艺术”、小说叙事的空灵感、小说叙事与古代小说伸缩有度笔法的关系等等，都可视为是叙事艺术阐发的成果。有论者说：郭文斌小说的叙述和描写是通过对话来推进的，这使他的小说充满了声音，而且，这声音是有个性的，有的还是童声[③]。这样的评论很感性也颇有灵气。

当然，也有论者将这三个聚焦点结合起来论析郭文斌小说的韵味，如谢有顺所言：“郭文斌的《吉祥如意》，写了人情之美和人心中那些纤细、单纯的感受，承继的其实正是中国传统文学的写作

---

①《吉祥如意》获奖评语，《黄河文学》，2007 年第 11 期。

② 钟正平 :《苦难生存中的灵魂救赎》，《当代文坛》，2000 年第 6 期。

③ 汪政 :《乡村教育诗与慢的艺术》，《南京师范大学文学院学报》，2008 年第 4 期。

底子，同时他的语言和叙事，又有一种现代感。他的短篇小说，是对中国民间生活的深切回应。”①这段评论虽是直觉批评，然真切地切入到郭文斌小说的内蕴之中，人世中的“情理”二字便跃然纸上。

二、批评的新视景

如果说前期的小说批评重在审美批评、思想旨趣批评和叙述艺术阐发的话，那么，当下对郭文斌小说的批评则重在文化批评方面。这是由于近来郭文斌的小说以丰富的文化意蕴见长。尤其是长篇小说《农历》出版后，评论主要集中在作品的消解现代性、民间传统文化和传统道德的体现、民俗形式的完整性呈现、现代人心灵安放栖息等批评要素上，从而构成郭文斌小说批评的另一个新视景。

从严格的现代意义上说，所谓的文化批评是在解读文学文本甚至审读文本的前提下联系文学外部诸文化现象的批评，尤其是联系权力——文化的批评，它所注重的文化对象，有着消解主流文化、对抗文化霸权的指向。本文所说的关于郭文斌小说的文化批评，核心点不在于联系权力——文化的批评，而在于通过联系民俗文化、传统文化、大众文化的精髓，来评论郭文斌小说的文化蕴涵和消解现代性之后的平民色彩。

2011年，在北京的《农历》研讨会上，评论家集中围绕《农历》的文化意味谈了许多有见解的看法，讨论的内容也很多，批评话语汇集刊登在中国作家网“《农历》研讨会专题”上。包明德、陈福民、李建军、邵燕君等人关注的是郭文斌小说的消解现代性、甚至反现代性的价值取向，同时也关注作品固守传统的文化色彩以及对当下人精神安放的意义。陈福民说：“以《农历》为代

---

① 谢有顺：《世界是人心的镜像》，《黄河文学》，2007 年第 11 期。

表，包括他此前的写作，都表现出非常强烈的反现代性取向。”邵燕君谈道：“读《农历》有一种退回去的安好，一种小世界的安稳吉祥，这种感觉经过时间的过滤再经由记忆的想象成为一种童谣般的安魂曲，为在现代都市中疲惫流浪的人建造精神的故乡，在这精神故乡的打造中，郭文斌表现一种偏居一隅的相守，固守乡土，固守乡俗，固守一切传统。”雷达、吴秉杰、成曾樾、王彬、秦万里等评论者着重从作家的传统文化根基与民间文化根基、对民俗保留的完整性呈现等角度论述了郭文斌《农历》的意义、价值和特点。吴秉杰说：“这本书在我看来它体现传统文化的根基，民间传统文化的根基。”成曾樾说：“全景式展现民俗民风，是这本书最大的特点，最成功的地方无疑是对中华民族传统农历民俗全景式的展现。”这些评论家的言说透过作品来审视《农历》的文化意义，进而从思想深处进行“中国问题”的研究，从而带动了关于郭文斌小说文化批评新视景的形成。

从发表的相关评论文章看，对郭文斌《农历》的文化意蕴考察，颇像一场场传统文化本体论对话。如汪守德在《一部真正的文化寻根小说》一文中说：“《农历》描绘的只是一处乡村的风景，一种生活的场景，但它讲述的是生命的延续和文化的接力，是一种真正意义上的文化寻根小说，是作者在寻找自己的情感和心灵之根。”①关注的是作家对中国传统文化之根的追寻。张黎姣在《农历不亡，民间传统就不会断》中说：“因此，郭文斌笔下的‘农历’是一个民族的命脉，‘农历精神’则是一个人的血脉。他希望借用《农历》这本书，让传统的种子变成庄稼，并自然成长……”②阐释的是郭文斌小说凸显着传统文化延续的问题，并使《农历》具有深

① 汪守德：《一部真正的文化寻根小说》，《扬子江评论》，2011 年第 3 期。

② 张黎姣：《农历不亡，民间传统就不会断》，《中国青年报》，2011 年 1 月 25 日。

广厚重的文化象征意义。

再如牛学智、尤晓刚在《〈农历〉田园牧歌式的坐标》一文中谈道："因此，农历节日也是对现代性的深刻反思，旨在提醒人们不要陷入工具理性和功利主义的控制之中。"[①]这样的评论比较深刻地论述到郭文斌小说的消解现代性趋向和对现代人心灵安放栖息的意义，从而引起读者关于传统文化所具有的本真存在价值和对现代生活背景下人性异化的深刻思考，有助于理解作品的深层含义。

由《农历》的文化批评可以看出，评论者格外关心的问题是：1. 文学精神与文化精神的融通是构成《农历》艺术力量的载体。2. 传统文化与现代文化既对立也统一，它同样可以具有批判色彩。3. 关注历史经典、承传文化习俗，是保持文化生态健康发展的有效空间。建立在这样的学理之上，批评家的批评路径既要有现代意识，又要有历史意识。由此说明，《农历》所包孕的丰富的文化蕴涵是其成功的标志之一；也由此说明，文化批评开辟了文学批评的全新视野。

当然，郭文斌此前发表的小说中，也不乏文化内涵，如小说《水随天去》就充斥着道家文化和儒家文化的思想因子。此种情形早已引起批评者的关注，以此立意也出现相关的文化批评的评论文章。如李兴阳在《生命真意与人间真情》中说："在'父亲'的生命哲学与人生观念中，以道家思想为底蕴的对生命真意的执意追问和以儒家思想为底蕴的对人间真情的珍重与眷恋，显然是其基本构架的两个方面。这两个方面有时是可以互补的，但在更多的时候充满了无法弥合的抵牾。"[②]又如《陪木子李到平凉》也是一篇蕴含佛家文化意味的小说，李社教在《历史的多样性与自我的深度》中认

① 牛学智、尤晓刚：《〈农历〉田园牧歌式的坐标》，《中国文化报》，2011年2月22日。

② 李兴阳：《生命真意与人间真情》，《作品与争鸣》，2005年第11期。

为："承载着斑驳历史信息而又归于宁静的官堡，与人生艰难、辛酸和自杀之因都被叙述者隐去的那玉红之间，是无法重叠或相互置换的。因此，叙述者近乎禅思的意联方式，也恰恰妨碍二者达到应有的深度。"①注重解读小说中蕴涵的深层文化内涵与思维方式的禅意。所以，郭文斌小说"文化输出"的韵味是可以被评论者所察觉、所体悟的，继而进行着深度阐释。

综上可以看出，文化批评的新视景立体地阐释了郭文斌小说内部所蕴含的文学文化问题。比之于审美批评、思想旨趣批评和叙事艺术的阐发这三种批评模式而言，文化批评同样对文学意义的复杂性和多元性有了独到的探求与阐释。我们主张评论家不仅仅从事文学作品的内部研究，还应该研读史学、哲学、社会学、宗教学、文化学等等，从而与文学作品的外部研究相结合，如此，则批评视野更为开阔、多元和通达，则更会让你发现人和作品之间、人和生活之间存在着多重的微妙关系。

三、真诚原则

一般而言，面对作家作品，评论家的言说总是多视角的，评论是自由的，因为评论家习惯从自己的观点与感受出发谈论自己所能论及的问题，所以批评内容是丰富和多元的。然而，丰富性和多元性都离不开一个批评原则，即真诚原则。所谓真诚原则，讲求的是在批评活动中评论者秉持真诚的学术心态，着眼于文学精神的承传，进行着真诚的批评实践。在郭文斌小说评论中，这一原则为众家所践行，其构成内容约有三个大端。

首先是真诚地感知郭文斌小说的真诚力量，也真诚地批评郭文斌小说的不足之处。关于感知郭文斌小说的真诚力量，莫过于汪政

① 李社教：《历史多样性与自我的深度》，《作品与争鸣》，2006 年第 6 期。

的言论："现在已经很少有人像郭文斌这样如同一个工匠手里的活计一样对待语言了，也很少有人像他这样，守着一盏灯如入无人之境地冥想，当然，更没有人耐心地去从童年的记忆中打捞乡村风俗的流年碎影。"[①]关于批评郭文斌小说的不足之处，也同样真诚。有论者以为，郭文斌小说的意味是丰厚的，但他的小说也存在创作视野不够开阔，现代性色彩不浓，对传统文化无清晰辨别等等局限。贺绍俊在谈郭文斌小说时曾谈道："感到宁夏有些作家可能由于地域环境的影响而缺乏现代精神的洗礼，因此使得他们的视野不够开阔，使得他们沉迷在乡村的经验里面。以这样的观点来批评宁夏的创作，有一定的合理性。"[②]在《农历》研讨会上，叶梅曾谈道："我们走过一百多年反封建，反传统路程之后，我们全盘捧起来这些东西，我们要不要再加一些思索……"这些真诚的批评话语寄托了评论者对作家的厚望与关爱。

其次是真诚地发出各自的批评声音，从而彰显批评者所应有的包容的批评情怀。2004~2005年间，在《作品与争鸣》等重要刊物上，批评者曾就郭文斌的《大年》《水随天去》等小说的主旨和意蕴展开过争鸣和讨论，史佳丽、王清淮、王佐红、李兴阳、李社教的观点截然不同，甚至对立，然而，他们的说理判断均有实有据，有忧有思，娓娓道来。当观点交叉融合时，既充分地言说自己的话语，又不遮蔽别人于此方面的批评观点；当观点相异冲突时，既明确各自的批评立场，又不攻讦对方的观点，体现出了评论家应有的自我坚守与彼此包容、尊重的学术品格与涵养。如在关于《大年》的争鸣中，史佳丽认为："透过小说几近纯客观式的叙述，我们仍然读到了郭文斌对贫穷的独特的诠释：贫穷就是贫穷，它不可爱，但也不可怕，人们可以而且能够像享受富足一样享受贫穷。"而王

① 汪政：《乡村教育诗与慢的艺术》，《南京师范大学文学院学报》，2008年第4期。

② 贺绍俊：《在天高云淡的意境里阅读郭文斌》，《当代文坛》，2008年第3期。

清淮则认为："把农村大面积的饥饿说成田园牧歌，把残缺的生活化作一幅风俗画，作家以画中人的身份充当画外解说员，我们不知道获得的是正确呢，还是对生活及其理念的歪曲。"①双方对于作品表现出的对贫穷的书写态度看法完全不一致，但在争鸣的时候，都是从自我的感受与判断出发真诚地、谨慎地传达自己的声音。

再次是批评者真诚地解读作品，从而使批评指向回归到作品本身，进而形成阐释的有效性。这在相关郭文斌批评的很多文章里，都有明显的体现。诸多评论文章从小说文本出发，就小说中的审美旨趣、思想内容等问题展开论述，批评者的理论体系与知识坐标沉潜于作品的实际批评中。也有部分批评者批评视野开阔，使理论批评与文本解析融合为一体，比如牛学智在《美、善、和谐及小说的诗》一文中，先是对"正面肯定性力量""弱势者""介入现实结构"等小说理论进行独到的论述，然后对"美""善""和谐"这样的批评术语进行独立的学理发现与阐释，最后回归到郭文斌的小说时他谈道："《吉祥如意》的种种迹象表明，郭文斌对文学、现实、对世界以及对人性的理解，或许具有某种本质性的怀疑气质。"②这样的批评理路使得文本解读过程视野开阔而生成一定的阐释效果。

因之，真诚原则带来的是郭文斌小说批评的良性批评态势，2008年出版的李建军主编的《郭文斌论》这本著作就是真诚原则下的批评产品。正如李建军在《郭文斌论·序》中所说，在文学认知上，寻求一种普遍有效的"共同标准"乃是文学批评的重要内容。文学批评的一个任务，就是通过对伟大的经典作品的阐释，来确立这一标准。研究郭文斌的创作，既有助于我们了解写作的艰难和快乐，也有助于我们认识那些重要的"常识"和"标准"。批评家之

---

① 王清淮：《画外人》，《作品与争鸣》，2004年第5期。

② 牛学智：《美、善、和谐及小说的诗》，《银川晚报》，2007年1月5日。

所以对郭文斌的创作产生兴趣，其原因盖在于此[①]。他的这些话一方面清晰地彰显了批评话语的魅力与意义，另一方面也说明郭文斌小说真诚写作所具有的真诚效应。文学批评的指向在于彰显批评话语的魅力与意义，借此显现作家作品的价值、审美内蕴及不足之处。这样的诉求自然离不开真诚原则。从当下批评语境看，批评家愈来愈关注郭文斌小说对传统文化审美精神的追求与自觉；关注作家对人性原欲、生命本真等这样一些命题的认识和表达；关注作家对人生困境与文化选择自觉或不自觉的拷问和思量等等论题，也是与批评的融合与真诚分不开的。

四、结语

客观地说，郭文斌小说评论是当下文学批评话语的支流部分，然而，批评的支流也能产生批评效力，带动批评界的活跃。温如敏曾说："如果承认文学的历史发展是由各种不同导向的力所构成的合力所支配，那么就没有理由否认某些通常被看做'支流'或'逆流'的批评。"[②]所以，在多元互补的批评格局中，郭文斌小说批评应占据一个位置，至少可以说郭文斌小说批评话语的融合与真诚，对于西部当代文学批评史的建构而言是颇有启迪意义的。

进一步说，文学的发展是不会停止的，郭文斌的小说创作也没有止步。当然，批评的行为也是不会停步的，权力掌握在批评家的手中。同时，批评的权力也掌握在郭文斌的手中，因为批评的声音最终源发于他的小说创作。从这个层面上讲，我们期待郭文斌的小说愈发耐人寻味和大气磅礴，也期待郭文斌的小说评论愈发启人心智和多元开放。

---

① 李建军主编：《郭文斌论》，（银川）宁夏人民出版社，2008版。

② 温如敏：《中国现代文学批评史》，（北京）北京大学出版社，1993版。

时代中的性情

——“五四”女作家凌叔华小说《花之寺》赏读

在现实的奔忙和慵懒中，很长一段时间里，我不能被什么事真实地感动了，心灵似被蒙上了一层厚厚的油污，对社会现实、人间冷暖不大能有深切的感受。同样，读书也出现了这样的问题，很难从中找到内心真实的感动与共鸣。近日来回头又读了一些现当代作家的作品，很意外地被现代女作家凌叔华的一篇《花之寺》吸引住了，于是又产生了想说出自己内心想法的冲动。这样的机会不多，故倍感珍惜，欲成文一篇。

在行文之前，其实很少读关于凌叔华的评论文字，大体知道评论是把她括在“五四”女作家这一大范围下论及的。凌氏的创作不是很多，然而很精，当年以发表名篇《酒后》而著称于文坛。不用怀疑，那一代女性作家的创作普遍是具有“五四”这一时代背景和特色的，潮流之外的作家很少，凌叔华也不例外。然单论其短篇小说《花之寺》，似乎不具“五四”时代潮流的典型特色。所以我于此仅从这一文本出发，不表达人们普遍言之的“个性解放”“精神自由”等价值，而想谈的是这一出色文本叙事背后潜存的更具价值的人文内涵。当然我绝对不是否定文本具有的其他价值色彩，对于“五四”之精神，我一直仰慕推崇，只是在这篇小文章里，我想从另一方面谈一点阅读的感受和认识。阅读应该是一种个性化行为，我从这篇小说中读出了荡满其间的诚挚深浓的爱。

小说篇幅不长，三四千字左右。开篇的两段话是这样的：

> 四月的中旬的下午，诗人幽泉与他的爱妻燕倩（注意是爱妻）同坐在廊下，他手里拿着一本《词选》有心无意的翻看，她低头绣着一张将近完工的窗帘子。
>
> 廊下挂了一个鸟笼，里头一只白鸽正仰头望着蔚蓝的天空尽力歌唱，好像代表它的主人送迎碧天上来往的白云。西窗前一架紫藤萝开了几穗花浸在阳光里吐出甜醉的芬香，温和的风时时载送这鸟语花香，状点这艳阳天气。

宁静和美。

这是我读完这两段文字之后第一能说出的最真切的感受。仔细体悟，作者用看似不经意的几笔就勾勒出了一幅气韵横生的画面，真不愧是当时代的著名画家。画面远近浓淡层次搭配得如此和谐相宜，充满高贵素雅的气质和风韵。这情景，想想就让人迷醉、神往。更有意味的是，这是一幅有声的画。画中的诗人和他的爱妻聊着一些话题，当然不是什么大事，只是一些生活的琐小事情。夫妻间聊得很散淡平和，甚至可以用宁静来形容，能很真实地感到他们话语和心灵的无为，妻子往往是“笑答”。当丈夫说到自己精神苦闷的时候，爱妻就很体贴地给他沏一杯柠檬茶，并建议他明日可出去逛逛。在逐渐品味的过程中，坦诚相告，我的心中奢侈地生出了无限的羡慕进而渴望人生和人情的美好了，于是阅读的所有美好也在这个不知不觉的过程中产生了。

小说的整体叙述是在一种看似不经意的舒缓的节奏中进行的。

丈夫诗人幽泉在晚上月出时收到的一封怪信，字迹极柔媚，言辞很藻丽，语气很恭敬。是一位情感丰富细腻、文采飞扬的女性所写，表达了对诗人由来已久的仰慕与爱恋，并希求在“花之寺”一见。这时候情感更为丰富的诗人心里就有了想法，产生出“奇美的梦”。这是一个中国小说中并不鲜见的故事，古今的小说家们普遍贪恋着这样的题材。细想这真是一张适宜生长梦的温床，谁一生会遇到几次这样的机会呢，而作为一个健康的人，谁不期望一点梦的美幻并进而追求实现呢。小说中的诗人他也想去看一看，于是对妻子说明日要到城外看看山光草色，换换空气。他的爱妻也欣然赞同他出去走走。

于是诗人怀着一份希冀和自责，经历了斗争之后复杂的心情到了“花之寺”，花了整整一个上午等待。正午的时候，这个梦终于出现了，小说中的情景是这样的：

> 这是一个女子的脚步声。走到后殿来了。迎出去？他想着不知不觉便往前走了几步，不多会儿殿后山墙边转出一个女子来。他仔细一认，呆了一会儿才说出话来：
>
> “你怎么也会到这地方来！”
>
> 燕倩笑着望他答道：
>
> “你怎么会到这地方来？”幽泉愣着不知道答什么。正想说话，燕倩已抢先笑说道：
>
> “告诉你吧！我听了一早上不爱听的话，心里烦闷的很，也想飞到郊外去赞美大自然，赞美给我美丽魂灵的——”
>
> 这时幽泉的脸上热起来，忸怩的笑着，向前一把抓住了燕倩的手……

行文至此，我们已明白，这是诗人的爱妻特设的一个结局。以上这两句对话中，燕倩一次是“笑着望他答道”，一次是“笑说道”。这时再想起燕倩鼓励丈夫出去逛逛，丈夫出走时说他的头发太干倒了些香水，将发平分两边，梳平服了。相信读者会有一种经验被突破之后的震惊，爱原来可以这样深挚，浓烈而又厚重。这时候再想起信中最后的那几句话：“我不能不爱你，但我不敢说爱你，我只是爱你。我的爱是不望酬报的爱，酬报不了的爱。我敢对着荣耀清洁的阳光起誓，我永远不敢，且不希望，我们能成比现在关系更密切的人，只要你容许我的灵魂驻在你那里，我便十分满足了。”不知读者的心灵会遭遇怎样的战栗和幸福。

我们可以说平庸的现实生活是无聊的，甚至是无意义的，生命也正是在这样的平庸中渐渐消逝的，我们缺少的是“惊醒”，是“蓦然回首的一瞥”，是生命个体互相之间的问询和表达，只有这样我们才可能会较坦然地去承受，然而我们在现实的习惯中似乎只会迷蒙的空乏着。而小说中这位聪明、贤惠、通达的妻子燕倩为了抵御生活的平庸与无聊，在和丈夫的游戏中轻易地把这份爱救赎出来，并引向了深挚。她对丈夫不是试探，而是想法打发他出去换换空气，不用见不愿见的人，听不爱听的话罢了。丈夫在被“试探”之后，也只是忸怩的一笑，是一份被信任之后的羞涩的回答，更是一份深挚纯真的爱。在一个物欲横流，爱情被别有用心地利用的时代，读到这样一个故事，真是一份奢侈的享受。我相信这不是在大多数夫妻之间能完成的事，它需要一种爱的深度和力量，这份深浓的爱，正是我们大众普遍向往却很少经验过的，也很少能听闻得到。因此，这份爱才在读者处有了一种高度，成为一种向往。人在生活中精神上是应该有一个可向往的高度的，只有这样人才不至于堕落。艺术作品提供给人的正应该如此，恣肆地糟蹋生活的作品是低劣的，简单地复制生活的作品也是不具价值的，文学作品应该是作家用内心闪烁的光芒照亮惨淡现实生活场景的产物。凌叔华作为现代一名出色的作家，也作为一名著名的画家，能从纷乱的时代背景下保持住内心安然的温暖，以其文字的端庄朴素、简约精到和技法的流畅自然、娴熟圆润，把一份最美好的情感和一个最美好的故事呈现给读者，确是一件不易的事。这篇小说无论对当时或是今天的读者，读来都会是一次灵魂进化和被救赎的过程，也是心灵得以慰藉的平台。尤其在这样一个浮躁浅陋的时代，重读这样的一篇小说，并能被深深地沉入其中，内心也感到很幸福、满足。

我想，《花之寺》也正是在这个意义上被读者接受和喜欢的。

生活之内和之外生命空间的探照

——读方方小说《出门寻死》

方方的中篇小说《出门寻死》（《人民文学》2004年第12期，《小说选刊》2005年第2期转载）叙写的是一个城市家庭主妇何汉晴出门寻死的故事。全篇情节简单，线索单一，语言粗朴，乍看并无奇美。然细品读之后，才觉得平淡之下埋藏着咀嚼无尽的韵味。

小说的主题是一个关于生与死的话题，这是文学史上一个百说不可穷尽的话题。在此，作者借用一个平凡的家庭妇女的遭际来重新思考，探讨这样的一个话题，是别具价值和意义的。

贯穿主人公何汉晴生活和故事的是命运、死亡、义务和爱情等。做了二十多年家庭妇女的何汉晴是一个颇有口碑的人。在家庭中，具有至关重要的作用和能力，有过真诚的爱情，生活并不富裕，但也能过得下去，平静而又繁忙。在别人眼中，尤其与文中的文三花相比较，可以算是一个幸福的人。

然何汉晴并不以为然，在各种因素的促使下，开始厌弃、拒绝这种常态的生活，出门去寻死。可以说，这是人们生存精神状态的超稳定性的一次动摇，是对超庸俗生活的主动向往，是对庸俗机制和现实规则的努力摆脱和反抗。何汉晴的寻死颇富有戏剧性，先是觅死不成反倒救了一名女大学生，后是意外地救了昔日好友：因丈夫外遇而觅死多次的文三花，接着昏昏沉沉地对着记者的话筒乱说了一通胡话，被呼为英雄，最终却觅死不成。这里暗含了作者的一个基本的生命观点，即人最终不能独立于社会现实而存在，人不能彻底地把握自己的命运。正如何汉晴最后所感叹的：人其实是没有必要急着去死的，也没有权力去选择死，你得在做完你该做的所有的事情以后才可以去死。

其实我以为生活正是这样，你或许认为你是一个自由人，一个自由身，许多关于你自己的事完全可以自己做主，但情况并非这样，现实中的你得与种种不同的人和事发生关系，虽然你厌弃这样，但又不得不这样，许多不接受的理由都不够充分，这就是生活本身。作品在对世俗生活精神状态的探照中，清晰地昭示出一个基本的现象：即命运并不服从人的所有情欲的安排。当你需要满足的时候，它或许并不会让你满足，而在不经意间，它又会突然莅临。这正如困扰何汉晴的便秘一样，在不经意间，便胀的感觉会突然袭来，而当她刻意捕捉的时候，又消失得远无踪影。这是让人无奈而又感到庆幸的。

可以说何汉晴在常态的生活中觉到了无聊、无味，由衷地产生了厌倦，但最终她还是回到了生活，拽她的这股力量是爱情，是丈夫刘建桥对她的在意，是家庭生活的有意思。这充分说明了爱情是维系家庭、生活的重要纽带，这在当今物欲横流、虚情大肆泛滥、爱情被别有用心地利用的时代，不得不说是一个有益的提示。

作品通过女性的视角（文中觅死的何汉晴、文三花、珍珍等均系女性）来拷问生死这一主题，从而突出当代社会底层普通人生存的精神状态和生命意识，探照了他们生活之内和之外的生命空间，并进而努力探寻生活和生命的积极因素。这是一份独特的视角和贡献。但细读作品，不得不遗憾地指出一点，作者在对何汉晴出门寻死过程中的心理跟踪缺乏必要的真实感，何汉晴寻死的念想自始至终不经过任何斗争，似乎是不足为信的。

牛撇捺与宁夏杂文生态

宁夏杂文作为宁夏文学发展的组成部分，一直以来以积极的努力参与到整个宁夏文学发展的进程当中。自从中国新文学的开山之师鲁迅先生精彩的杂文创作奠定了中国新文学形态当中杂文的崇高地位之后，也赋予了杂文独特的文化使命和战斗品格。近百年来，中国有良知的知识分子都不忍心放弃鲁迅杂文的这种精神，不同程度地努力延续着，这之间有些人是与鲁迅同时代战斗过的，新中国成立后尤其是新时期以来的王小波、林贤治等尤其让我们看到了鲁迅风骨的承传。

杂文作为最直接能动的面对现实发言的文体，是社会文明进步所必须具备的力量。作为文学体裁的一种，杂文是孤独而倔强的，它处在边缘，但其实质是居于文学的核心的，因为它的功能在于美刺时政，启迪智慧，革新观念，抛却陋习，倡言民主法制，追求心灵自由等，正是文学积极影响社会人生的功能性体现。宁夏杂文作为宁夏文学的一支重要力量，对于推动宁夏民主政治建设，深入革新思想观念，促进宁夏经济社会和谐繁荣，起到了文学的社会功能作用。

宁夏杂文的存在已成为全国杂文格局中的一支非常集中的力

量，宁夏杂文作家对杂文的理解和把握都是与全国的优秀作家看齐并多有领先的，比如对思想自由的追求和努力确立，对人性善恶的多方位探悉，对公共事件认识的准确，对自由精神的膜拜与追求，都是清晰而明确的，他们的作品虽层次有别，但大多数作者基本的认识和倾向都是清楚和明确的。

这其中，牛撇捺是最绕不过的一个存在。牛先生的杂文创作一直以来都很活跃，且成绩突出，见识和魄力很大，几年间，他先后出版了杂文集《冒烟的石头》《拟谏官文化》《犹抱琵琶》《借党项人说事》《枕着唐诗梦游》等，在读者和文学界产生了积极的反响，以说理论事的科学性，思想的理性，语言的幽默性，批评的激情和反思的勇气实践着他的创作，知识面的宽广和信息量的丰富都是让人吃惊的。他对公共事件清晰理性的态度和分析，对历史文化的深刻反思，对民族性格的探究是文学思想界中一种宝贵的财富，是一种清新，更是一份珍贵，他对自由思想的追求是使我们感到欣慰的。对历史题材的熟知是牛撇捺杂文创作不竭力量的源泉，《借党项人说事》尤其通过对历史事件的叙说来反观现实发展中存在的人的问题，对之思考的程度有着别样的魅力和力量，是杂文写作题材手法的拓展。

杂文要面对公众公开说理论事，感性的过分存在是不成熟的表现，只有持理性批评的激情和态度，才有可能做出客观到位的指认，廓清思想迷雾，铸造人文精神，引导大众认知社会公共事件。牛撇捺的杂文创作篇幅都不是很长，但都具有充足的理性精神，这单从一些杂文的题目就可以见得，如《呼唤平民意识》《美丽的谎言也是谎言》《榜样的力量是有穷的》等等。这些文章不但内容清新、文气刚健、说理充分，而且判断准确、理据充分、批评到位，都能从人和事的本质属性上加以理性的认知和析论，对“平民意识”“精神穷途”“变相掩盖”等现象加以本质上的判定，并深入地探悉其产生存在的原因，作出有价值意义的思量，给读者和社会以警示，达到杂文积极影响社会人生的目的。

其实不管理性还是准确，最终都是一个思想上的要求。对于文学创作，我以为思想是大于语言和技法等的，杂文尤甚。杂文的写作不是要泄私愤和玩味语言，而是要面对大众传播思想，就是要明确表达你批评什么，倡导什么，反对什么。这背后需要一个大的清晰的文化思想背景，比如，在杂文中，我们应该倡导民主法制，反对封建专制，我们要的是科学而不是迷信，我们追求思想自由，反对受禁锢，我们追求平等，反对腐败等等。一个作家的思想高度是决定他创作水色的最大最基本要素，优秀的作家肯定都是有思想的作家。牛撇捺先生在此呈现出的高远的思想境界是宁夏杂文的骄傲，他对人性善恶、历史得失、社会问题的认识都能在一种大的思想基础上作出理性准确的认知，并在超越的意义上赋予文学的批评和关怀，是宁夏杂文与全国杂文同呼吸共命运的见证。文学最终应该追求的是思想的自由和超越，难得的是，牛先生总是在幽默和反讽中轻易地达到所批评和追求的东西，这是他获得读者认可并取得丰硕成果的另一重要因素。

牛先生不光自己写作杂文，他更是宁夏杂文作家的培养者，自从他担任宁夏杂文学会会长职务的几年来，屡有建树，先后组织学会出版了《美丽的谎言也是谎言》《杂文宁夏十人集》“新世纪宁夏杂文丛书”等杂文集，举办了几届杂文征文颁奖活动，团结和鼓舞了一大批的中青年杂文作家，并培养新的宁夏杂文作家起步，闵生裕等杂文作家的杂文创作已取得突出的成绩。

因为牛撇捺，宁夏杂文作家群正在崛起；因为他们，宁夏的杂文充满了生机；因为这些，和谐社会的建设有了最可能的动力。

在朱世忠作品研讨会上的发言

朱世忠先生的离去，我非常心痛。他是我的老师，给过我很多有益的影响、真诚的鼓励和帮助。在固原民族师范学校上学的时候，我就读朱老师的文章，那时候他是我们学校的副校长，口才出众，歌声雄浑壮美，文章睿智、幽默。他的多才多艺令我们学生非常羡慕、尊敬。先生的才华不仅仅是横溢，可以说是横竖都溢。因为爱好文学，我和先生走得更近。今天是文学研讨会，我们只谈文学。

可能是过多的才华分解了先生的集中度吧，他创作的文章并不是很多。但他的写作是一种令我尊敬的写作，是一种把才情保护得很好的写作，是一种把节奏把握得很好的写作，是一种能控制住自我惯性的写作。写作是有惯性的，我感觉，写作的惯性是一种很不好的东西，因为今日的才情和智识沿着惯性走的话有可能会是明日的绊脚石。要突破必须要控制住惯性。如何把握，这是一个命题，我说不太清楚，今日也就不展开了。

朱先生创作散文、杂文、小说和评论，以散文杂文居多。我简单地谈谈吧。

先生起初创作以散文为主。他的散文都很朴素，爱追怀童年和故土，叙写人情的温暖美好。时间的关系，找几个篇目点一点吧。

《秋天开花的梨树》，是他第一部散文集的第一篇文章，通过一株虽处逆境然而倔强生长着并开花结果的梨树写出了家乡西海固人顽强的生存品质、生命意志和狂欢精神，一定意义上也是先生虽处百忙仍然坚持创作的象征。《孤独西海固》是先生颇为著名的一篇散文，曾被许多选集收录。这篇文章通过对西海固历史、风物、人情描状写，可以说是写出了特有的西海固的味道和感觉。写出了西海固历史的沧桑耐读，西海固人生存精神的孤绝、顽强与坚韧。《节目》《倚门望归》等篇目写的是亲情，是亲人之间那份朴素美好的感情以及这份感情的寂静芬芳与其所能产生的无限动力。《王圆录与蚊子》《“一根筋”是一种境界》等是对历史传统的反思，这些文章集中反映了先生渊博的知识储备和良好的知识分子修养。先生散文中最为难得的一篇我以为是《慧眼》，这是一篇在对地球命运的关怀中见情见性的文章，文中对于人类“集体智慧”的怀疑让我一直对他的散文充满期待，这是一种很个别的才情。

调到银川工作后，先生追随杂文家牛撇捺先生，受之积极影响，创作了大量优质的杂文，以至于我曾经认为先生的散文是最上乘的，现在发现，先生绝对是写杂文的一把高手。

我认为杂文最重要的是写三种东西，一是勇气，二是思想，三是写法。杂文写作首先是一种需要勇气的写作，这个地球的文人都知道，我不多谈。其次杂文写作必须要有丰沛、成熟、理性的思想，先生杂文的思想一直都在敏锐、清晰、理性的状态上，今天我也不细谈。他的杂文尤放光彩的是他的写法，很幽默、很风趣，但是很犀利，出手很“重”，让认真的读者读了之后很有些受不了。我有一个见解，即真正的读者往往是“怕”作家笔下故事中的“意外”的，这种“怕”又会是读者期盼的。朱先生的文章就有这种效果，讽刺一种现象，他往往从另外的小事情说开，风趣幽默不断，让你不自觉地笑，在你不提防处提出“意外”的现实问题又不得不让你深入思考，有时候很痛心，这时候就为我们读文章开始的笑意而惭愧，从而内心更加认识到现实问题的严峻。杂文的意义就在这样的过程中全部地实现了。

《3·15，我不敢上街》是非常典型的一篇。作者从戏说自己开始，“我”全身上下有许多的假的地方，假得绝对让你读着想笑，可是“我”只怕3·15这一天，只要3·15这一天我不上街就什么事都没有，“我”很聪明，不会在3·15这天上街的。批评社会打假风气的虚伪和表面，最终让读者在发笑中感到了社会打假环境的悲哀。这是一种植入灵魂的悲哀，打假，我们往往只是做做样子，当我们在先生的幽默语言中藏着笑体验这份悲哀的时候，这种悲哀就更加悲哀了。

《轰动中国的民间收藏品》是一篇非常有意味的文章，作者采用了一种非常新的表现手法，以电视节目的呈现方式表现“夹带”这样一个曾经的作弊的工具，结果令人发笑，令人叫绝，实现对考试制度的绝佳抨击和批评。而他最初的入文却是一副一本正经的态度，电视节目《鉴宝》的形式很正式很完整，过程很紧凑，把读者的悬疑吊得高高的，在一步一步地推动中，你不由得发笑，但结局让我们笑得很后悔，文章揭示的批评的事实让我们无法不痛心，曾经作弊的工具“夹带”竟然价值连城，见证了一个时代的教育特征。这就是杂文幽默风格的力量，较之表达方式一般的文章，它给读者心灵的撞击更重，对智识的开启更重要。

朱先生的杂文，总是先让读者发笑，然后再发自内心的后悔，这是杂文作家在思想境界成功之后艺术性上取得的成功。这一类的文章我认为是先生文章中最好最不可被复制的部分。

先生是一个很用心的作家，他写着杂文，关心着天下大事，追求着文学梦想，对文学有着准确的认识和体验，以下是写在《朝着空气射击》后勒口上的一句话：“写作是个人化和私密色彩相当明显的行为。我并不高尚，没有拯救别人灵魂的能力，没有用文字给世界增添光彩的天分，更没有荡涤污泥浊水，激浊扬清的境界。因此，写文章的出发点很简单，就是要把过去的不堪，拿出来让太阳暴晒，清理灵魂的垃圾，不让往事在心里荒芜发霉，不要被垃圾拖累。写杂文，是想把生活中有些见不得人的东西，让眼睛检阅。如果写作时守不住这个底线，我连回家卖红薯的资格都不具备。写作并不是宗教，并不像有些人标榜的那样，只有天天烧香叩头，才能悟得真谛，然后普度众生。”这是先生的写照，也是令我尊敬他的地方。这里面透露出作为一个作家最重要也是最难得的品质：真诚。

文学，于当下的时代，是一个边缘的状态，其实它本身就应该处在边缘的状态，只有在边缘的状态，它才会以自己的本来面目存在。

朱世忠先生的智识我很尊崇，文学观也是。他的散文朴素，朴素中有睿智；他的杂文让人笑，更让人笑过之后痛而后悔，绝对不会让你轻松地“一笑而过”。

深植于心的朴素与真情

——略谈樊建民先生的散文创作

再读樊建民先生的散文，我依然被那份朴素与真情深深地打动。

五年前，由我责编了樊先生的第一本散文集《感悟人生》，书出之后我有感而发，写了一篇《朴素与真情是散文的生命力》的小评论，为他散文的休闲随性和朴素真情鼓与呼。

樊先生为人亦真诚、宽厚、质朴，我的感知和认识与他相通，因而几年来一直保持着良好的交流沟通。这次再出散文集，先生不但委托我帮他联系编辑出版，更拟用我五年前的《朴素与真情是散文的生命力》一文代序。闻此，受宠若惊，自觉前文不能表达先生的文采情怀，遂决定拓展重写。拙文不敢居序之要，但凭先生信任，写一篇阅读评介，我当发全力而待之。

樊建民先生不是专业作家，说白了业余的也不算，充其量是个爱好者。可他爱岗敬业的精神令人感佩，他干一行爱一行钻一行，在宁夏乃至全国是一名颇有影响的经济学人。欣闻，他近年来应邀给北京大学燕京学堂、上海交大的师生和印度尼西亚、上合组织成员国访华代表团作报告。科研之余，他不忘初心，把文学创作作为一种爱好，真正实现了有感而发，有情必诉。没有受到具体文风的影响，他的散文随性，不讲范式，随想随写，不拘技法，就像大自然中恣意生长的原生态树木一样未经修剪、雕琢，所以他的情感是自然流淌出来的。他的散文就像他在独白、说话，或者与朋友聊天，或者就像记日记，没有任何的粉饰或渲染。内容都是些日常工作、学习、生活中的情感琐事和体会，经他极其简单平常的笔调记述，却渗透着作者很浓的情感。这种没有经过技术加工、艺术“覆盖”的原味情感，当我们接触到它的时候，心灵震颤要比平常阅读大得多。

他的散文主旨主要有两类：一是抒写亲情感悟、二是抒写家国情怀。

作者对亲情尤其是对父母的情感书写是深挚且恒久的。对母亲的愧疚是作者一生的愧疚，在《永远的怀念》《魂牵梦绕下范村》《贝加尔湖畔》等很多篇中都不断地书写。“人间的苦难有三分，你却吃了十分；人间的幸福有十分，而你只尝了三分。” 对母爱的无法报答和不停歇产生的愧疚让作者的思绪不能停止，只有不停地追忆、书写，才可以抚慰作者愧疚的心灵。母爱是人间无私的大爱，永远书写不完。作者同样是在絮叨中把一个平凡却又伟大母亲的操持、清苦和辛劳展现给读者。为了孩子的成长，为了家庭的生活，母亲付出了难以计量的心血和代价，直至累倒在人生的终极路上。我相信各类文章中对母亲为儿女、为家庭无私奉献、鞠躬尽瘁的记述都是发自内心的，而且远远没有说透和表达好。樊建民的写作同样如此，他面对深邃博大的母爱无法平静内心的深深思念，他不停地书写，不停地思念，甚至越是书写，越为思念。母爱，确实是一个任何人都无法表达究竟的命题。作者的母亲是一位农民，由于父亲在外工作的缘由，独自承担起家庭所有繁重的农活，拉扯大了五个孩子，不让一个孩子失学，让他们相继走出农村，走上工作岗位，这在宁夏西海固是一件十分不易的事情。作者对自己平凡、坚韧母亲的粗线条勾勒，恰恰见证了一个平凡母亲的伟大，伟大母亲的平凡。

作者对父亲的情感同样深沉凝重，和许多中国传统家庭中的孩子一样，更多的是对父亲的敬畏与惧怕。在《我的老父亲》一文中，作者这样概括对父亲的情感，“父亲这本书，我每每打开，又悄然合上”，这恰恰是击中众多为人子女心灵的一句话，不知会让多少做儿女的读者神伤，表现出了大多数中国传统家庭中子女对父亲“敬而有珍”的多味情感。作者在对父亲老年生活的粗朴书写中，表现出的那种担忧与竭力回报，也让我们真切感受到作者表里如一、言行一致的孝和更醒人的文学力量。

樊先生散文的另一大类，则体现出浓烈的家国情怀。他虽出生在农村，但经多见广，阅历丰富，高中毕业回乡务农，随后参军学医、当民办老师、在县乡基层工作、受聘兼职服务于企业，现又从事社科研究工作，一路走来，风尘仆仆。从他的文章中可以看出，他干什么都极其倾情、用力很深，力求对得起组织的关怀、同事的信任和自己所领的薪酬，从不亏待岗位，且字里行间渗透着对祖国、家乡、工作的热爱与关心思考。

《风生水起话发展》《有幸参加国际会议》《没有想到》等文章中，一旦写到与家乡发展有关的话题时，樊先生似乎就有收不住的思绪，不觉间写出很多具体的专业思考与对策，虽对散文的主题凸显作用不大，但更见作者深厚的情感倾注，让人读后别有一份感动。

为国为民为家乡虑，传达积极的正能量，是樊先生这类散文的重要品质之一。《我为天津港事故的英雄们背书》体现出作者切己体察的可贵声音，不同于网络上那些绝尘悬空而论的多责之调。“我以为，只要是一个有责任与担当的中国人，都应该认真反思，当我们身处危险时刻，你会怎么做？是先想自己、躲避灾难，还是奋不顾身、迎难而上？‘8.12’这些葬身火海的消防队员给出了答案。而在这个当口，任何人都没有理由去质疑这些英雄们，他们做得对不对、值不值。作为一名有良心的中国人，此时此刻决不能‘站着说话不腰疼’，妄评他人。”“作为一级负责任的人民政府，无论任何情况下都不能麻痹大意，必须从此次事故中吸取血的教训，除了敢于直面发生的各种灾难、把真相告诉大家外，更需要始终把人民的冷暖和安全放在第一位。”这样的剀切之语，是真正有感情有温度的理性之声，也是社会真正需要的声音。同样的声音，在《玉树·玉桥》一文中也可以见到，“智慧的人们啊，下下决心吧，多一点对灾难的认识，多一点对灾难的研究，别再让人类宝贵的生命和财产随灾难而去。”

特别是作者在家中收看电视转播九三阅兵仪式而行军礼的举动，令我印象深刻，也令我肃然起敬，其家国情怀、忠义之性并没有随环境变化而不为。正如樊先生在《难忘九三》结尾处坦言“要用自己的实际行动为实现中华民族伟大复兴的‘中国梦’和人类的持久和平贡献绵薄之力，”更令人叹喟，值得称赞。作者的家国情怀之浓烈，在《我的家族纪事》中对亲人们的希冀竟也是“奋发有为，报效祖国”。

细品樊先生的文章，强烈的感受是他没有一般文人、知识分子对疾苦、困难的夸大与渲染，而是积极处论积极，责问处说责问，泾渭分明，情真意切，情出于心，体现出更多的理性担当与负责态度，值得我们学习。

樊先生是一个非常用心、情深义重的人。以有所作为的工作，取得了丰厚的收获；以勤奋扎实的努力，获得了满满的真情感悟。其散文中“艰难的生活，让岁月走得很慢”“世上谁人不青春”等句子，不时地勾起我的思绪，或点燃我。

总之，在和樊先生的交往中，在细读他的散文中，在感受他朴素与真情的同时，也感受到了他做人与作文的统一，此之难得，为我所重，故由心而发，写下如上文字。

历史视野与表达效果

——在邱新荣诗歌研讨会上的发言

初欣赏文学，被语言吸引，喜欢玩味的是语言的感觉和味道；再后来，超越语言被故事吸引，情节往往吸引我沉醉难归；后来就是观点了，那些敏锐的、新鲜的观点吸引我的时间是很长的，被观点吸引过我曾很长时间感觉到是自得的，没有觉得有问题；再后来还被习俗吸引过，被文化气息吸引过；而今天，更吸引我的则是一个叫做“视野”的词，是作家阅读的视野、观物的视野、察情的视野。我往往从一个作家的作品里看到他具有的时间的视野、学科的视野、物种的视野等等。我感叹着，视野实在是决定作家大小的一个最根本的要素。视野在文学上是一种胸怀，是一种眼光，是一种地位，也是一种统治力。

历史的视野、历史的趣味和历史的题材，是邱新荣诗歌写作的背景性存在，是他的方法，也是他写作的内容，这是大家有目共睹并一致确认的。历史的视野、趣味、题材让邱新荣的诗歌有了非常明显的自我，他的诗就是他的，不会被认为是别人的。

历史题材的抒写是大家集中评论的焦点。其实，在我看来，历史题材的诗歌写作是一件难度很大的选择，因为历史事件、人物或遗迹经过多少年来的文化积淀和文化想象，在人们心中已经形成了一个相对固定的意象，它像一个谜底那样已经被读者们广泛地知道了，如今，诗人对之的写作类如猜谜，可能会很吃力，猜的情况如何，读者会不会认可，都会成为难度。所以，历史题材直接入诗的效果不一定好。

有难度的事情一旦选择去干，认真干了肯定会有独特的效果。对历史题材的直接书写让邱新荣的诗歌很具有传统文化的力量，有明晰的系列的意象，读起来有来历感、亲切感，很接地气。不像现在有些直接模仿西方诗歌后的那种充满跨越和奇异的诗歌，让我们读起来感觉和我们自己的文化接不上气。

邱新荣只是在写历史题材，是用新的自由诗在写，他在用诗歌唤醒沉睡的历史，对之进行现代视野的批评或阐释。不是复古，历史上的文学复古没有一次不把文学带到死胡同的。也不是死板教条的用典。他只是借历史事物、人物抒发今人情怀、感发，让历史人物、事件和我们今天的现代的阅读情怀与文化价值立场有了或对立或等同的联系。这样的写作我觉得独具意义，诗歌里面既有历史的影子，也有当下的情怀与见解，具有的时间长度较长。历史题材要用诗歌表现的话，新诗是最好的选择，如果他选择用古诗的写作规则再写这样的历史事件，肯定会是一件很别扭的事情。就像唐装很好，如果今天不注入新元素直接穿到我们身上，将会是一个很奇怪的效果，因为我们的脸可能变了，眼神变了，气质变了，周围的环境也变了。所以面对再经典的古典传统，作出今人新的创造才算是合格的继承。

我很喜欢邱新荣的一句诗："有谁能比一条河/做出更正确的选择/有谁能比一条河/更崇拜自己的哲学/河的哲学永远是/简单明了/百折不挠。"（《河之歌》）表达了自然选择、历史选择的终极性和根本性，也表现了时间的永久性和真理性，它并不是历史诗，但于此，历史应该给了他很大的启发和视野。

历史事件直接入诗的效果可能并不一定见好，但历史的视野和历史的水平、情怀给了邱新荣的诗歌以更远的从前和更长久的未来。在邱新荣的诗歌中，历史不光是题材，更是视野。

精神诗意的唯美表达

——杨建虎抒情诗歌论

艺术的本质是人类超越自我、超越生活、超越现实之精神追求的行为。诗歌是艺术中尊贵的“骄子”，抒情诗更是，其对于人类的价值在于对世俗生活的超越，对情感境界的升华，对灵魂黑洞的救赎，对心灵伤痛的抚慰，等等。

杨建虎的诗集《闪电中的花园》出版了，因为我是本书的责编，得以细致全面地读了他的诗歌，对他的诗学追求、文化背景、诗歌品质有了一个清晰的判断和认识。我觉得往往是忧郁出诗人的，而不是愤怒，杨建虎忧郁的个性决定了他对诗歌的热爱和他诗歌的底色，他的诗歌基本上都是抒情诗，理想主义者浓郁的抒情成分让他的诗歌显得纯粹、温情、敦厚、清洁。

诗歌的审美品质当然是很多的，纯粹、温情、敦厚、清洁是其中的重要因素。杨建虎于此方面展现出了他较高的诗歌才华和抒情能力。他的抒情不是张扬的呐喊，也不是畏缩的呢喃，而是张弛收缩自如的情感弥漫。他的诗歌是一种能让阅读者安静清凉下来的诗歌，诗集名“闪电中的花园”这个短语本身就表达出了一种极致的宁静。我个人觉得能让接收者安静应该是各种艺术审美中一种很高的境界。

杨建虎安静的诗歌生长于西海固安静深厚神性的乡土和乡土上繁茂高贵的尊严与爱情之间。他的很多的诗歌都在用心讴歌着那片多情丰厚的土地和土地上庄严诗意的秋天，那里有他的亲人、花园、羊群、青草和姑娘，有他大片的梦想和时间。

春之声传遍家园的每个角落
我多想亲亲我的土地
群星盛开的高原的土地上
生长着我的诗歌和爱情
生长着人类永恒的尊严
就这样静静地守住灵魂
在春日的高原上
青草疯长野花烂漫

——《远逝》

那是人类向往、眷恋、迷醉、追求中的家园。那里有土地、爱情、青草和高原，有人类灵魂赖以停靠休憩的一切。那也是人类希望的家园，是理想的休歇之园，它宁静、透着温暖，热切召唤着一个又一个奔忙走失的灵魂。我仿佛听见它对我们说，回来吧！孤独的灵魂，你们都是我的孩子。

因为从本质意义上说，人的灵魂是永远孤单的，甚至是困绝的，人是永远无法感到充实丰富的。或许作为尘世中大多数的人来说，是无暇或不屑于思考这样的问题的，但作为精神旅途上的跋涉者和人类灵魂事物的代言者诗人，其孤独的生命体验会很深刻真实。人类其实是无法完全找到心灵的伴侣的，西方的先哲曾说，人的内心是孤岛，他人即地狱，在一定意义上是对生命个体无法完全完成与外在沟通的境遇的绝好阐释。而诗歌提供给人的恰恰是这一方面的补充，是这种困境的升华和照亮。诗人的每一首诗作都是一个灵魂的驿站，充当的是家的平安与温暖的幻想，这种幻想的“假象”会让人觉得生活是可以承受的，苦难不是最大的，未来是有足够的希望的。所以从此意义上说，诗歌是人类生活发展必须的指引和召唤力量，杨建虎的抒情诗是读者心灵必要的营养。

杨建虎抒情诗歌纯粹、温情、敦厚、净洁的气质来源于他干净、透明、真挚的心灵和他对于生活诗意的理解以及敏感的捕捉。

郎木寺的午后
这么干净的阳光落下来
照亮寺院红色的墙壁
寺院的尖顶，金光闪闪
那些摇转嘛呢筒的牧人
一步步，走在遥远的路上
一只鹰在寺院的上空盘旋
像一只静默的诗
顷刻间让我心潮澎湃
我知道，这是草原上的鹰
它的焚烧和安宁
都牵着我深深的梦魂
而我，还在这无家的传记里漫游
我知道，郎木寺是清洁我心灵的地方
那寂静的云彩，那苍老的树木
那高高的天葬台
那静静吃草的马儿
都使我对上苍心存感激

——《藏歌越过圣山》

这是一组宁静庄严的诗歌，在对简单事物的叙述中渗透了浓重的抒情，让巨大的沉默深陷于平静，它让我读穿生命，读透信仰，读出一个诗人对干净、温暖的理想与奢望，顿生对时间、空间、生命的无限热爱。郎木寺、牧人、苍鹰、天葬台，这些高原的物什，是人们普遍感到神秘的事物，寄予着人们对未知事物的理解和倾爱。这些意象，也曾无数次地牵绕着我的梦魂，寄寓着我对生活生命神秘意义的全部怀疑与猜测，杨建虎在诗中这样的深情抒写，正是带我穿越这种神秘体验的过程，对未知的理解、对生死的理解、对信仰的理解瞬间会在阅读中亲切起来。

杨建虎的诗歌在艺术上呈现出的特色主要是意象的成功运用。他是一个优秀的抒情者，但他的抒情不是直抒，大都是通过营造意象而间接达到的。这本身是诗歌表达的需要，也是杨建虎诗歌的亮点。

那傍晚的白色羊群
是动态的画，是飞翔的诗
风从西海固的原野上吹来
高原苍凉而高远的灵魂
此刻，被鸟鸣提升得空阔而灵动

傍晚的影子临近
无边充实的空气里
几头牛
缓缓走下山坡
在长长的山路上
风用目光按住
傍晚最后的诗意

——《傍晚的影子临近》

羊群、原野、鸟鸣、牛、山坡等等的意象，是承载傍晚诗意的最好的物什。对它们恰当的排列组合和阐发，是完成诗意书写的必须过程。作者在傍晚中的诗意抒情，表达了诗人对美好、安静、和谐的憧憬和热爱。在意象的选择和运用上，作者选择了典型的西海固乡村的风景，在这些意象上用了深浓的情感，用这些意象点亮了整个乡村傍晚的画面和诗意，有情有景，情景相融，和谐一体。意象的成功选择和用情的恰当以及意象组合排列的相宜成就了他诗歌较好的整体韵味。

杨建虎的诗歌写作是一种自我的写作，内心的写作，用情很深很专的唯美写作，没有当下易见的矫情造作，也不存在虚假的崇高或悲壮，甚至不着异彩。诗意宁静而又淡远，恰似一幅意境幽远的画，层次色彩浓淡搭配和谐相宜，在自由的抒情和简单的叙述中完成了最有诗意的理想书写。《闪电中的花园》一书中虽然有些篇章显得单薄拘谨，或者是低沉，但不影响整体的审美感受，这由他的性情决定，也由他的文化背景决定。但他贴近心灵的写作不仅成就了一个优秀的抒情诗人，更奠定了一份丰厚的可以穿越时空与读者达成共享的唯美情感，这是每一个杨建虎诗歌的读者都可以通过阅读得到的馈赠。

诗歌是让人对生活有所发现

——谢瑞诗歌简评

作为一个文学写作与追求者，一直以来，我没有放弃诗歌的阅读与写作，尽管自己习诗已久，长进不大，然却一直默耐地坚守，总喜欢在闲暇之时写上几句或读一读一些优秀的诗歌。在这样的坚持与追求当中，结识了一些爱好诗歌的朋友，以为幸运，闲暇之时交流促进，是为快事，遂颇感在脚下的这片土地上栖居有了浅淡的诗意。

和谢瑞认识，缘于诗歌。2005年夏我回家乡宁夏西海固，在诗人、时《固原日报》副刊部杨建虎先生的办公室里小坐，临走之时，杨托我给在银川的谢瑞捎一份近期的《固原日报》，上发了他的一组诗歌。我自然非常乐意，这样，就算初见了谢瑞和他的诗歌。据了解，谢瑞这时候才开始自己的诗歌写作之旅，我很为他一出手就显露出来的才情感叹。更让我感叹的是在随后，他的诗歌频发于《星星诗刊》《朔方》《黄河文学》等国内有较好影响的期刊，《诗选刊》2006年第5期和第6期连选了他的诗歌作品，这对于一个才开始诗歌写作的人来说无疑是不俗的起点。

当然这仅仅是起点，他的更大发展在以后逐渐地显现出来了，一些诗歌在富有灵性的同时，逐渐地有了生活和思想的厚度，《工地在午夜发出声响》《用倒叙的方式给一只羊以生路》等诗歌已经非常有力量和厚度，诗歌里面有了广阔的生活和强大的现实以及对之的超越。

我喜欢他的诗歌，首先是因为他诗歌的灵动、精巧和睿智。他往往能够在对庸常现实生活中的审视中有独到的诗意发现，让你有心思重新开始打量生活，并有所思考，有所发现，也有所收获。可能我们现实的生活都是基本平常的，琐碎的，许多情况下是乏味平淡的，人应该如何地去超越，如何去承受，诗歌在这方面发挥了非常积极的作用，但我们往往是忽略这些的，我们的生活稀里糊涂地过，把精神诗意的部分遗忘了，但我们人类都在享用着它。试想，如果我们每个人在生活的时候都清楚了生活是怎么回事，而又无法超越任何的东西，那我们是否还有勇气生活。我们每一个人其实一直都在超越着生活，但我们没有发现，谢瑞早期的这样一首诗歌可以让我们有所发现：

手臂被玻璃挡住已是第五次
窗外的那片树叶依然留在那里
我租住的宾馆的每一个角落
暗藏着细碎的声音
喧闹着塞满我的耳朵
在兰州
雪还没有落到地上
就融化了

——《寂寞在歌唱》

简简单单的物事情景，被赋予了诗意的忧伤与浪漫，浅浅淡淡的。作者能用草草几句把一种期望与失望之间的落差空白渲染得那样淋漓与耐品，不是只凭技术能达到的。它突显了作者良好的捕捉能力和感受力，更重要的是作者保持了和基本平常的距离，站在一种“远”的姿态上打量现实生活场景，才有了如此独到的发现。它让忙碌或疲惫生活着的人们突然发现，我们平常简单甚至无聊的生活原来是如此的富有诗意，是如此的值得享受与回味。它像是一个秘密一样藏在了我们生活的背后，被诗人发现。可能很多人也是有感受的，但是我们没有写出来，我们也不认为生活有这么多诗意，诗人的展示让我们吃惊。

对尘世生活的审视感叹，对作为生物的人的生命状态的思量与体悟，历来是诗人作家们的独特能事，这本身是一个永恒的话题，是一个常有新意的话题，是每一个人成长中都面对过的问题，有些人可能思考得多，有些人可能思考得少，但我们无法避开这样的困境和选择，生活不可能不对我们形成感受，我们也不可能不对自己本身进行思考，这样一个大的命题，也是一个不断被阐释的命题。在谢瑞不长的诗歌履历中，用意这方面的诗歌也很多。典型的是《墓志铭》。

一块碑不可能挡住思念与唾弃

浑浑噩噩了一生，现在
请允许我离开
在你们没有到达之前
从最初的位置
独自醒来，你们看见的
不是我全部的忧伤

不要哭泣
收起你们的尊敬、同情以及嘲笑和怜悯
我只要一小块土地，让他从此安静

让我在那里为自己
打上最后的补丁

——《墓志铭》

对于一个生命，一个人，一个人与生活的全部关系，他能作出如此简单诗性的概括与描述，情绪内敛，笔力凝练，为我不多见。生活在平常人眼里，就是生活，只是生活，别无他种可能，而在诗人的笔下，一个人的生命与生活，是那样的安静、从容、丰富及永恒，诗歌的结尾“我只要一小块土地，让他从此安静，让我在那里为自己，打上最后的补丁”，是一种哲学意义上对生命的打量与观照，充满了所有可能的寓意，让人不断地在回味中赞叹。

作为一个从乡村辗转到城市的青年诗人，曾经流浪过的经历让他始终有一种客居心态，这是像谢瑞这样的诗人最真切的生命体验，泛一点讲，也是许多人在大地之上生存过的体验，当然谢瑞写作之初的体验肯定是自我的，但无意间，他表现的也是人间的普遍。在自然或历史面前，我们每个人都是那样的渺小和卑微。《无题》是他书写这种情感体验的最佳诗作。

我把影子画在地上
赋予他奔跑的姿势
多少年来我一直跟在他后面
看着他如何长大成人
如何在拥挤的都市里
与一棵小草相爱
这期间
风悄悄地带走一些事物
而另一些被留了下来

——《无题》

把一个微弱个体生命发展存在的艰辛与失落抒写得几近完美，充满了象征意味的意象如影子、小草、风等等很恰到好处地提升了诗歌的意韵空间，加上充满哲思的话语，让该首诗特别地耐人寻味，我因之对之喜欢甚深。

诗歌肯定是一个时代的特征，是人类发展的一种阶段和脚印，当下诗歌的现状其实就是我们人类精神的现状，但我们集体匆忙地远离着精神，蒙蔽着自我，追逐着惯性。聪慧敏感的诗人谢瑞，用他精致、凝练、厚重、灵性的诗歌，让我们暂时停了下来，从而对我们平常的生活、情感、哲学有了新的发现和理解，获得了精神的诗意。他的逐渐走向开阔和热烈大气的写作也肯定会让我们在下次驻足的时候领略更多的亲切和风景。

优美之心，发而为文

应陈勇主席邀请，简述某期《贺兰山》稿件。本期为女作家专号。对女作家的作品，我一直存一份偏好，认为女性在人性本质上更接近文学的本质：真、善、美。文学能表现人生社会的全部，但真善美是最重要的价值引领。较之男性作家，女性作家更愿意、容易相信真善美的存在，当然更乐意表现如此。

我认真读了编辑发来的电子版作品（应不是全部），集中地体现了这样的特质，作品主旨普遍地表现出了信真、向善、趋美的文学能量，概莫有外。

因为当编辑之故，接触到石嘴山市的许多作家作品，欣赏推介他们作品的同时，建立起了紧密友谊，多次参加了当地的文学活动。对他们的文学创作活动有了“发现”意义上的认识，有一些实力不俗的作家，发表出版了一些很有价值的作品，只因石嘴山市作为一个工业地区、移民地区，涵养出的作家作品普遍不具有外界所期待与理解的“宁夏文学”封闭、贫瘠、落后、荒蛮、自满、自尊等的特点，而受到一定程度的遮蔽。虽此，但我一直没有认为石嘴山市的女作家们壮大到一定的力量。本次《贺兰山》集中推出女作家专号，显现出了女作家创作的规模与实力有了一定的充实，彰显出了地域的文学自信。

以目录顺序简要述之。“当代纪实”栏是报告文学，集中记述了本市几位先进人物的事迹，折红旭自强不息、勇攀高峰、助人为乐的剪纸人生，李聆热心热情、无私奉献、泛爱大众的品质精神，周淑琴尊老爱幼、坚强勇敢、超负荷担当的砥砺人生，其事迹不见诸文字，没有文学准确、生动、优美的表达，则难被人传颂，也感染影响不到更多的人，无法发挥模范带动作用。如此主人公，普遍地比常人在道德上高出半截，在毅力上高出半截，这种人不光是在文字里，生活中是大有的，我们缺乏对他们价值的肯定，精神的发扬，时代普遍地缺乏这种道德引领。作者们在对之的书写中，用情用力，不惜自己的文学才华，饱含着崇敬与礼赞，尤其对周淑琴的叙述，伴有少年诗意温存的回顾，用以抵御当下生活的疲惫绝望，很好地保证了人物对象的人性结构的完整与情感天平的平衡，为人物对象超高的道德存在找准了内在依据。作者们普遍地对先进人物述之完美，确系尊重有加。

“三人同题”栏目是一个有分量的栏目。此类同题文章是非常难写的，一般作家不愿为之，因为会在相比较中放大作者的不足，而不足又是每个作家自我的一部分。三人的文章均有不俗的功力，对本地一位青年画家才俊王伯石的描写见性、见情、见韵味，既妆人之形貌、神韵，又解艺之深味，在显现文采恣肆的同时体现出了作者们不浅的艺术修养。云薇的文章尤多了几分诗情，几分逸气，几分慷慨激赏。

中篇小说《欢乐生活》有一定的现实性，感情失意的城市青年记者与农村底层奋发的打工女杨雪之间非常规的相识之间，表现出两种不同的人生态度与生活能力，彼此羡慕，但并不交汇，却相互有积极的暗示。小说语言也较前卫，体现了作家努力介入当下现实生活的积极尝试，对现实纷繁虽解构不深，但有相对深刻的情感领悟。小说中有一个成功的细节，就是城市青年记者“我”对农村底层打工女杨雪的关注与好感是从“她”多次梳理一头秀美之发开始的，而“她”的生活生存状况其实并不与她细致安然地梳理一头秀发的行为匹配，较好地表现了杨雪虽处底层，其人性之美有过于一般人的主题。短篇小说《变故》《抹不去的记忆》作为小说，并不在意故事性，注重表现的还是情感，父女之情、人与宠物之情，读来使人受到感情的冲击。情感大于技法其实是写作的正途，两位作者可能是无意中的，但确实值得自己发现与重视。

诗歌中的现代诗抒发个人观察认知、情感体验，体现了女性敏锐细致的生活发现与温婉动情的情感表达，以雪呀、云呀、花呀、梦呀、风筝呀、长裙呀、心事呀等意象、主题最为集中，对细微的在意与感情的投入是男诗人不及的，对庸常生活的诗意升华更主动、更多情、更容易一些，虽均为小情感小境界，但优美生动，清浅悦心。常越的《青藏梦想（组诗）》有难得的胸怀境界，粗粝、硬朗，有男性诗人的气概，虽表达了普遍感受，但预示着写作上更多的可能，另需肯定。古体诗词与散文诗题材突破了个人情绪感受，显现了女诗人也有的内在的家园情怀，值得珍视。

文章精神是作家内心的映照，我对女作家作品的偏爱在此并不让我失望，她们用柔和、感性、优美的心灵润泽自己或许并不精妙绝伦的文字文章，带给我们一些虽清浅但纯粹的美好启迪。

生活川流不息，文学常写常新，作家们永远在路上，包括石嘴山市的女作家们。此辑，显现当下，以启未来。

“硬表现”主义诗群与阿尔

先锋作为一种声音，在宁夏显得相对孤单。银川诗人阿尔，和其他在宁夏的先锋诗人，他们凑在一起的存在，使得这片土地上的诗歌和全国先锋诗歌的脉搏一起跳动着。

阿尔的诗歌创作开始得比较早，个人也策划和参与过很多诗歌活动，如2003年的银川大地诗会，2007年的首届中国银川诗歌节，作为宁夏诗歌民刊的最早倡导者和主办者，从1991年的《吉普赛人》到此后的《原音》，历经近20年，为宁夏的诗歌发展作出了努力，并形成了较广泛的影响。

所谓先锋，我以为在时间上必须具有前瞻性，其指向的是一种新的可能性和深度的合理性，而不是当下部分诗人的扭曲和变态。对于银川诗歌创作而言，先锋诗歌的声音还正在陆续地发出，而作为参与者之一的诗歌民刊《原音》，则正是其主要的汇聚与传播之地。

诗歌作为时代最前沿或最深入的一种声音，应该是具有先锋性质的，这种先锋也是非常重要的，回头看看，我们今天所说的经典的诗歌在当年诞生的时候有好多都是先锋的，遭争论也是最激烈的。舒婷的《致橡树》，食指的《相信未来》，顾城的《一代人》

等当时都属于这种情况。阿尔的诗歌创作以直观的经验和感受写出了时代的迷离和疼痛，传达的是经验中最直接显在的部分，突破了我们常规的对诗歌狭隘的理解，让诗歌以一种轻松和“简单”的姿态面对读者，比如他的诗歌《午后》：

燕子低飞，你的湿润即将来临
舌头潜行，树沉睡了
哗哗响着，这风中的翅膀
窗帘起伏如偶遇你起伏的背影
阳光变暗，丢弃了节奏
言词为诗人刺痛
被世界所覆盖
你的一生需要更多的水来诉说
布鲁斯被遗忘了，午后
燕子低飞，云朵聚散不定
薄笺之后的音调，缄默如蝇
他于是唱起平缓的歌
“是的，一生已经夺目
何需再将自身照亮”

这样的诗歌中，生存或者说生活最直接经验的表达是犀利的，“硬表现”主义的风格和感觉让读者的阅读有新的体验。作品中燕子低飞的现实和舌头潜行的想象都是直接表达的，是一种痛快的表达效果，也是一种超然的审美感受。诗人对午后的感受不是在表面，不是在显在，而是在内里，在深处，在我们生活和生命情感经验的深处，写一个午后，他写到了人生：“你的一生需要更多的水来诉说/布鲁斯被遗忘了/午后，燕子低飞/云朵聚散不定/薄笺之后的音调/缄默如蝇/他于是唱起平缓的歌/‘是的，一生已经夺目，何需再将自身照亮’”。可以说，生活是在诗人的诗中，诗也就在我们的生活当中，他的诗歌和生活和现实和平常没有距离，在基本经验和深层结构上都有一致的属性。这样的诗歌最有可能成为时代的强音，当年朦胧诗的出现也是这样一个情况，看似独特，其实离我们的生活和情感最近，只因为我们离我们自己本真的生命和情感远了，当我们在读阿尔的诗歌时瞬间发现这样的事实的时候，我们的生活就在诗歌中浮现了，就像顾城当年著名的诗句“你看我时很远，看云时很近”一样。

阿尔在《原音》“硬表现”专辑的序中说道：我不会引用哪个名人的话语来结束这次表白，我以硬表现诗人中君儿的诗句结束这次关于硬表现的表白：“今夜选一个墓地/用无边的碑承受我们的喜。”

阿尔和原音诗群的诗歌创作作为一个先锋的存在，在这个诗歌边缘化的时代，或许是孤单寂寞的，但这种写作绝对是必要的，是时代的必要，是诗歌本身发展的需要。可能我们平常一贯认为的诗歌会随着时代的发展和受众的选择被淹没，而真正能流传的正是一些越过时代，被我们称为先锋的诗歌。说它先锋，是基于我们稳定的惯性来说的，要知道，诗歌要发展，可能正是这样的稳定性在阻碍，对之的打破可能也是先锋的使命和意义。

先锋因之成为了先锋。

小说与何强

看完青年作家何强的小说集《字书年华》之后，我很自然地在稿子上写下了一组词："小说与何强"。

写出这组词后，我却不十分清楚我要表达什么。何强是我的一个朋友，喜欢读书，写点东西，当然，写了一些不错的小说。因为他的小说的不错在我的平常经验中的积累，就促使我在看他作品后写下了"小说与何强"这样的词组搭配。小说是一个大的文学门类，何强自然与其无法并列存在，许多可以称为大师的小说家也无法与之并列。之所以在这里把小说与何强联系在一起，是因为何强在小说方面展现出的才华让我觉得他与小说这样的文学体裁关系很近。

何强写的小说不少，有一篇不错的小说叫做《零度研究》。为什么叫做"零度研究"呢？"零度"似乎是80后青春文学中一个很关键的词，兰喜喜的首部长篇小说叫做《零度青春》，韩寒有一本文集叫做《零下一度》，等等。其实，对"零度"的书写不是偶然的，这是后青春期的生命初涉人世的冷暖后一种为赋新词的无意忧伤和落寞，对于人生的"九十九度"还很难有深刻的把握，只好用一种冷却的方式来锻造被生活灼伤了的青春，作为见证，作为祭奠。这也是年轻写作者不可回避的真实特点。

然何强毕竟不是80后，比于前卫、叛逆、混乱无目的的80后写作，何强自有他的成熟和克制。小说《零度研究》不是新写实作家式的客观冷静甚至是冷漠叙述，青春的焦躁和激情也不是很夸张。他在追求一种感觉上的不深刻但似乎很真实的零度感受。“在这样浮躁的季节，冷水的确是个好东西！”主人公用冷却的方式来记忆青春的季节，多了少年才性和幸福的忧伤，而“零度界限”的突破或许就像一场梦一样地划过，那些忧伤落英缤纷，令人心生无限的亲切和美好。

“我/只能是零度/或冷或热/都会使我错乱”，小说的叙述像一个梦幻一样，有突兀险奇的情节，也让人难以捉摸。读完小说更加感到故事本身和人物的意识像一场梦一样的迷离，似乎有着心理探幽的意味，主人公嬉皮士的叛逆和情感的波澜，反倒有了一种新意感。何强在作品中近乎偏执地用才子性情书写着自己的青春、大学、梦想和现实，他难以割舍自己美好而又脆弱的青春记忆，那是一种伤，也是一种美。他对“零度”的书写其实是在书写着对青春的贪恋，对少年才性的贪恋。

对于一个作家，过分从年龄上进行界定是有失偏颇的。但我还是忍不住把何强的小说与其他创作者进行一些比较。与西部作家的乡土传统相比，何强的小说有摆脱乡土视阈束缚的冲动，但是又难以对城市生活进行深刻把握，遂产生了行走在城市和乡村之间的话语尴尬。这也是和何强同龄的很多作家创作的深刻感受，但是，可喜的是，这种矛盾反而使得何强小说中的人物的身份可以进行多重建构，或学生，或知识分子，或税务员，或一个乡村妇女，或一个流浪的人，可以见出探索意识的投射。

就叙述策略而言，《零度研究》虽然有一定的新意，比如视角上和叙述语言上，或许多少有叙述者的感受和影子，但是整体上还是欠成熟的。更有意味的是《声音或图像》，是我最喜欢的何强的一篇小说，有着未被忘却的乡土气息，对生命苦难和忧伤的表露，对人性温存的展示，以及贯穿整个文本的悲剧氛围，都是非常感人的，于一个青年作家也是很难得的，彰显了何强创作前景的可能性。正是这篇小说，我对何强的小说创作的宽阔前景充满了期待。在小说中，人物就是一个意象，最成功的人物是荞花，小说对一个女人心理微妙世界的把握和摹写非常传神。小说的人物在事件中多了一份生命的沉重和忧患，没有青春的躁动和不安，只有生活，那种本真而又强大的生活，在文章的诗意中流动，令读者领受强大的震撼。

无论是审美艺术手法还是叙述文本自身的锻造，每一个作家都要经历一个由不成熟到成熟的发展过程，最终的成熟往往是一个不断超越自己、开拓新的空间的历程。何强在小说方面展现出的才华，足以让我认定，在小说创作领域，他可以攀越更为高远广阔的天地。

创作是何强的副业，多年的笔耕已初有成果，在日常的匆忙和烦乱中能坚持读书写作的何强，就这样与小说相关着。

我批故我在

本来，像我这样的粗陋者，平时并没有个深思熟虑的习惯，也缺少起码的敏锐，按说不会有什么“脾气”可言。然忽有一日，不知哪根神经错乱，竟生出要对当今部分社会文化做一番批评的想法。看来，是到了不说不行的程度。平时没有脾气的人偶有脾气可发，是幸中之事，自然心中的想法不吐不快。但又虑及自己学识浅薄，不敢妄言，因此找了一句“浅薄书生不怕虎”的话来给自己壮胆。

前一段时间，“马加爵事件”让国人很是“有聊”了一阵，给相对无聊的国人算是找了点事儿。“马加爵事件”一起，忽有一人大呼，青年一代精神危机，于是很多人大呼，青年一代精神危机。基于无聊，当下的国人越来越热衷于讨论一个又一个具有“典型意义”的话题。人们动辄就某一现象热烈而又激动地大谈特谈了起来。似乎，有什么他非谈不可的，或者他是在为人民而谈，为祖国而谈，不谈对不起党和国家、人民似的。结果只是在未说明问题之前，又把这一份热情保持到了对下一现象的投入。其认识不外乎有二：一，表示一些愤慨和谴责；二，表示对当事人的理解和同情。当然也有一些折中的说法，却不过只停留在谈感想的层次上罢了。

其效果为零，只是谈者们过了一把谈瘾而已。这种现象在国人已不算是新鲜事，正常地犹如一日三餐。

如果硬要给这帮谈者们找一份不被人痛恨至极的理由的话，我只能述之为无聊。当然，我不是一味地抱残守缺反对谈论之人，批评的关键在于这样的谈论并没有解决多少实质性内容，相反，大量的牵强附会和对事件本身意义的强奸倒乱了事实的本来面目和一部分人的视听。

试看，时至今日，还能有几人记着那位马兄，从他的身上汲取着所具不多的一点教训呢？我想这样的有心人现在恐怕打着探照灯也难找几个出来。事实恰巧说明了国人当初的无聊和今日的健忘。在马加爵早已走出人们记忆的今天，我在此重提旧人旧事，并不是想追谈什么，我缺少那份爱好和激情。而是，乐意在马加爵和社会文化的关系上说一点什么，马加爵的行为，当属变态之行列，中国人时下热衷于变态，青年人尤甚，其规模很具广泛性，程度愈演愈烈，形式不断推陈出新。先是少年儿童纷纷弃学逃走，后来是歌星、作家们脱掉裤子大放异彩，接下来作为时代精英的马加爵又给我们大开了杀戒。变态者们总是变态在人们的想象之外。往往我们还没有准备好心情，变态者们已完成了他们的杰作。

我愿意把这一切归咎于社会文化，尽管这完全有可能被指责为牵强附会，然而我以为中国当代的社会文化确有许多不大好说的问题，而且还很严重，究竟如何个不大好说，在未找到更好的词表达之前，姑且称之为变态文化。

比如音乐，如今的歌坛是变态得最为严重的一块，变态者们云集于此，百变其态，无丑不达其极。歌手们的歌越唱越难听，词越写越无趣，表达的情绪莫名其妙。使人很不能理解他们到底要干什么，为啥要跟我们的听觉过不去。近年来华语歌坛榜中榜前十名中每有八九是变态之人。诸如周杰伦、陶喆之流，其嘟囔之情态每让人生出尿意，陶喆在《黑色柳丁》里大唱“我只想哭，我只想哭，……”我想他干脆哭得了，比他唱的或许会好听一些，至于周杰伦，更让人不能理解他要干啥，每逢其唱，我必无比痛苦，吐字犹如便秘便罢，还总要抡一对双节棍，让人怀疑他是要自残或是打人。这批变态者其歌唱的难听程度较之驴叫有过之而无不及，曾闻建安时期有一变态诗人好听驴叫，想他若生逢此世，必遇大饱耳福之机。唱也就唱罢，谁叫我不能长一对变态的耳朵呢，然尤让人不可思议的是这些变态之音却受到了国人，尤其是青年一代的疯狂喜爱。看来，中国人的变态已具有了坚实的“社会基础”和充分的“后备力量”。

比如文学，这份被作家张抗抗称为社会良心的事业，在当今时代下，正大面积地衰微，遭遇着前所未有的尴尬。这其实还不算什么，更让人难以忍受的是，它正遭受着部分作家自身的践踏。前不久读到这样一首讽刺当代部分作家文学创作的诗，题目忘了，内容大概是：男人们都露出了自己的把柄，女人们都露出了自己的漏洞，我们都这样了，还有什么好说？诗意何所指，相信大家都能参悟得到，我就不好多说什么了。

事实上正是这样，当今时代的作家实在不敢恭维，出来三个作家，第一个敢写到肚脐，第二个就可以写到肚脐下三寸，第三个就干脆脱掉裤子再论其他，其变态之况竟掀起数次现象。先是卫慧、棉棉、九丹们公开用下半身写作，紧接着，纯粹出售性体验的木子美就呼之而出了，且大有前无古人，后无来者，独领风骚的霸气，其厚颜无耻之程度足以创立吉尼斯世界纪录。诸位先驱不光红了一大把不说，更直接的受益是书本的畅销，腰包的鼓胀。这种现象只能令我等变态不及时者眼馋不已，自惭形秽，不能企及。然而，却也多少改变了对做一个作家的追求，以前，我非常崇拜作家，自己也偶尔涂鸦，很乐意被人称为作家。看到这些变态者们的表演之后，若谁再戏称我为作家，我必大骂他一顿：你才是作家，你们祖宗八代都是作家，你将来生一个儿子也当作家。

比如……

我真的不想再比如下去了，也不能再比如下去了，纵使再有多大怒气憋在我心底难受，也只好自消自受，我得考虑要给国人留一点至少可供挽回的面子，不至于他们日后无颜自顾。因此，面对着余下的许许多多的比如，我只能选择一串省略号来替代。同时，我深深地感觉到了羞愧，甚至愤怒。按说，应该有更比我羞愧愤怒者出来替我或是我们说话，可又虑及他们都较忙，无聊下来，还要忙着变态。因此，上面的话只有我这样的闲人来说了。

谁叫我不会无聊、变态呢，是不？

（此文作于2004年，时作者为大学二年级学生，过分的愤青，今观此文，确有过多偏激走样之处，仍录于此，缘不舍青春。）

编辑与欣赏

地域文学评论的可喜收获与有益启示

——《文学的触须》编读札记

钟正平是宁夏著名的文学评论家，我和他认识缘于文学。与所有文人的相识差不多，我首先认识的是这个名字，和一篇篇富有才情、观点鲜明、朴实清新、充满力量的文学评论联系在一起。在我成为了一名图书编辑后，一如既往地关注着钟先生的文学评论活动。近年来他在学校管理建设方面承担了更多责任，评论文章渐少，但每有出手，思想的含量、语言的才华、批评的力量都在。因为钟先生和宁夏出版业界领导多年来紧密的联系，也因为文学带给我们彼此相识的缘分，使我成为了《文学的触须》的责任编辑，并负责“宁夏师范学院学人文库”的出版统筹和编辑，自然感到荣幸和珍贵。

《文学的触须》是钟先生的首部文学评论集，汇集了作者在中国当代文学教学研究、地域文学研究评论等方面二十多年来积累的主要成果，全书共分为三辑，分别是“西部边地的文学风景”“西部边地的文学声音”“西部边地的文学视野”。第一辑“西部边地的文学风景”是主要部分，汇集了作者倾心的“西海固文学”研究的主要成果。第二辑“西部边地的文学声音”是作者在讲授“当代文学”课程之余对当代文坛文学现象和作家作品研究的心得。其中有对“汪国真现象”的透视，对秦牧散文的赏析，对罗广斌、杨益言《红岩》的论析，对孙犁“诗化的现实主义”创作艺术的阐释、对新时期作家作品的解读、对“茅盾文学奖”的思考等。第三辑“西部边地的文学视野”主要评论了《廊桥遗梦》《马语者》几部外国作家的经典作品，在文本细读的基础上展开细致评论。该书从初编到成书长达十余年，由著名学者袁伯诚先生（已故），宁夏社会科学院院长、著名学者张进海教授分别作序。收入本书的文学评论文章见性见情，更见作者宽阔深邃的学术视野与丰富敏锐的文学情怀，文章富有真知灼见，直指问题的本质，多发其他评论家所未发，体现了他良好的学术修养、敏锐的学术见解、富有激情的批评能力。

第一辑的“西海固文学”批评与研究是钟先生学术研究的主要兴趣所在，也是最有价值和影响的，内容占本书的二分之一多。在宁夏文学尤其是西海固文学的初成与发展中，相关群体普遍认为文学评论弱于创作，但细读钟正平等人的文学评论后会发现，相关的文学评论并非无所作为，而是有重要的成绩。一般而言，野心大的评论家往往是从文学史的视角出发评论当下鲜活的文学创作情况的，文学史的视野决定了他们多数是站在全国的文学现场上发言的。也有一些评论家习惯从文学理论的角度评论作家作品，其聚焦的多也是名家名作。其实地域性文学的批评研究也是重要的一块，一般是本地的部分学者评论家会对本土的文学现象有关照。地域文学评论在推动地方文学的发展、促成流派和现象的形成、厘清地域文化脉络、超越地域文化局限等方面的作用重要，意义独特。如此意义上，像钟正平这样钟情、执着于本土文学批评的评论家尤其显得重要、难得，值得钦佩。

“西海固文学”自提出以后，经过了多年的发育，虽然还构不成一个流派，但足以形成一种现象。虽然有些西海固作家诗人表达过对这个概念的反对，也只是表明作家诗人有突破自己文化局限的冲动，但作为学术研究和文学批评，“西海固文学”是一个方便的概念，也是一个准确、可靠的概念。

钟正平先生对西海固文学的研究对于西海固文学的发展产生了重要的意义。这样的评价毫不夸张。首先，钟正平先生对西海固文学的评论折射出西海固文学自在的景观。对西海固文学整体的论述和评价，让读者厘清了西海固独特的历史文化、民族心理、生活内容、精神内质等等，从而也让作家发现了自我写作的背景与定位，明晰了写作的目标与理路；让读者理解了西海固作家独特的人文涵养与作品特质形成的原因。对石舒清、郭文斌、季栋梁、了一容等作家作品的论述，让作家自己发现了自我写作中不清晰的审美价值、文学资源和存在问题，增添了创作的自信，厘清了自我创作的思路，也让读者明白了他们作品的价值所在，美的思想的成因。其次，以钟正平先生为代表的关于西海固文学的整体评论和个案研究拓展了西海固文学发展的空间，让西海固文学从浅表的宣传口号深化为富有学理深度与内涵的文学概念，概括提炼出了西海固文学共有的美学风貌、审美价值，促使西海固作家从自卑到自信、自觉，从视野狭隘到情怀丰富与广博。对西海固作家的综合考察和重点批评已让西海固文学的内涵逐渐清晰，乡土文学的底色、地域文化展示和民族心理书写等方面的文学价值，现实沉重和精神超脱等方面的特点更加鲜明，现代性视域不够、批判性不足等局限也得到指认。

钟正平先生以丰富的才情、敏锐的触觉、扎实的积累、大量的经历投身到西海固文学的研究与推介，是西海固文化、文学和作家们的幸运。他是至今为止对西海固文学研究最为深入、执着和有为的一人。在他的努力带动下，1998年4月，宁夏师范学院成立了西海固文学研究室，最后升格为西海固文学研究所，是专门以“西海固文学”为研究对象的科研机构，在推动西海固文学不断丰富进步、克服西海固文学存在的问题、扩大西海固文学的影响等方面发挥了重要作用。2008年，宁夏师范学院建成了一个中央与地方共建基地——西海固文学与地方民俗文化研究基地，先后共投资54万多元，是目前宁夏专门研究“西海固文学”最具优势的研究基地。同时在他的影响下，宁夏师范学院出现了武淑莲、倪万军、马晓雁、许艺等一批钟情于西海固文学研究评论的学者。

就我的阅读视野所及，相关西海固文学的评论文章很多，参与的作者面也很广。然而外来的评论者往往重在发现西海固有这样的文学气候和文学风景，表达一些感叹、赞美和祝福。对西海固文学有深入理解与扎实批评的还是本土的钟正平、武淑莲、马吉福、倪万军等评论家。从西海固文学健康持久发展的内在需求出发，西海固文学评论的繁荣在吸引外来评论家关注的同时，尤其还需要本土的学者与批评家的继续努力，《文学的触须》的出版，对于西海固文学评论的发展，无疑具有里程碑式的总结意义，更具有开启新阶段的启示目的和扎实基础。

对西海固文学的钟情与执着无疑占去了钟先生太多的精力和时间，但他的评论才华无法在此一处显现出来。在另外的一些论文里，有更全面精彩的表现，比如对矛盾文学奖多年来的考察批评和对“汪国真现象”的透视见出了他系统的批评经验、规范的批评方法、直言的批评勇气和紧跟时代脉搏的批评能力。对《廊桥遗梦》的评论体现了他宽阔的批评视野、执着的批评精神和细致的批评态度。

要说钟先生文学评论的得与失，我觉得还是和他最倾注的“西海固文学”评论整体的得失是一致的。目前对西海固文学的评论，整体上是入微细致的、全面客观的，体现出的是钟先生等评论家乡土文学的视域和文本细读的方法。但西海固文学评论我认为也存在局限或者说还有攀升的空间，比如：相关西海固文学的评论多是集中在文学作品本身或文学现象本身，鲜有从外在的其他角度研究西海固文学的文章。就西海固文学论西海固文学的偏多，从外在文学环境和文学发展评论西海固文学的偏少。再者，西海固文学本身所具有的局限是被评论家较少论及的，比如西海固文学普遍缺乏现代性视域，许多作家没有接受到足够的哲学启蒙，作品中封建性的落后内容颇多；还有，西海固文学普遍缺乏批判意识和思想力量，许多作家没有文化自觉和警惕意识，对某些思想观念和价值取向只是一味地歌颂或迎合。上述局限被评论家较少论及或深入剖析，也反映了钟先生等西海固文学评论家始终以构建、发掘、鼓励为主要任务，纵深的解剖式的批评还无暇顾及，或者说是认为对成长中的西海固文学还不足以承受。

《文学的触须》是钟先生的第一本文学评论集，是宁夏出版界在地域文学评论方面出版的又一精品，也是宁夏地域文学评论的重要收获之一，为宁夏本土地域文学评论的更好发展积累了成果，也带来了有益启示。作为关心宁夏本土文学创作与评论研究、熟悉钟先生学术履历的出版人，我相信钟先生的文学评论之路还长，还预示着更多的收获。对之，我们还有更多的期待。

人性深处的美、善、关怀与希望

——简论漠月小说集《遍地香草》的主旨意蕴

漠月的文学创作，以短篇小说为主。和大多数宁夏作家一样，对于这种体裁，他表现出了钟情和执着，也体现出了才华，取得了不俗的成绩。至今，漠月已出版了三本短篇小说集，《锁阳》《放羊的女人》《遍地香草》。《遍地香草》是最新的一个集子，2013年8月由阳光出版社出版。从题目上能明显地看出来，漠月还是一如从前地继续着他的乡土小说写作。

与绝大多数同龄的西部作家一样，漠月的文学书写扎根于广袤、贫瘠、热烈、神性的西部乡土大地。漠月出生于内蒙古阿拉善盟，童年也成长于此，那里沙漠的无垠、草原的开阔、牧人的坚韧、童年时代的孤单给了他生活的积累、文学的启迪、心底温暖洁净的力量和丰富绵延的想象。他的作品几乎都是在写沙漠、牧区的人与事，多数小说里有对沙漠、骆驼、羊群、牧人等地理文化符号明显的景物的叙述，表现出强烈的地域文化特色。一个作家的成就，童年的经历和地域文化对他是有深刻影响的，也是他文学创造力最有力的支撑之一，因为那是属于他自己的最深刻的部分，就像陕北之于路遥、西海固之于石舒清等一样。大漠、牧区与草原是他的成长环境，也是他独特的文学地理资源。

阅读漠月的小说会发现，他的小说多以温暖的关怀方式、抚慰的方式、留存希望的方式结束叙述或主人公的命运。《谎花》是一个典型的文本，也是《遍地香草》里打头的一篇，说明了作者对之的钟爱。父亲、母亲和“我”在贫穷简陋的生活里惯性地生活着，“我”的感受里，父亲是一个不无缺点的西部汉子的形象：酗酒，骂人，母亲作为家庭生活中沉静温柔的力量，带给“我”美的感受，她期待追求一种新的收获，想种两趟西瓜，受到父亲的嘲讽，但她依然做了，“在这样一个春天和夏天里，母亲终于将她想了好多年的愿望种进了土里，然后等待这个愿望生根发芽开花结果，变成实实在在的绿皮红瓤黑籽的大西瓜。”然而父亲对此却非常冷漠，多次嘲讽。但最后在母亲面对瓜秧肆虐，谎花开过而只瓜未结季节将过，徒有无奈、叹息、纳闷的时候，父亲却一反平常，在一个母亲和“我”未察觉的夜里起来，挽救了这季西瓜，并最终让母亲和“我”吃上了西瓜，虽小，但最终是吃上了。最后父亲承诺：“不要紧，等明年吧。明年我给你们好好种上两趟西瓜。不，三趟。”平常的粗粝的生活中，父亲对母亲和家庭的那种表面粗糙，内含温柔的关怀得以巧妙地体现，他的坚硬生活下面的人性温暖和关怀照亮了家庭，温暖了“我”和母亲的生活，也照亮了父亲本人的形象。瓜秧开出的是谎花，父亲的外在的冷漠和嘲讽也是谎花，那是生活的坚硬留给他的外壳，父亲最后结出了足够温暖关怀“我”和母亲的果实。

有一篇小说我在读的过程中感觉到似乎要有例外，就是《许女的婚事》。许女在嫁给游手好闲的二靠后很长时间没有怀孕，两口子的感情出现了问题，许女最后偷偷投向了被二靠及许多人认为是傻瓜的聋哑的只知道出苦力的大靠，不久后许女怀孕了。作者在快结尾时，写到了大靠、二靠在一起劳作的场景，特意地写到了一件利器：“这种铁锨的锋利程度可想而知，不消说切一根萝卜，就是切一颗人头也会像切一根萝卜一样，轻而易举，不费吹灰之力。有这样的铁锨掌握在汉子的手上，实在是令人有些担心呢。”似乎给这个家庭未来的生活做了寒冷的一笔暗示，但作者最后又回到了一个温暖的结尾，许女怀着骨肉晒着太阳，看着两个汉子劳作，周围是美好的生活场景。不知道是作者不忍心面对可能是残酷结局的柔软的心理使然，还是有意做这样的隐藏，从而让故事溢出悬念——或许最终要爆发什么，或许一切平常，就像小说最后的场景，还是让人感到温暖和平静。

对于漠月小说的审美品质，我觉得可以用“真善美”三个字来概括。“真善美”在当下是越来越让人警惕的一组字眼，因为仿真、伪善、虚美的人与事给了我们太多的欺骗，影响了我们的判断自信。但漠月的小说中，我看到了对真、善、美的由衷的呵护，看到了他对之的朴素表现。《夏日的草滩》中，作者以一种肯定性的力量写到，男孩木子在善良心底的促动下，在小姑娘和她阿妈对他和父亲行为的鄙视下，最终偷偷放了父亲花大力气捕获的八只獾猪，哪怕面对的是父亲的怒吼责骂。《眺望女儿山》中残疾的杏子对女儿山充满了丰富的想象和美好的臆测，然而当现代的工业开采破坏了生态后，杏子心中美好的宁静被打破，想象被掳掠，从此生活情绪不再明朗，作者施予深深的同情。《少年与猫》里少年丰富的童年经验和记忆里，蕴藏着爱猫、呵护猫、真心对待猫的善的人性品质，对“骗猫”的恶之行为做了强有力的控诉，并有意设计了报应。《野驼》里楚鲁和“我”在寻找传说中的野驼无果后，怀疑我俩的中年汉子赶来了他的“野驼”，并把我俩“押解”出了沙漠，送到安全的地方。《岗岗滩》里那个冷漠、怪异的李老师，在“我”感染他无望后独自告别的时候，却以意想不到的方式展示出了他对“我”心底的情谊和珍重。《毡匠》里的那个沉默、受苦、被忽略甚至歧视的李毡匠，在我考上大学后，突然来找我，自己做主要给我擀一条毡。这些人物，要么具有真的情怀，要么具有善的行为，要么具有美的品质，他们都是最普通卑微的人物，然都在漠月的笔下展示出正面的肯定性的人性力量，尽管他们的外表一个个都是那么的简朴、冷硬或粗糙。漠月这种尊重实际的写作不但不损害他们“真善美”的品质形象，反而让读者觉得他们更真、更善、更美，没有那种令人生厌的“道德模范”和“完美君子”给人的虚假感。

出于善良，抑或出于有意的关怀，漠月对个别过于平常的人生结尾给予“神性”的超越。他的作品大多写的是普通人的平凡如尘埃的生活，他们的生活是那样的平凡、庸常，甚至苍白。这样的平凡自然难以让人关照，缺乏意义，难以超越。于是他赋予了他们神性的色彩。《老狐》里面喜顺老汉作为一个猎人，生活得孤单，苍白，没有什么深刻意义。但他在几乎打完了漫水滩的所有狐狸，人生快走到尽头时，却遭遇了一个“妖化”的红狐，像梦一样绕着他，像影子一样缠着他，让他觉得虚无缥缈，他们之间的对峙与较量开始变得有难度，从而让他的打猎人生有了某种神性的超脱和人性的触动，并在最后看到了他的猎物“一只眼睛在流血，一只眼睛在流泪。”所以他最后的枪口没有对准老狐，而是屋顶。让一个普通猎人的人生有了足可驻足探讨的玄妙、惊叹，同时也楔入了保护自然、和谐共存的主题。

《遍地香草》这个中篇写的是一种生机，一种肯定，一种力量。草的生机勃勃喻示着人的生机勃勃、生活的生机勃勃。“性”是表现这些力量的最好的手段，作品积极肯定地写着性，林子在父母的性事中迷惑、怀疑、成长，确认了性是人生的力量之一，和自然万物一样，也是生长的力量，“母亲为自己的儿子感到高兴，儿子的身上更加呈现出了一种成长的力量”。小说的结尾香草遍地、大获丰收、母亲又生出了一个女孩，林子又长大了一些……一起都充满生机和期待。

和许多同龄作家一样，漠月的写作是一种耽于经验与记忆的写作，对成年后的生活由于缺乏足够的时间距离，在作品里并没有有效的文学审视与表现。按照人性心理，经验和记忆由于时过境迁，曾经的苦涩、艰辛与挣脱的渴望会变得遥远淡化，浮出笔头的往往只剩下了能对抗当下疲累的美好、温暖和抒情，自然成为了他小说的主要主旨意蕴。

对漠月小说主旨意蕴做这样的肯定与礼赞，不算是什么能耐，其实是对文学本质力量的肯定，文学的本质应该是对人类苦难的深深悲悯，对人类缺陷的深深忧思，对人类未来的苦苦追寻，漠月作品中对真善美及希望的热情讴歌与执着书写是对人性正面力量的颂扬赞誉，构筑着人生的有意义与有力量。但这并不是要说所有作家都应该对写作素材做这样的处理。作家的写作首先应该忠实于自己的经历、感受、判断，诸多伟大的作品写到了人性的恶、黑暗、残酷等。那是因为恶能让善更珍贵，黑暗能让光明更光明，残酷能让温情更有抚慰的力量。同时因为那是符合人性实际的，也是符合生活的实际和逻辑的，自然是符合文学表现的逻辑的，只要我们最终看到了高出一截的正面的力量。

《行走的阳光》编后絮语

邹慧萍老师是我上固原民族师范学校时候的语文老师。她没有直接给我代课，但在写作、口语艺术等方面给了我许多积极的影响。

说来惭愧，从固原民族师范学校毕业后，我就再也没有主动和邹老师联系过，一方面是因为毕业那时我们还没有电子邮箱、QQ、手机等通讯工具，另一方面主要是我懒惰、疏忽、欠礼貌的原因。2007年我在《黄河文学》编辑部实习的时候，邹老师来访编辑部，幸见一面，知道她借调在银川一中，我想大约离正式调动不远矣，小叙之后她就离开了。随后我在银川唐徕回中的巷子碰到过一次邹老师，她大约是到回中办事，我在那里等女朋友。我那时候正大学毕业找工作，遇事不顺，无着无落，很感自卑。记得邹老师对我有几句表扬，她说我一同学在她们学校实习时，听说她曾是我的老师而向她了解我，她以为我和她处对象，就狠狠地表扬了我，大意是佐红很有思想、思路清晰、视野开阔，能成事业。我知道自己的斤两，邹老师的话我理解为老师对学生的偏爱、鼓励和希冀。但在当时，偶遇邹老师及她给我的鼓励，让我在尚感无助的银川倍觉温暖。写此文前几日，在银川市行政中心还碰到邹老师的爱人张继业先生，他早于我上师范就调离了学校，我向他做了自我介绍，他张口就说知道，文学评论写得不错什么的。我就知道，邹老师在家也没少表扬我。

但于邹老师，我还是懒惰、疏忽、欠礼貌的。那次见她以后忙于找工作、干工作、成家等等，一直没有主动和她联系。直到2012年夏天接到邹老师的一个电话，她说她想出书，她从《黄河文学》编辑部闻玉霞老师那里知道我在出版社，得到了我的电话号码。我也知道了她现在任职于宁夏幼儿师范学校，回到了师范教育的本行。我知道邹老师肯定还认识不少出版界的人，找到学生我是对我的信任。

散文集《行走的阳光》书稿交给我的时候，邹老师一再嘱托我以理论的高度和“评论家”（邹老师语）的水准对其中的附文做修饰，我知道这是邹老师的谦虚作风和一贯地对学生的鼓励、希冀的师风使然，我不敢以评论家居，只是也爱好文学罢了。附文自是没有修改，因为细读了之后，我觉得本书的附文实在是很好的，朴实、贴切、真诚、到位，这是多么难得的文章啊！实在是比一篇充满理论话语的文章要有效得多，而且更符合作者的身份。我跟邹老师汇报了我的看法，她欣然同意，我感到很高兴，因为我的判断邹老师是认可的。但我应诺给本书写编后记，因为这个可以不像论文那样死板客套，会有更有效地表达，虽不能给作品增色，或有遮蔽，但老师对我的信任我感到珍惜、激动，同时想借机表达对邹老师的惭愧和感激。

写下这么多的话还没有谈到她的散文，实在是因为有太多的话想说，同时也因为我一直认为“知人论文”是有一定道理的。邹老师的散文一如久为人师的她，规范、温良、善意、真诚，具有典型的经典女性写作的特质。但她的作品里没有当下女性写作中惯见的矫揉造作、虚伪夸饰、神神叨叨。她散文中一些经典的转折、断句很具中学（中师）语文教材上经典散文的味道。她散文的内容一如她的人生，浸满着一位女儿的感恩，一位儿媳的贤良，一位妻子的美德，一位母亲的无私，一位学生的感激，一位老师的博爱，一位社会人的爱意。

散文应该如何写，怎么样的散文能算作好散文，怎样对散文进行评论？一直以来，我们并没有形成什么系统的经验和办法。较之现代散文，可能我们更会评论古代散文。我国古代，为区别于韵文、骈文，凡不押韵、不重排偶的散体文章，包括经、传、史书在内，一律称之为散文。所以散文从来就是个大筐子，可以塞进去的东西比较多。但我们能读到的古代流传下来的散文，书写历史事件、阐说治世思想、言论政治胸怀的居多，抒发个人性情的游记之类的散文只在唐宋散文里比较多见，而且许多还是和政治抱负结合的。对于古代散文的评论，我们习惯了从政治视角谈，从历史沿革谈，从思想批评谈，从现实功用谈，从古代汉语的规则和表达效果来谈。但自现代以来，古汉语的弃用给了散文以很大的解放，同时给了散文写作以新的难度。以周作人的《人的文学》为发端，回到人本身的散文逐渐地苏醒了，直至当下发展到了另一个极端，太多的文章只关注自己，而对时代、社会和身边现实漠不关心。或者是只写自己的一己之喜怒哀乐，很少关乎他人。世纪之交的时候，以《美文》杂志为代表的文学界人士，集中地追求过大散文这样的审美效果，但至今天，改观不是很大。

一己情怀的散文虽气象显得小，有其不足，但我觉得，回到人本身的散文，则更多地显出一些真实和朴素来。我一直认为，真实的人事、真诚的情怀态度、朴素的情感，是散文写作最重要也是最基本的品质，这个不分大小境界。但很遗憾，这个最基本的要求于当下的散文写作中并没有达到基本的满意。大的、空的、假的内容和虚的、华丽、藻饰的文风很常见。

可贵的是，邹老师散文的气象并不小，不是“小女子”式拘泥于一己之情怀的呢喃，她散文中有很多关于他者的叙述，亲人、老师、朋友、邻居、同事等等，他们的人生故事、情状百态、交往渊源都是邹老师写作的对象。当然邹老师的散文也少过于宏大的题材和主旨。她主要写的是自己和他人交往交织着的生活，写的是真实的人生、直接的经验、烟火味十足的尘世。

谈邹老师的散文，我也想提到被用烂了的“真善美”几个字。我说过，其实我一直是警惕“真善美”的，在文学中，这是几个耀眼的字，但现实中，我看过了不少的“仿真”“伪善”“虚美”的文字和表演，所以一直心存警惕。但于邹老师的散文所表现出的主旨和意蕴，我觉得使用这几个耀眼的字是恰当的，虽然我也同时觉得因为人师、女性的邹老师缘于善良对许多写作对象做了简单化的表现，她往往只表现人的善良、美好、光明的一面，而对他（她）们的复杂性表现不够。比如她回忆过去只选择了美好，叙写民工只保留了同情，写底层生活只写到了快乐，与石舒清散文的客观回忆不避灰色有区别。但邹老师缘于善良的散文写作给了我另一种重要的感动：她实在是太善良了，真的善良。她因为内心的美好，看到的世界基本上全是美好的，他人基本上全是真诚善良的。余例不举，只提她多次写到的那个衣衫破烂、满脸污垢却头上插满花的女人，有些人给予她嘲笑，大多数人只是给予同情，但邹老师写到的是对她“尊严”的呵护，对她尚具有的追求美的能力的呵护。她对她深刻的同情与情感上的呵护让我觉得就像她捧着一个晶莹的盛满水的器皿一样小心而谨慎，不忍我打扰和苛责。

邹老师写到父母的一些文字，有太多真实的感动、为人的况味和人性的美好。她在多篇文章里表达出的对父亲的挽留和呼唤多次惊醒我不断麻木的对父母的情感，对父亲不坐轮椅而需要子女搀扶的行为观察和心理揣摩真实到位，令人感动而感叹。这是确确实实的真和爱，绝不同于一些人的“作秀”。这或许只有细心的女儿才能有心发现、用心铭记并记录下来，对于读者，这是一份难得的发现和感动。

邹老师散文中感动我的另一点是对师者的尊重，在小辑的分布中，她把对老师的纪念文章放在了“亲情天空”这辑中，意为师生情谊是亲情的一类。她对师生情谊的叙写篇幅较多，饱含深情与感恩，对一些过往的细节记忆和描摹非常清晰准确，那个手持粉笔划射线直到操场围墙根才返回，并出“狂言”说没有阻挡可以一直走到地球那边的张老师形象，塑造得别样的真实、有趣和似曾相识，说明了邹老师观察的有心和记忆的深刻，也说明了她感恩师者情感的浓烈、持久，令人感佩。这些散文字里行间充满激发人心真善美情感的真正力量。

读邹老师的散文，我多次被她对细节的重视吸引，她对细节的发现表现了对生活的热爱，《我穿过的鞋子》中那些被遗弃的鞋子的面目和“感受”，是只有邹老师这样有心并热爱生活的人才能观察得到，并有欲望写作出来的。

感恩亲友、热爱生活、热爱写作，这是邹老师散文读后给我最大的体会，她也在跋文和其他散文中多次表露，她因为热爱生活才写作，因为热爱写作更爱着生活。她的充满了爱、善意、真诚的散文写作，体现着当代女性写作的积极力量、有效价值和本色魅力。

浅薄文字，编后而记，必不达邹老师作品的意蕴，美的风采和价值，在她的文章里。

一部富有文学感觉的批评著作

——简评《雕虫问学集》

宁夏大学人文学院李生滨教授的文学批评专著《雕虫问学集》出版后不久，我接到了时宁夏新闻出版局朱世忠先生的一个电话，他异常激动地告诉我说，《雕虫问学集》是宁夏人民出版社近些年来出版的最有文学感觉的一本书。当时因为电话通话质量的影响，我没能详细地和他就此展开讨论，倒是他的“有文学感觉”这样一个界说给了我评价先生文章一个绝好的启发。

由于和李生滨先生有师生之谊，且相知甚深，他的文章对我产生了很大的直接影响，并且他从师范毕业的乡村教师成为文学博士后、至今还在求学读书的人生奋斗履历也给我极大的鼓励振奋，所以（很）有一段时间内，我无法就他的几本批评专著做出保持距离的理性评价。先生其书，正如先生其人，亲切、质朴、细致、通达而又睿智、恳切、严谨。置于案头，每抬头间，如见先生其人，心中颇增几分奋发努力的信心，不敢懈怠半分。

《雕虫问学集》的出版，于先生是一份自然，虽然先生倾心于“京派”文学与鲁迅的研究，但先生的读书博而杂，视野广而深，所以取得的成就就是多方面的了。

在捧读《雕虫问学集》时，我十分认同扉页上编辑关于先生文章的界说："作者多元的视角把握和敏锐的情感领悟，论文说理不仅视野开阔，且多了一份文学关照的审美精神和内在情怀。可能是作者读书的驳杂，加上规范的经院学风的浸染，议论多有剀切之处，对生活的热情和对文学的热爱，每每就契合心境的作家作品，本色当行，能贴近文本进行悉心解读。大概是多年亲近鲁迅与沈从文，潜移默化，自己的批评文体却也悄然走向了自觉，没有教条的雷同，语言与情感丰沛充盈。"这是一段绝好的批评概括，对于先生的学术涵养、文章经络、审美情感等的评析简约而贴切，恰当而中肯。《雕虫问学集》这本著作的特色和所体现出的先生的学术水准，我也有我自己的阅读认识，概括起来论说，主要是三个方面：一是细致敏锐的情感领悟，二是幽微独到的人性关怀，三是视野的开阔和情怀的丰富。

20世纪中国文学是先生研究的主要方向，具体的研究从晚清文化的嬗变和思潮演进入手，统领整个书稿的是艺术的审美和文学的批评，穿越整个20世纪中国文学的历史进程，对百年来中国现代文学发生、发展的脉搏可以说有一个敏锐清晰的把握和到位的描述。要做到此一级，背后先生的阅读是浩繁的，古今中外的，从哲学到宗教，从政治到艺术，从语言到文学，经典的文本、作品都是先生所悉心阅读追求的，因此才成就了他如此的驳杂丰富和开阔深邃。

《雕虫问学集》这部专著，内容包括"思潮与文体""鲁迅研究""郭沫若研究""'京派'文学""当代作家文本细读""西部文学与地域特色"六大块，可以说宏观而又入微地把握住了百年中国文学发生、发展、演变的轨迹和成就。

人文情怀（精神）是先生论文说理的一大亮点，不为一般的批评者所具有。先生的论文说理不空泛，不强硬，不冰冷，不卖弄，而是往往能从文本的细处出发，从研究对象的具体存在状况和心理现实出发，充满理解与身受地深入作家的文化背景和作品的生成环境，探悉其情感、心灵的律动和状态。"鲁迅研究"是先生博士论文的选题方向，已在河南大学（北京中国现代文学馆）文学院博士后流动站修改完成了其三十余万字的专论《晚清思想文化与鲁迅》，并于2013年由中国社会科学出版社出版。此处收集的只是零星的几篇，但也能让我们窥见先生对鲁迅研究的独有感发。鲁迅作为现代文学的开山之人，研究者颇众，成果丰硕，在其基础上要取得研究的哪怕是一点点的突破都是十分困难和富有挑战的。先生的研究颇有意味，他放开到更大的文化背景上，让我一度担心他的研究会“失控”，弄得最后统不起来。但欣喜的是，他做得很好。他没有同很多学者一样用笔墨于鲁迅与政治、时代等等说不尽的地方，而是从晚清的文化裂变和思潮演进以及“五四”新文化运动的艰难推进中考察鲁迅的文化境遇和其文化选择的痛苦必然性，并从鲁迅的家庭身世、工作状态和个性等幽微独到的方面探寻鲁迅思想文化的个性和历史文化寻绎。让读者很开眼界，最终避免了我那样的担心，还让许多对鲁迅和鲁迅的历史不甚明了的读者得以发现“另外”的鲁迅。

《诗人郭沫若政治情怀和社会理想的人性阐释》一文最能见得先生批评文字的人性关怀。对于郭沫若这样一个颇有争议的作家，他没有从常规的肯定褒扬或诟病的方面评价，而是深入到郭沫若的性情，寻找他在文学上成功的因素和政治实践追求上得失的深层次的原因。并能结合郭沫若生存处境的变化和家庭生活的际遇与其理想情怀受挫的现实批评他的晚节不保，先生用设身处地的情感体受和充满人情味的人性关怀理解批评郭沫若其人其文。对作家“性情”的独特关注是先生文学批评的最重要的亮点。关于文学的起源和本质有“性情说”，文学和性情之间的关系不是我能说透的，但文学的创作者肯定是有性情的，文学表现的肯定有作家性情的内容。先生偏爱从这个角度深入作家作品，进而达到对作品思想性、艺术性的批评表达，使得他的批评文字充满了人性的关怀和体贴。这种胸怀或许是评论家应该真正具有的。

“京派”文学是先生学术研究的又一重点。虽然收入论著的文字粗略单薄，但全面阅读“京派”的著作《沈从文与京派魅力》已经面世（宁夏人民出版社2008年版）。我想，先生之所以选择“京派”文学作为自己研究的内容之一，是因为先生认同“京派”文人的性情和做人的本分以及对文学的坚守，在先生的课堂上，曾听先生不无自信地用自我的语言评价“京派”文人：“冲淡平和不掩人性的光芒，拘谨狭小不伤做人的本分。”说明了先生对“京派”文人内在性情和社会价值的认同和肯定。先生对“京派”作家的身世和作品非常之熟悉，对沈从文、凌叔华、林徽因等作家内心情感细致入微的领悟和感受非一般人能及，此为先生批评文章的独具价值的贡献。文学的背后是生活，生活着其实就是文学着，先生丰富的生活经验和较复杂的生活阅历以及敏锐的领悟能力决定了他对文学、对人生有自我独特的体验和感悟，所以在治学和撰文中，往往也能从实地的感受体验出发考察人性，烛照人性的洞穴，发觉人性与人情美，批评人性的缺陷。人性就是文学性，人的性情的感觉就是文学的感觉，所以先生对文学性情的认可以及追求使自己的文字也悄然形成自觉，此可能正是“富有文学感觉”。

作为主要从事现代文学教学研究的高校教师，能对当代作家作品有一个追踪的批评阅读，并往往能贴近文本细读领受感发，是颇为可贵之处，贾平凹、张炜、余华、毕飞宇、石舒清等一批当代作家，从传统到先锋都在先生的批评视阈里，而且这些批评文章在关于这些作家的研究文章中都很有分量，许多篇被各出版社出版的相关作家的研究资料汇编收录。更具特色的是对西部当代文学尤其是宁夏文学最新作品的阅读认可，本色当行，细致入微，涵盖了小说、散文、诗歌等多种题材，对“西海固文学”这样的文学现象更是投入了较多的精力，这方面的成果已规模初成，不日将结集出版。

从思潮到文化，到艺术，再到贴近作品的细读阐释，先生形成了朴实丰富的批评路径和问学成果。

因此，《雕虫问学集》不是一本普通意义上的文学批评专著，它决不因为理论文章的专业、理性拒绝读者，相反，它的贴切、简约、生动和文笔的优美深情以及情感的丰沛会让阅读它的每一位读者从心底产生足够的亲切和强大的认同，它甚至比许多文学作品更吸引读者。它带给读者的文学感觉和享受，是可求的珍贵。

现实视野、历史胸怀与慷慨精神

——简论导夫诗集《山河之侧》

中国当代诗歌的发展，从外在影响看，整体上是从文化生活中心逐渐退到视野边缘的过程。从内在精神看，是一个从关注社会现实逐渐转入诗人内心自我的过程。中间或有例外，但整体的趋势明显。这一过程也是伴随着中国当代文学逐渐由热变温、由“众”变“寡”的过程，不过诗歌演进体现得更突出而已。诗歌逐渐远离政治激情，远离社会火热现实，远离文化生活核心，从历史的角度看，有其必然性，是好是坏，并不能简单辨之。总体，就新时期以来活跃的诗人群体结构来说，从年龄身份上看，50、60后诗人普遍具有的政治激动与激情参与社会现实的诗歌与70、80后诗人普遍个性阐发、探幽内心的诗歌形成明显的比照。二者在审美特质上各有优劣，前者在审美意境上大气开阔，磅礴有力，但往往失之情感雷同，语言直白而张力不足；后者意境丰富多解，感情真切细腻，但往往显出视域狭窄与精神低矮。

从深广的意义上说，诗歌是时代的产物，杰出的诗人会超越他的时代，但肯定也是在所处时代的高度与特征之上。导夫作为“60”初的诗人，其诗作是具有他典型的时代特征的，此也是本文成论的立足点，我总结为现实视野、历史胸怀与慷慨精神。

现实视野是导夫这一代诗人普遍的文学视野，就是多关注现实存在与重大主题，讴歌现实生活的方方面面，比如诗作中多言及祖国、人民、母亲、山河、祖先、东方、北方等大的、宏阔的主题意象。诗集的名字中就有“山河”的字眼，可见旨趣明显。诗句中更是多处体现，“这是北方的森林　强劲　挺立——我的人民/这是祖国的北方　淳朴　美丽——我的希望”（《北方：我的森林》），“为了我多难的祖国/为了我贫困的母亲/一个划时代的红色的笑　将抖落/一个民族几千年落后的呻吟”（《我的生命，从南极启程》），“于是　在我心里/在我的泪花和微笑里/在我情感的深处/唤一声　祖国呀　我的祖国”（《春天里，走来我的祖国》），“睁开眼睛　迎来世界的光明/我和我的祖国　一同走进清晨”。诗歌中对祖国、人民、山河与大地的不断重复书写，表明了诗人情感的某种“不自觉”，实则是爱之深、忧之深的体现。这样的诗歌选择与展示，显示了诗人开阔的胸怀、高远的精神境界与有为的志向，呈现出来的诗歌作品在审美的厚度、宽度、广度与深度上，确实比当下的“个性阐发”“探幽内心”的诗歌要上乘得多。

历史视野体现在诗人的创作中是对历史时间与历史人物事件的具体书写上。诗人的取材思路开阔，纵横上下，融通古今，不拘于当前当下，诗句中多次用较大的时间概念与数字表达情感。比如，“你夏日的热烈洗劫了无数锦旗和烽烟/你冬日的无情拒绝了无数人群与羊群”“你的挑逗是一千年一万年的慰藉/你的芳润是启迪高原之春的花朵”（《女性的沙漠》），“因而　你的爱深了/我的爱多么宽广/一千年　一万年的腥风苦雨/你站在世界的制高点上/坚强地探望/一千年　一万年的起伏沉降”（《大山的恋歌》），“谁能以含泪的小花　摇曳的枯杖和淡淡的云层/安抚中国五千年戏剧性的冲动”（《黄河交响曲》）。较大数字的引用与重复拓开了历史深度，拉长了审美空间，携带了历史的强烈气势，表达了诗人充沛的情感，较之个性阐发、探幽内心的诗歌显出了更高的境界与更大的力量。同时，诗人在创作时有时候直接将历史题材入诗，比如“西门大人着三寸金莲蜂拥而来/景阳冈上却不见行者”（《失却准星的枪口》），“朝着夸父逐日的方向/尿一条父性的黄河/尿一条母性的长江”（《无言之心》），这种类于“用典”的方式拓展了诗歌的审美视野，体现了诗人的文化知识视野与化之为诗的多情情怀。

慷慨精神也是导夫这一代诗人明显的难得的情怀。诗作的主旨中时常表现出一种奉献祖国，融入社会时代，化为力量之一的精神。比如，“你第一个拥抱春天/你是春天忠诚的公民/即使零落了/也将身躯留下/”（《报春花》），“在探究生活的断面/与时运的抵触相恋/理性的太阳　光耀我的心田/即使跌倒了　立起再转/因为　我创造的天性和我自己/每时都需生活之手加鞭/啊　我是一只陀螺”（《我是一只陀螺》），“我傲雪的性格　我坚信/我能够用我的生命　为冬夜/送走最后的时刻　为了/红日蓬勃的早晨　我/愿将自己的生命毁灭/——我自豪　我庆幸　我高歌”（《我是冬夜冰凌花》）。这种舍小我汇大潮的精神是时代精神的个体体现，通过最能表达情感的诗歌抒发出来，体现了诗人的时代担当与竭诚奉献，也是中华民族精神中最可贵的宝藏。此尤需70、80后诗人学习。

一个时代有一个时代诗歌的精神向度与气质引领，必同时有其艺术超越与价值贡献，从纵深的历史长河观之，亦必有其局限，也有其成绩。就中国当代诗歌创作而言，前期的尝试以及和古体诗的杂糅在艺术上并没有走向高峰，中间纯粹的政治抒情也不能推动诗歌的更大发展，新时期以来，在继承与发展的基础上，朦胧诗、第三代、中间带、民间写作等流派各有噱头，除过朦胧诗外，在我看来，并没有多大历史贡献、深刻影响与恒久意义。

本文仅是从新时期以来至今活跃的诗人们创作的诗歌中，其精神与价值主题区别明显背后的年龄依据简单而言的。概括地说，70、80后诗人的诗歌创作更自我，更幽微，也更丰富个性，在艺术探索方面有了深入的领悟与表现，但也普遍地失却了大的现实视野、开阔的历史胸怀与激昂的慷慨精神。尤其是失去对现实的充分关注后，诗歌备受冷落的命运就不可避免了。一旦重新关注起现实，可能会受到现实之人们的更多关注，这从汶川大地震后诗歌的短暂“归位”可以见得出来。导夫一代的诗人们具有的这些品质，是中国当代诗歌的重要精神资源，不应该被彻底地去除。但导夫们也该沉静地、平等地思索其后的诗人们何以整体如此，“合理性”是什么，定有一定的补益。

此文做如上的论述与评析，依之的《山河之侧》是一个典型的文本。

可靠的生活与回族女性精神长成的细致描摹

——略谈《马兰花开》

回族女作家马金莲的首部长篇小说《马兰花开》由黄河出版传媒集团宁夏人民教育出版社出版发行后，在读者中产生了一定的反响，获得了中宣部第十三届精神文明建设“五个一工程奖”。全书近40万字，无甚繁复庞杂的情节，主要写了一个叫马兰的回族女子，从被逼失学到为人妻、为人媳、为人母的琐碎过程与心路历程，相伴而行的是生活的不幸、屈辱、贫困、坚韧、挣扎、感慨与把味，展现了回族女性默耐、坚韧、勤奋、顺从、宽厚的精神品质，围绕着对马兰的塑造，全书展现了西部乡村回族日常生活与宗教生活的当代现实景貌，既有宗教文化对生活的浸润和对他们精神长成的指引，也有社会变迁对人物命运的强力干预与书写；既有宁静安闲诗意的温暖幸福，也有贫困辛酸沉重的人性苦痛；既展现了主人公马兰的人性美善，也刻写了李子梁等的人性的迷失沉沦和罪责。全书在主旨上表现了对长辈的尊重，对女性的礼赞，对男性部分本性的微弱质疑。

马金莲的小说创作近年来被全国范围内的专家读者喜好，一般是因为她端庄的书写态度、细致的情感体验、诗意的生活领悟、独特的民族精神内涵表达等。《马兰花开》与她的短篇小说一致，体现出如上的特质。我对她的作品认可的原因还有重要的另一点，即她表现的生活素材的可靠与情感的真实。当下的文学创作中，尤其是名家牵扯到底层生活的作品，出现了严重的问题，即表现的生活要么是早年记忆里的生活，要么是自我理解与想象中的“底层”生活，要么依据媒体的“二手”报道材料阐发，没有时代现实性和可靠性，与当下的、真正的底层生活相差甚远，表现为选择性记忆书写与他者眼光表层理解下的失真、扭曲、虚伪与欺骗，并且作品普遍没有到位的情感体验与领悟。而《马兰花开》的题材背景是作者出生、成长、生活中的宁夏西海固乡村回族家庭，作者生活背景与题材背景的一致性与作家身份与主人公身份的高似性保证了作品内容的真实可靠与体验的准确到位。作者也并没有刻意地掩饰或修改什么。由于我与作者出生于同一地区，至今与这片土地千丝万缕地联系着，所以能敏锐地感知到，小说中的生活，是准确的西部乡村回族人民的现实生活的艺术勾勒，从内容到细节均可对应到生活现实，艺术超越是在现实的基础之上。在表现人物时，作者也采用了理性、客观的书写态度，善处写善，美处写美，恶处写恶，没有为表现某一方面而刻意放大相应的尺寸让读者觉得虚假，这种朴素坦诚的写作态度值得我们尊敬和珍惜。

小说的主题并无深刻之旨，没有切入当代人精神领域里最高、最重要、最复杂、最困难之问题。小说篇幅较长，有拖沓之处，但故事内容很简单，虽然用了马兰婆婆家与马柏云两家的生活线索架起复式结构，但以马兰艰辛庸常生活下的精神长成与领悟为绝对主线，通过命运的变化与相应的精神砥砺，展现了她的精神成长、养成与成型，也以此集束了西部乡村回族女性身上普遍具有的精神品质，并以细腻之语言进行了典型、准确、朴素的文学表现，为当代文学又增添了一个有特点的女性形象。

集文学之大成　展民族之文史

——《中国回族文学通史》出版记

2014年12月，《中国回族文学通史》由黄河出版传媒集团阳光出版社出版发行，备受文学界、出版界的关注。黄河出版传媒集团作为宁夏唯一的大型综合性文化出版传媒企业，近年来在民族出版尤其是回族出版方面不断培育品种，持续扩大优势，在全国始终处于关键地位。《中国回族文学通史》的出版，是集团在回族出版方面的又一重要收获。

《中国回族文学通史》是宁夏申请的首个国家出版基金项目。2010年，国家“十二五”重点出版物出版规划项目、国家出版基金资助项目申请之时，黄河出版传媒集团主动作为，积极申报，精心策划，组织专家拟出了详细的计划，申报一举成功。最终确定由阳光出版社实施出版。

启动编写《中国回族文学通史》的工作，得到了宁夏回族自治区政府的高度重视和有力支持，将此项工作列入宁夏文化建设的精品工程，批拨了专项编写经费。时任自治区主席的王正伟同志为本书写了序言，自治区先后分管文化工作的屈冬玉、姚爱兴副主席给予了具体指导，宁夏文史研究馆、宁夏民委、宁夏新闻出版广电局给予了大力支持。

黄河出版传媒集团高度重视《中国回族文学通史》的出版工作，成立了项目实施小组，规范管理项目资金，配备骨干编辑，确保该项目优先实施。《中国回族文学通史》在申报国家基金选题项目时已是宁夏相对成熟的大出版项目，前后有二十多年的回族文学研究、出版文化积淀，作者队伍、项目团队较为成熟，获得资助经费75．6万元。

同时《中国回族文学通史》入选“十二五”国家重点图书出版规划项目，新闻出版广电总局出版管理司选题分析小组的《2011年全国图书选题分析综述》评价：2011年文学类选题理论研究向深度广度开掘，向社会学、历史学和相邻学科拓展，“一批国家‘十二五’重点规划项目，如《中国回族文学通史》等列入出版计划”。

2011年，《中国回族文学通史》正式成立了编委会。丰富完善了编写计划，讨论了编写方案，拟定了全书体例。明确了分工，确立了分卷主编负责制。分卷主编、撰稿人在全国范围收集资料并撰写提纲，项目的进度按申请书的方案实施。编委会多次召开全体分卷主编、编委的编写会，集体讨论各卷较详尽的目录、提纲及样稿。

该项目是国家项目也是重大选题，编辑全程介入该项目，编委会讨论书稿的大会小会项目联系人陈文军全部参加，既保证出版社与编委会的密切联系，又加强与作者们联系、沟通信息，将文献的规范使用法电子版提前发给编委会分发给各位作者，配合提高作者写作效率以确保学术质量。在宁夏新闻出版广电局的指导、高度重视和协调下，阳光出版社为了确保该项目科学管理、规范实施，以《国家出版基金资助项目管理办法》为依据制定多项基金管理措施，在项目进度、项目质量、经费管理等方面严格实施管理，完善了各层次的管理办法。在配合国家出版基金项目年度检查工作过程中加强编辑、出版队伍建设，加大初稿预审，保证项目书稿质量。

2012年9月4日《中国新闻出版报》登载了国家基金办对国家出

版基金资助项目2012年年检绩效考评95分以上项目通报表扬名单：《中国回族文学通史》列为第15名，获通报表扬。

2013年《中国回族文学通史》全面进入书稿的编辑出版阶段。在审读、校对、设计、印制等每一个环节，编辑工作高标准严要求。根据《出版管理条例》等有关规定，《中国回族文学通史》严格履行重大选题备案手续，严格执行三审三校，外加专家和集团领导审稿，制订出版时间结点，严格把关落实，确保了图书质量。

该套书体量宏大，内容丰富，收录全面，学术精深，分为四卷五册，其中民间文学一卷，古代文学一卷，近现代文学一卷，当代文学为一卷两册。由回族文学评论家、回族文化学者杨继国担任主编，国内多名回族文学、回族文化研究的专家、学者参加了编纂工作。全书约三百二十万字，是迄今为止，全面展示回族口头和书面文学成果乃至于文化成果，反映回族人民精神文化历程的百科全书式的一部大型著作。它的出版，填补了我国回族史研究的重大空白。

回族，是中国分布最广、人数较多的一个少数民族。在中华民族悠久的发展历程中，回族不但创造出了丰厚的物质文明财富，而且创造出了灿烂的精神文明成果。在中国成熟的文学史治史成果上，编写编辑出版如此规模的《中国回族文学通史》是一项任务艰巨、挑战非凡的事业。

回族作为中国一个人口众多的少数民族，虽使用汉语创作，但其文化和文学都很独特，成就较高。其文化文学生长于中国传统的儒家文化序列和伊斯兰文化交相辉映的现实土壤之中。《中国回族文学通史》出版之前，陆续有一些回族文学史方面的成果问世，《中国回族文学通史》在对之借鉴继承的基础上，丰富拓展超越得更远，成就了更高的学术高度和文史厚度。

该书对整个中国古代文学发展史的轨迹把握，对回族文学在整个文学史发展上的定位，对回族历史文化的把味是有深度且准确恰当的。任何民族，其文学是来源于文化心理和生存环境的，回族历史从回族先民到如今的回族，他们在中国的生存和发展是一个融于华夏文化序列，带有伊斯兰文化特征的状态。其文学产生和发展的过程，也是融合中国礼乐制度和生活习惯又不懈努力保留自我的过程，没有对中国历史的系统认识和对回族历史文化方面资料的大量占有与精到的研究认识，及对民族心理演变的幽微关照，是难以就回族文学发好言的，更遑论治史。《中国回族文学通史》的编著者在此的学术涵养以及竭诚努力应该受到注目和肯定。离开历史、文化，就没有文学；历史文化薄弱，文学就会薄弱。我们从本书可以欣喜地看到，回族文学与回族历史文化的血脉相连和融会贯通被充分地认识、梳理和描述，文学对文化历史延伸的痕迹得以显现，文学对民族际遇的独特表现清晰明了。

民间文学是民族文化的重要组成部分。一般具有口头性、集体性、变异性、传承性、直接的人民性等特点，《中国回族文学通史》中，把民间文学作为独立的首册安排，并占大量篇幅，体现了编著者们对民间文学的重视。回族在形成发展的过程中，创造了大量光彩夺目的民间口述性文学作品，表达了回族群众的精神信仰、文化想象、对社会的委婉诉求，反映了回族民众的生活愿望、人生理想与心理实际，抒发了他们的喜怒哀乐，是回族群众的文化生活、人生哲学、精神修养的重要载体之一。民间文学一般是一个民族最基础、最重要、最隐秘的文学财富，也是最有民族特色的，对一个民族的文学发展具有根本的影响。《中国回族文学通史》对回族民间文学的追溯、分期分类梳理、特点特色分析研究、故事收集整理细致全面，解读精到，颇多精彩，突出体现了回族历史文化与中华历史文化的血脉相连、有机统一与自有风貌。

近现代时期是中国社会发生深刻变革的时期，这一时期的文学作品具有更显著的社会功能，回族知识分子，包括回族宗教人物、政治人物，也纷纷以其作品来唤醒族人、国人。报刊文学、翻译文学是这一时期比较重要的表现形式。按照通常的一些做法，近现代卷一般不单独成卷，本书将其单列一卷，更好地展现这一时期回族文学的成就和风貌。

《中国回族文学通史》中，对回族先民与当代非著名作者生平、创作情况资料的收集整理和深度把握是一项耗力很大的工作，一方面，先民作家大多资料当时并不能上大典名著，作品散落四处；另一方面，当代大多数作家影响并不大，作品浩繁，需要编著者更大范围内的搜索整理，更深层次的阅读筛选，和撰写组稿时用笔轻重的成熟把握。回族的历史形成是复杂的，背景资料是浩繁的，史只能集中最优秀的部分和最关键有代表性的部分，这个“优秀”“关键”“代表性”和文学内在演进的规律是要在庞大的文学作品现场中诞生的，要去伪存精，不漏精品，其难度和工作量是可想而知的。本书编著者在艰难占有大量资料的时候，保持了治史的敏感性和严谨性，历史上诸多回族先民作家的生平、事迹、创作活动，都是他们认真研究搜索过的，这之间包括被诸家主编的《中国古代文学史》收录过的萨都剌、李贽等，也有许多普通文学读者并不熟悉的作家，他们的生平资料和创作情况在本书中都非常详细并取舍有当；对于当代一些非著名作家，该书进行了全面的搜罗、充分的尊重、宽容的保留、恰当的评价，全貌地展现了当下回族作家的创作规模、状态，展示了创作实绩，体现了编著者细致的学术态度、充分的民族自信和开阔的治史视野。

《中国回族文学通史》是目前出版的回族文学史方面最重要的著作，不仅仅是回族文学史上的一件大事，而且是中华文学史上的一件大事，作为一本文学通史，它是本承前启后的大著作，形成了一个高度，也是一个起点，它诞生的意义，不仅对于全面总结回族文学的创作经验、促进回族文学事业的发展、推动回族研究具有极为重要的意义，而且对于弘扬中华文化、促进祖国各民族文化的交流和发展也有着重要的历史和现实意义。它的价值，会随着回族文化文学的不断发展和研究的深入而不断彰显。

梦想照亮着我们的现实

——读《像花儿般灿烂——女生雅楠的博客》

面前摆着一本书，《像花儿般灿烂——女生雅楠的博客》。书做得漂亮、精致、大方、简约，看上去有一种亲切，有一种欢欣。重新读一遍，内心的感动和震撼重新被点燃一次。

雅楠是个十九岁的少女，活泼、漂亮、生动、可人。书出之前我曾见过她，在她家的客厅，她安静地向我们讲着她得的癌症，讲她在北京一次次惊险、痛苦的化疗，如同讲着一件别人的往事，平稳、镇定的语气甚至让人对她的所言产生怀疑。她甚至乐此不疲地向我们展示她在北京化疗期间病友们的照片、她自己生病前后和家人老师朋友一起游玩的照片，间或用甜蜜的口吻回忆曾经交往的一些美好，比如和子尤的深厚情谊。我们和她的交流中甚至不关于病痛、不幸。那次，她就给我留下非常深刻的印象。

这本书是她在病后写的博客，配以大量生动的图片，以日记体的方式记述了她心灵沉沦、救赎和艰难超越的过程。在不多的文字倾诉和图片记载中，她以超过年龄的巨大的经验阐释生命的起、终和本质意义，这种认识甚至几倍高于她同龄的绝大多数人，可是她用了清秀、隽永、灵动、有时候甚至是开心的笔调，令人惊异，给人的心理一种巨大的落差般的冲击。读她的文字，看着她生动活泼的一些照片，这种感觉你是不可以提防的，你只有去领受、感动、接受震撼。

她在书中主要表达对生命的憧憬、梦想，对已逝美好童年的贪恋，对阳光、花朵、自然的感恩，对友谊的珍爱，尤其是病痛中对子尤等朋友的无限深情，每一份都让人感动、流泪，每一份都别样地温柔、暖人。

她在《青春之歌》里写道："我们都是得了绝症的孩子，都不知道生命可以延续到什么时间，而那一刻，我们庆祝着'生'，生命就以另一种形式开出了绚丽的花，原来生命并不是母亲孕育孩子那么简单，而用精神刻在时间里、刻在别人心里的那些灵魂才是真正不断延续下去的东西。""这个世界有太多美好我们还没有看到，我们不愿再见，哪怕流着泪说痛苦也还是不愿说再见，不愿说放弃。无论结果怎样，我们都还是笑着对这个世界说晚安。带着关于爱和感伤，关于自由，关于流浪的梦想，我写下这样的文章。"

读着这样的句子，说实话，我的心里潮湿得生出水来。一个生命，一份理想，在她最灿烂、芬芳的时候，却不得不关心起消亡、结束和末日，那生命的消逝之于如此年轻的心灵是怎样的一种不忍和伤感，但她表达得多么从容，多么镇定，多么满怀希望呵！十九岁的雅楠，以她天才般的领悟向大家讲述着时间、理想、生命和情感，这些人类生活中最大最基本的命题在她的笔调中没有深奥的玄虚，而是像花朵一样在自然中渐次开放，能让读者在亲切的阅读领悟中被震撼、折服，进而获得生命勃发的力量。这样的表达在她的文章中多次出现，你会惊叹她的领悟力和丰富精神，这也是雅楠的文字带给读者的最真和最美，我觉得在平时生活的惯性中盲目疲惫奔忙贪恋着和消极沉沦的人们，都应该读读雅楠，或许都会开始重新打量起自我和生命。

读她的文字，徜徉在她的唯美、伤怀和亲切留恋中，感叹于她如此小的年龄，对生命、亲情却有如此的深味理解和自由超越，很多情况下让我们大吃一惊。“临别的时候，爷爷把二百块钱交到爸爸的手里，要爸爸给我，我知道爷爷是想留个纪念，我知道爷爷也知道我治病要花好多好多的钱，我把它们捏在手心里，两张纸那么重，是我无法承载的重量，要用这个换走爷爷么？我再也不可以回家揪爷爷的耳朵了么？爷爷是用自己余下的生命换来了我多在世界上待的那几年吧？我一直这样觉得，我知道他会在天堂看着我。”（《前行》）这样的文字，出于十九岁的雅楠，你是不会想到的，如果你是一个有真性情的人，我相信你肯定会和我一样大吃一惊。这种对生命、情感、爱的理解太让人惊醒了，这种感觉我甚至只有在读史铁生时才有过，而如今如此年幼的雅楠也带给我近似的感觉，能不让人惊醒吗？可这是一个花季少女对亲情、生命的坦诚发言，多么深刻而有力量啊！“生命给了我一个奇迹，让我可以和大家一样坐在考场上，想起从前学过的东西，写在我的答卷上，我分明看到那里写着希望，写着未来。”（《明天》）多么富有希望的心灵，多么干净、温暖的理想。十九岁的雅楠，聪明、勤奋、好学，即使身患重病，仍然不忘记学习进取，是多少父母喜爱的好孩子啊，如此境遇下的她，能拥有这样的心灵、勇气和力量是多么难得的一件事啊，然而，有多少同龄的人以之为然呢？可是，我们都应该认识到，这些就是我们生命中的奢侈，我们没有理由不为之珍惜。雅楠和她的文字，同样充满了亲切，带着感染人情和启迪人心的力量，给我们一次次惊喜，一份份感动和收获。我们从此应该学会感恩。

说实话，很长一段时间内，我对文学的感觉是迟钝的，看作品的时候感觉是麻木的，好坏都是一种感觉，分不出作品的高低优劣，失去了情感领受的标准，自然也难以从中找到感动，引起共鸣。这主要是因为每天面对的平常琐碎唠叨的文字太多，有许多是粗制滥造的无病呻吟的东西，缺乏必要的高远的心灵境界和撼人心魄的情感力量，尽管他们的技法往往很成熟，意识往往很超前，可是我仍然无法从中领会出新奇。意外的改变之一来自阅读《像花儿般灿烂——女生雅楠的博客》，这是我没有想到的一种变化，我竟然被她拙朴稚嫩的文字深深地打动，久久地无法自拔，于是重新开始感受起世界的美妙和诸多乐趣，情感领悟能力恢复到一个“鲜”的状态，我觉得我很感激能读到雅楠的这本书，感受到她丰富博大的内心情感和高远理想以及自信坚强的精神品质。她文字中的爱、憧憬和心灵的自由超越，是我所读到和真正想要读到的，所以面对雅楠的文字，我觉得我又开始真正想做一个读者了。

是憧憬让雅楠自信、健康，是积极使她的人生美丽，在现实的跋涉中，梦想，一路为之照亮。

生病后雅楠对生命有了彻悟般的理解，那也许是另一份来自病痛的礼物。《像花儿般灿烂——女生雅楠的博客》以包涵情感的心灵和勇气带给了读者以启发、关爱和力量。作者曾写过一句话：“爱比幸福还要美好。”作为读者，想来我们都会有各自不同的真诚的祈愿。

朴素和真情是散文的生命力

——谈散文集《感悟人生》

樊建民先生的散文很随意，很不讲规范，随想随写，不拘技法，是难以用文本结构学去欣赏它的。但是他的散文我却非常喜欢读。我很乐意放弃阅读许多名家之作的时间来读他的散文，是因为他的散文很亲切，很实在，包涵着巨大深沉淳朴的情感力量。我认为好的散文是缘情而存在的。作为一个名不见经传的写作者，樊建民没有受到具体文风的影响，所以他的情感是自然流淌出来的。他的散文就像他在独白，或者与朋友聊天，没有任何的粉饰或渲染。内容都是些日常工作、学习、生活中的情感琐事，经他用极其简单平常的笔调记述，却渗透着作者的深情。这种没有经过技术加工、艺术“覆盖”的原味情感，当我们接触到它的时候，震惊似的感动往往是我们难以自持的。特别是文集中的两篇文章让我无法忘记，常常萦回在大脑之中：一是《女儿出嫁》，一是《不孝子孙》。

《女儿出嫁》中，作者真实地记录了一位父亲，在面对爱女出嫁时幸福又落寞的复杂的心理感受和奔忙又迟滞的具体行为。没有语言的渲染，没有情景的设置，没有对话的交流，只是按顺序的方式记叙了作者细微的情感流动过程：对女儿成长道路中关怀不够的愧疚，想做弥补时的迫切心情，对女儿小时候因大人的不经心受到的伤害的自责，对女儿烂漫童年趣事的回忆，对女儿未来生活前景的操心担忧，以及突然变得较坏的心情……让人不难看出一位父亲坚硬伟岸背后的细腻多情和丰富柔软，这些情怀如果用渲染的笔调写出来，感染力会大打折扣，但作者都是通过朴实的语言直白地说出来时，是具有别样的打动人心的力量的。

作者对母亲的愧疚是作者一生的愧疚，不仅在《不孝子孙》里，在很多篇散文中都不断地书写。“人间的苦难有三分，你却吃了十分；人间的幸福有十分，而你只尝了三分。”对母爱的无法报答和不停歇地产生的愧疚让作者的思绪一生都不能停止。只有不停地追忆、书写，才可以抚慰作者那愧疚的心灵。母爱是人间无私的大爱，永远书写不完。作者同样是在絮絮叨叨中展现出一个平凡却又伟大的母亲操持、辛劳、清苦的一生。为了孩子的成长，为了家庭生活的延续，她付出了难以衡量的心血和代价，直到累倒在了人生的道路上。我相信各类文章中母亲为儿女、为家庭无私奉献、鞠躬尽瘁、死而后已的记述都是真的，而且还是没有表达透的，不同于媒体中的先进事迹报道。樊建民的写作也是一样，他面对深沉博大的母爱无法平息内心的愧疚和思念，他不停地书写，也不停地充满着遗憾，甚至越是书写，遗憾越深。母爱，确实是一个任何人都无法表达究竟的命题。作者的母亲是一个农民，因为父亲在外工作，独立承担起家庭所有繁重的农活，拉扯大了五个孩子，不让一个孩子失学，让他们相继走出农村，走上了工作岗位，这在宁夏西海固的农村，应该说是一件十分不易的事情。作者对自己平凡、坚韧的母亲的简陋书写，恰恰见证了一个平凡母亲的伟大，伟大母亲的平凡。这是我在编辑这本书时一再感动的地方。

我想，樊建民先生绝不是因为想当作家而写散文，也不是为了赚稿费而写散文，他有着自己的工作和生活。他的散文写作肯定是心灵倾诉的需要，是认识表达的需要，所以他的写作就显得特别的真诚，特别的原味。他没有技法却充满真实情感的写作，让我这样一个专业的阅读者真正地感动并留恋他的作品。这让我再一次地认为：离开了朴素和真情，文学将是没有生命力的垃圾。

孤独至深或被迫言传

——略谈《一个人的批判》

闵生裕是宁夏杂文作家中成绩突出的一位。宁夏杂文作为宁夏文学发展的组成部分，一直以来以积极的努力参与到整个宁夏文学发展的进程当中。《一个人的批判》是闵生裕最新的杂文作品集，在此之前他先后出版过《拒绝庄严》《都市牧羊》两本杂文散文集子，我都翻过，有清新之感，但都没有这次《一个人的批判》厚重和成熟。

对于杂文，于我不算陌生，但也不算熟悉，上大学时曾受王岩森老师的影响和培养，读了许多思想方面和杂文方面的作品，自己也非常喜欢认同，但我自己一直以来没有学会写作杂文，我的文章似乎难以摆脱浓重的抒情，于是只有做读者的缘分了。

依我之浅见，杂文的写作是一种孤独的写作，也是一种倔强的写作。于时代而言，它是最具有推动力的，于民众而言，又是最具有善意的。然而，杂文，在任何“当下”的时代，却总是那样地“不合时宜”，或者是“不可爱”。

杂文作为最直接地面对现实、时代、文化发言的文体，其功能在于美刺时政，启迪智慧，革新观念，抛却陋习，倡言民主法制，确立心灵自由，等等。《一个人的批判》就是一个很好的说明。

对于杂文的评论，我觉得最高的评论应该是思想认识范畴的评论，一个杂文写作者，他的杂文水准应该体现于他在杂文中的思想认识，而不应该是其他，如果他的思想是伟大的，那么写一句话也可以是杂文。

中国写作杂文成为大家名家的作家，他们的作品都是以思想认识的自由超越和精神的独立傲岸为底本的。从现代的鲁迅，到新时期的王小波、林贤治等。

对于闵生裕的杂文，具体到新作《一个人的批判》，我最喜欢的是他谈文化、文明、历史的部分，我非常看好的是他的知识分子品格和对文明文化的批判反思态度。当然他的杂文是从多方面闪现光彩的，于此只容我谈最突出的一点。其中《知识分子的宿命与使命》《精神家园的迷失》《贫瘠的精神土壤》《良知的鞭子抽打谁》等文化反思批判的文章是我最喜欢和欣赏的，因为这些文章有了知识分子深刻的清醒和激情，有了文化的反思和体认，有了深深的孤独感和倔强感，作家内心有了压抑不住的良知的冲动力。可能较之王小波这样的文化反思批判大家，闵生裕反思的方式和程度是有距离的，但认识和批评是一样的，精神是保持一致的。他在《知识分子的宿命与使命》一文谈及的“现代教育应该培育现代公民”问题，让我对作者作为一个杂文作家产生了由衷的敬意和强大的认同，这一点不是当下一般意义上的杂文写作者所能认识到的，许多一般的作者可能只会对着一些现象作出相对客观的认识，而不是文化体制民族性格本因上的反思觉醒。其实真正的杂文应该是对文明文化民族性格的批判，而不是单单论社会现象。

从《一个人的批判》中，我还发现闵生裕所读的书是我所喜欢的，也是我认为杂文作家都应该认真读而且会喜欢读的，就是他在《知识分子的宿命与使命》这篇文章中提及的《人与国家》，这本书是夏中义先生主编的大学人文读本之一，另外还有《人与自然》《人与社会》等数本，编著者编辑这套书的目的就是要铸造新时代大学生的现代人文精神和民主法制意识。因为中国的传统文化被历朝统治者“引导”后，是一种中庸的文化，是一种御用的文化，向内向上，而且讲求道德的力量，这是一种非常容易培养伪君子和顺民愚臣的文化，并且向内向上的特点非常容易培养夜郎自大的国民性格，缺少人文精神、现代理念和视野。这一点是五四先贤认识到的，但我们大家都知道，中国的五四文化启蒙是不彻底的，因为随后的救亡革命等论调压倒了启蒙，而随后中国百余年来的文化发展再没有更深程度的文化启蒙，所以才有前几年文化思想界精英提出的“回到五四，重新启蒙”的论调。所以对于中国，至少是当下的中国，是非常需要普及现代公民意识和思想的，现代的人文思想和民主意识还需要我们更大程度的学习，而不是排斥，我们还没有到充分体验民主后讨论其弊病的时候。闵生裕在他《精神家园的迷失》里有精辟的论述和不俗的见解，于此表现出的清醒的知识分子立场是精英者的智识，于杂文写作，这一点他已经实现了最高。

杂文写作，我觉得写到最后其实就是在写思想，写智识，写勇气、写作家的灵魂。所以真正的杂文作家总会越写越孤独，越写越脆弱，越写越倔强，但他心中的良知和敏感又无法让他安宁，写作就成为他心里的窗口，也会成为他内心喘气的通道，成为他保持心灵稳定健康的方式。所以我题目中认为的闵生裕的杂文创作是孤独至深或被迫言传是对之的最高评价之一。

这样写的时候，我同时在想另一个问题，就是对一个杂文作家给予太高的评价或许并不是一件完全好的事情。所以我对闵生裕和他的新作《一个人的批判》表达如下的陈述：闵生裕在《一个人的批判》中已经出现了大的气象，而且展示了他杂文写作的文学力量和前景，由于已经取得的突出成绩，他将来的写作就需要面临更大更艰难的超越。如何与文学史上的大师看齐，还需要他不断地走出“自己”，走向“社会”。他在杂文写作上能走多远，一方面取决于他的努力，还会与我们地域文化的氛围和学术背景力量有很大的关系。我们于此祝愿他保护好自己和自己的才情，继续写好杂文，走向更开阔的世界。

阅读开发我们的心灵

——《妙语成长》阅读随谈

由于所学专业的原因，文学之外的书我读得少。《妙语成长》作为我最近读过的几本非文学类的书籍之一，带给了我不同于文学的阅读感受和收获。

这是一本青春励志的书，作者田伟的另一部作品《读懂人生》曾畅销海内外，受到读者广泛的欢迎。《妙语成长》是一本同样精彩的书。曾经以为励志的书就是张海迪的事迹了，没有想到，《妙语成长》也带给我们如此亲切的鼓励和振奋。

作为一个成长者，我觉得成长是一件大事情，也是一个痛苦的过程，是一个不断与自己生命的惯性斗争的过程。成长的好坏，一定意义上取决于个人战胜自我的成绩。关于成长的话题很大很难捉摸，不是我于此可以言说清楚的。到底如何有效地开发、战胜自我，健康成长，获得成功，我觉得《妙语成长》带给了我们亲切的答案。

全书分为“想象你”“发现你”“选择你”“改变你”“光扬你”五部分，其实是对人性的五部分的挖掘和光扬。

人性同样是一个大的范畴，对人性能有认识的人或许很多，但能利导人性，让人们因之受益的人少之又少，田伟算是一个。想象即人性之一，想象让人类进步，想象让人发现自我，想象让人们追求高度，从而走向更高。想象无疑对人的成长是有着重要的昭示意义和启迪作用的，作者田伟在《妙语成长》里对想象力的开发是深入而成功的，说明他是真正懂得人性的，是在真正用心激励我们的青少年的。“许个美好心愿，美好就会降临。”“人并非什么就是什么。”“想象一枚金牌给自己。”等等，这些关于想象的理解和阐释及对读者的激励是对想象力的一种延伸和开掘，是一种超越性理解。可能我们每个人在生活中都把想象力能给我们的人生以巨大影响力的潜力忽略掉了，田伟先生通过事例和故事带给读者一种惊奇和实在，让人们从此对自己有所发现，对想象力有所体认。这些文章事例生动，语言轻快，有感染力和号召力，他往往让我们发现我们日常之外的经验和感悟，调动我们被习惯和世俗包裹的惯性，激活我们心中那些原本就有的鲜活分子。

发现自我和正确地选择自我，也是一个人成功关键的内在要求。人是非常丰富的，但人们对自己的丰富还远远没有意识到，更不用说去发觉了，一个人的能量到底有多大，一个人到底可以在多大程度上掌握自己的命运，这些问题虽然有些许人开始研究，但离成熟终究差好多。我们在日常的发现中了解到，这是因人而异的一件事情。《妙语成长》中的故事告诉我们，人可以对自己有多种不同的发现，因之会有不同的选择，然后才会有相应的成功。“人的天赋藏在不同的突触上，只要你找到它。”“任何不幸后面，都能找出幸运的理由。”“最容易忘记的人是自己，距离最远的人也是自己。”这些最平实的哲理，往往是被我们忽略得最远的。田伟先生在《妙语成长》中帮助读者的发现，一定程度上是对读者精神的一种“拯救”。当有一天，我们发现自己“另外”的能力和巨大潜力的时候，或许我们自己都会诧异的，不遇到像《妙语成长》这样的书，恐怕我们会推迟发现自我好多时间；或者干脆有可能永远地埋葬这样的可能。选择，这是我们成长中必须面对的问题，每一个人都必须找准自我，找到方向，而这个“找”就得依赖于我们对自己的发现，成长的方向错误是一个根本性质的错误，选择是指选择对人生、对心灵、对成长有用的环境及相关，选择的难度有时候就是人生的难度，对于青少年更是一个很大的命题，成功的人士都是充分发现了自我并作出正确选择的，把自己放在了该放的位置。《妙语成长》努力告诉我们的正是这可贵的一点。“人一旦有了好习惯，会变得比财神还富有。”“先做对，再做好。”“请理想进来，把诱惑关在门外，给欲望选好对象。”其实都是在告诉我们一个选择的重要性和方法论的问题。当我们有一天真正学会了选择，可能就开始我们真正意义上的成长了。田伟在《妙语成长》里用精彩的解说和形象的事例以及直观的图例给了读者的选择以勇气和质量，远离了说教的枯燥和被耳提面命似的被动，读来有许多亲切在里面。

改变自我，光扬自我，作为成长的元素，是我们必须找到的有效动力。改变自我其实就是战胜自我，光扬自我就是激励自我；战胜就是战胜人心理、生理上的那些惰性，光扬就是发扬人性情中那些奋进的元素。一个人对自己的改变的大小和光扬的力度往往决定了一个人能走多远。“你能走进别人的心里，别人才会走进你的世界。”“想赞美他人就张嘴表达，想批评别人就咬住舌头。”“跌倒了爬起来，再跌倒了再爬起来，决心要我成功。”其实，改变自己是最难的一块，有可能我们知道问题出在哪里，但我们往往无法改变，没有《妙语成长》精彩解说的语言和有趣的故事，恐怕我们的理解会打折扣，他的语言带给我们感受的同时带给我们亲切和有益，书中的小故事也是感动人的、引发人的，真正具有感发人心灵，激发人活力、热情的力量。

一本好的书就是一个好的朋友，于青少年的成长尤是。当我们在阅读中感悟、发现的时候，我们的成长就是健康而有力的。不管家长和孩子，可能我们都在追寻一种积极健康的成长，但我们往往被其他吸引，苦于没有法宝。《妙语成长》于此带给我们积极的力量和亲切的感动。

是感动，是坚强，不是悲伤

——略说《映秀的月》及“5·12文学”

“5·12”汶川大地震一周年的日子到了，我心头的灰暗和沉痛就加重了。这一年，过得是这样地快和匆忙，一年前的那个日子，还在我的心中剧烈地疼痛着，并没有彻底地变淡。这个灰色的日子，在日历中阻挡，又不得不让我们沉重地去面对它。

拿到了反映“5·12”汶川大地震的纪实文学图书《映秀的月》，说实话，和许多人一样，我的心里一片犹疑。翻开它，我需要积累勇气。那一幅幅伤痛、灰暗的照片，一句句凝重、滴血的文字，还是会让我的内心瞬间变得脆弱不堪，以致好长时间里难以调整。

关于“5·12”汶川大地震的文学作品这一年我们读了太多篇，也感动了太多次，也因为沉重、痛苦，我拒绝了很多。在工作和生活的忙碌中，我逐渐让自己的感受和内心变得迟钝、麻木了一些，或许迟钝麻木是一种虚假的可以承受吧，我居然不敢轻易地面对历史和事实了。我感到自责。

读完了《映秀的月》，我在书的扉页上顺手写上了这样一句话：“是感动，是坚强，不是悲伤！”这个时候，我感到了阅读这本书的重要收获。我跟随着作者重新经历了悲伤，但更多的是领受了伟大、不屈、善良、坚强，这些我们将要淡化的品质。

这是一位母亲地震后，在爱的力量的驱使下，抛弃各种顾虑，冒着生命危险前往汶川寻找女儿和亲人的亲身经历，以日记体的形式深情本色地记录了灾难来临，奔向汶川，寻找亲人，见闻志愿者，救援官兵舍身奉献的震动人灵魂的事迹。充满了撼动、振奋、不屈的精神力量。作者并非专业作家，没有非要写作的理由，所以她的文字纯粹源自内心的情感冲动和表达需求，比较简陋、朴素、洁净，更贴近情感和事实的原貌。读来原汁原味，如亲身经历，心灵像是被情感的瀑布冲击了一样干净。

《映秀的月》的叙事没有停留在灾难，没有沉溺在悲伤，它告诉我们，灾难是让我们畏惧的，但战胜的力量更强大，继承发扬这样的精神更重要。它还着重地写了团聚，写了浴火重生，写了灾后的反思。读《映秀的月》以及相关的"5·12"文学，我们被揭起的伤痛很多，但我们更加感受到的是爱、团结、伟大、奉献、坚强等人性的力量，这是我们经历了灾难后被激活发扬的品质。

我们不应该惧怕撕开伤口就不敢面对这样的文学作品，这样的话，我们就是真正的脆弱了，被灾难打败了。

"5·12"汶川大地震属于历史，属于人类，属于中国，无法被遗忘，无法被抹去。重新面对它，抚摩伤口，是必要的，是为了砥砺前进的更大勇气。《映秀的月》，以及相仿的"5·12"文学，属于历史，属于人类，属于民族。

是感动，是坚强，不是悲伤。

陕西作家水面以下的爆发力

——谈长篇小说《软脚鹞》

陕西作家赵光奕的长篇小说《软脚鹞》是一部让我震惊的作品。我没有想到在自己编辑生涯的开始，就遇到了这么成熟厚重的一部长篇小说。同为近年来陕西作家的作品，我认为它的水准在贾平凹先生的《秦腔》《高兴》之上。

陕西作家历来都是不让文坛失望的。文坛“陕军”的锐气和活力是全国读者共同领略过的。《软脚鹞》这样优秀作者的无名让人很震惊陕西作家水面以下的巨大爆发力。这部作品在我看来几乎是完美的，要对它的成功之处进行提炼我觉得很为难，所以我择我个人感到最为难得的几点谈谈。

一是本书对时代特征精准贴切的把握。全书故事开展的背景主要是世纪初西部落后农村和城市之间文化心理融合、阵痛裂变的艰难过程。这一过程是中国人生活中现代性发育成熟后全面脱壳而出的过程，也是传统伦理文化彻底沦丧颓败的过程。经济形态多元变化的背后，是文化的繁复、震荡、裂变。世纪之交的时代，是一个磅礴的时代、急剧变革的大时代，是财富积累和文化冲撞剧烈的时代，这必然对人们的生活和文化心理产生巨大的前所未有的影响。要对这样一个时代的脉搏有方方面面清晰准确的把握，不仅需要作者丰富深刻的生活体验，还需要作者有历史文化认识反思的高度，以及贴紧时代理解生活感受生活的敏感心灵。《软脚鹞》中，“封姑沟”的传统、僵滞与落后，与镇北县城的暴富、混乱，省城的热闹、糜烂、彷徨在同一个时空交错、牵扯、冲撞。抵触中有融合，交汇中多伤害。让人看到时代发展背后艰难的文化裂变和精神疼痛。这一时代诸多的典型特征在这三个地方得到不同的印证，草琴、王三娃、友道叔、友全伯、王宽志、“舅舅”、王浩娃、李金枝等，每一个人都是这个时代特征的符号，每一个人的行为都具有足够具体的社会代表性，都具有足够的文化特征和含义，是这个时代某一现象的完美体现者。是作品对时代特征精准贴切的把握表现成就了这样的文学效果。

二是对人性深度开掘的深刻丰富和对人物文化心理的成功把握。全书中的每一个人物都是深刻的，有代表性的，立体的，活灵活现的，典型的，是在我们对生活的认识和感受当中的。作家对每一个人物了解得似乎比他自己的内心还要多，还要准。他们的心理活动、思想情感、命运际遇都是那么严丝合缝地符合生活的逻辑，人性的逻辑，时代的特点。这样的成功来源于作者对人性深度的开掘。忠厚、善良、执着的友道叔，老练、狡猾、不乏感恩的舅舅，热心、美丽、多情的李金枝，游手好闲、胆大盲目的王三娃，单纯、热烈、卑微的草琴，浪荡、神秘、阴暗的朱红，等等，每一个人的特点都符合他们的经历、社会地位和角色。他们形象而生动，具体而鲜活，或可恨、或可悲、或可怜，都让人感叹人性的深邃、繁复，人生的变化莫测与情感的复杂难抑。他们代表着各自的社会地位、文化层次、生活轨迹，表演着各自的生活内容和情感困苦，最后也走向了自己代表着的文化的归宿。这样立体的人物是通过他们身上的一个个故事演绎出来的，这一个个故事都是“现实”的，人物命运的结局就是“他们”生活本应该的走向。这是从作者的构思中一个个诞生出来的，他们无任何瑕疵的“社会”表演真的让人感叹，让人震惊。

全书采用复式结构，分两条线索来推动故事：一是“我”考上学在省城求学工作的线索，一是在封姑沟的草琴和三娃偷情私奔的线索。两条线索同时进行，在交叉中推动，在推动中碰撞。最终交汇于一处，形成一个“大爆炸”的结局。这样的写作方式非常紧密有序，对于展开众多人物形象塑造和顺利演绎他们各自生活事迹极为有益。本书在此方面的成功也是本书整体上能完美成功的关键一点。

漂亮的想象与美妙的情

——小谈《卿非卿》

《卿非卿》是我读完的第一本90后玄幻小说。以前也看过90后的稿子，但不是玄幻类的，所以对于玄幻、穿越等词语，只是个概念的理解。读完这本书后，我还是为90后作家叫好，主要是被他们强大丰富、精彩漂亮、逻辑严密的想象力和唯美纯真、美妙时尚的情感所折服了。想象力应该是一个作家最富天赋特点的才能，虚构能力是所有小说写作最基本的功夫，然而，我们一般谈论的作家作品都是要从现实存在出发展开想象。而玄幻、穿越类小说不是，它是从想象到想象，完全独立的一种逻辑，独立的一种世界，独立的一种社会和人情。这与传统文学中的武侠小说属于同一脉。

如果批评的视野稍放宽一点，我们会发现，任何一个写作者，他的写作肯定会有他的时代特点，年龄特点，性别特点的，这些加起来组成群体的写作特点。但在写作中，个性特点才是最珍贵的特点。90后、玄幻等，是些比较大的概念，本文不做展开论，想具体就《卿非卿》这部小说谈点我认为是亮点的地方。

本书中想象力的丰富、严密、奇崛和强大，是最令我感到珍贵和有难度的地方。玄幻小说，肯定是想象力的盛宴，对作者想象力的要求肯定是最高的。想象力的难度在于想象力的逻辑是否严密，想象的产物是否有创造性特点，结构色彩是否丰富完整等。《卿非卿》中，一应事物和关系全部来自于作者天马行空的想象：梦族富丽森严的皇宫，月族、雪族等背景特征不同的部族，连续不断交叉的战斗，千年万年不清的恩怨，逆月魔剑等神圣的兵器，继命星等奇怪的事物，唤雪术、凝冰术等诡异的法术，象征爱情的释梦鸟，等等。如许多的想象的产物堪称漂亮，均由作者任意拉配，因果相连，和谐一体，未见怪涩。整个故事跨度千年万年，有果的必要有因，大因要大果，小因要小果，这些关系的处理，不是随便就可以安排好的。作家不光要想象这个世界，还要想象这个世界的运行，这个世界上人物的内心、力量与行为，以及所有它们的关系。想象力的放纵并不是胡乱地想来，以上这些虽则都出自作者的想象，但也要参照“历史现实”符合某种经验的合理性。玄幻小说，也是按照人（作者）的理解发展的，以人的知识、经验、意愿为基础。《卿非卿》中，梦族的皇宫圣雪大殿，和中国古代的皇宫接近，威严肃穆，金碧辉煌。作者对皇族的想象也和中国古代的皇族一样，对战争的想象也和古代的模式一般。这是它符合人类历史和思维的方面。本作品贵在作者的想象既符合了“历史现实”的规律，又多有继命星、裂魂术等奇崛的想象创造与想象突破。

情感的唯美、纯真、美妙、时尚往往是年轻作家们提供给读者的阅读享受。年龄决定着作家情感的特色。《卿非卿》故事的主线也是英雄与美女的故事，贯穿着战争。因为没有战争难以显出英雄，没有英雄难以显出美女。自古美女爱英雄，自古英雄惜美女。战争、美女、英雄，这是一组经典的搭配。因为爱情越置于特殊的情景下，才越显得伟大传奇。英雄美女的故事，伴随着战争、死亡、受伤、离别等话题，自然更加感人、震撼。《卿非卿》中，象征爱情的释梦鸟启示了读者对他们爱情的理解，雪枫与雪澈爱的故事走向了圆满是令人温存的，但更多人的爱情是令人遗憾的，哪怕等待千年，也无法真正获得。那是一种伤，也会是一种美。有情人终成眷属是人们的期望，伤别离更是大多数爱情的遭际，唯其不完美，有时候才给人留下悠长的回味和深深的叹息。在《卿非卿》中，主人公的爱情是唯美纯粹的，是忠贞的，可以说是一种精神之恋，没有物质羁绊，没有虚假玩弄，没有历史现实中皇族中的尔虞我诈，阴险算计。这是一种理想式的、素洁的爱情，主人公们为爱而生，为爱而伤，为爱而战。这是存在于人幻想里面的一种爱，在现实中无法演绎，但人类的内心又需要，于是，曾经的武侠小说避位后，90后的玄幻小说中美妙地实现了。这是一种迷人、珍贵的情感。特别值得一提的是，本故事中，爱情线索大于战争线索的安排，也是创作者较之于一般的90后写作者高明的地方之一，这样情感大于事件的线索安排会让读者在战争的冰冷中感到温暖，而不是感到温暖被战争摧毁。

从《卿非卿》中我发现，90后作家爱书写玄幻，把主人公都写得具有超越现实的能量。这是不断涌现的年轻的才人们对人类的能力局限性的一种希冀突破，不要简单地以为这种想法纯属大脑游戏，它往往引领人类寻求对自我能力的认识、发现与突破，对人类文明的进步有思维启迪与引领的意义，尤为珍贵。

《卿非卿》一书的语言很清新优美，干净而富有表现力，少有驳杂，体现出了作者的讲究。这是作者真正在文学上成熟的基础，随着学业和年龄的增长，曾经的想象力可能会下降，纯真唯美的情感会变得复杂，但语言的雕琢则会更加讲究和成熟。语言其实是人思维思想的反映，一个作家的语言，应该是自己独特的语言。90后作家们应该继续努力锻造，等真正具有了属于自己的语言，其文学前景自不待言。

精神力量决定小说的品格

——谈长篇小说《养女》

阅读，让我的生活和工作充满意味。作为一名编辑，我的阅读生活是必需的，尽管在这个人尽浮躁的社会时代，沉入的阅读被许多人认为奢侈。但于我却是一种生活工作的常态。阅读让我体会了人性之繁复，智慧之大美，艺术之幽眇。阅读也让我收获了许多另外的认识，比如：小说写到最后其实是在写作家的精神。这其实是一种回归常识的判断，但一段时间里，许多的人为此讨论并疑惑着。他们认为小说是写故事、民俗、时代、思想，等等，而往往忽略了精神力量对于小说品格的重要性。小说作品当然由许多要素组成，基本的我就不谈了，我认为写作是一种个体行为，支撑作家写作的根本动力——作家的精神力量的大小是小说品格高低的关键，也是作品成功的关键。

《养女》就是带我回到这个常识的一本书。《养女》的故事情节的曲折复杂并不是吸引我的主要要素，我欣喜的是作品中人物丰沛的精神力量。

书中父亲的两个儿子是亲生的，而两个女儿却是领养的。大女儿与大儿子结为夫妻，却遭到发迹后的大儿子的抛弃蹲守娘家，而她的娘家也就是她的婆家；小女儿不幸被拐卖。父亲冲破家庭的干扰和社会的重重阻力，带着一条狗千里寻女，历经磨难，几度病倒。而被拐卖到大山深处的小女儿，遭受着深重的心灵煎熬，但此处也有阳光温暖着她的心灵——她得到了买她的“丈夫”和“丈夫”的父亲的挚爱与庇护。父亲寻女未果，家庭却遭受重大变故——经商的大儿子经营的煤矿发生瓦斯爆炸伤亡严重被捕入狱，为官的小儿子受牵连遭审查贬官降职。父亲迈过人生路上最大的一道坎坷，又一次坚定地跨上了千里寻女之路……

我在编辑这本书的时候，除过情节，我其实被另外的一种力量非常深地吸引着。这种吸引力就是一种非常巨大的精神力量：情的力量，孝的力量，人性美、善的力量。尽管小说人物中也有丑的人性的存在，但那只能让真善美的人性更美。

作家通过一位父亲收养女、寻女的故事，描绘了一个纷繁复杂的社会现实。社会现实是符合逻辑的，混乱、美丑交替、正邪共存。但小说通过两个家庭，放大出的是亲情胜于一切、善良高于一切的人性光辉，这种力量压倒了社会人性中所有阴暗丑陋龌龊的东西。故事中社会是复杂的，人性是复杂的，但比高尚更高的情感的线索是清晰的、纯粹的。故事的感人之处不仅仅是一个养父不畏艰险三次外出寻女的动人故事，而在于沿着这一寻女主线，张扬出了超越血缘的人伦之美、忠孝之美。

作家的精神力量，往往寄寓在作品主要人物的精神中。“我”虽是父亲的养女，但所受到的养父的宠爱和呵护却远远胜于他亲生的儿子；买“我”的公公虽然做了大错事，但他忏悔的姿态和对“我”付出一切甚至生命的爱护又让我不能不感动；大哥虽抛弃了大姐，但他对父亲的忠孝又罕有其匹。整部作品中，美与丑、善与恶，爱与恨、情与仇、贫与富、贱与贵相互交织，构成了一幅色彩斑斓的现实画卷。在这幅画卷中，凸显出父亲、大姐、断腿老汉、石柱、龚真、林杏花这些情感丰沛、仁义厚重、灵魂高尚纯粹的人物形象，尽管他们生活在不同的社会阶层，但无疑都具有非常美的人之为人的精神力量，他们美好的品格照亮了他们简陋的人生现实。他们的情义比一般人重，比一般人深。他们平凡，但具有最不平凡的超过普通人的美善，从而令我们追求这种品格的人仰视。

支撑作品情感的力量是作家内心的力量，作家对真善美的热爱和追求决定了作品的水色，能使他的作品高于一般的纪实和现实作品。《养女》这个文本，可以说是作家用精神力量成就的一个典型，书中，就连一条寻亲路上的狗也被描摹得情深义重，灵智威猛，足富人性。可见，作者对人性美善力量的信任和偏爱有多深，这也是决定《养女》精神品格的关键。

回头偶瞥，发现古今中外经典的文学名著，无一不是具有非常的精神力量的，那些主人公也大多都是精神的“富豪”。这让我发现：在文学创作中，生活的广度决定小说的规模，思想的深度决定小说的成熟程度，而精神力量的大小则决定小说的生命力和品格。《养女》在这一点上很有特点。

世纪末杂文阅检

——略谈《游弋于历史与现实之间》

王岩森老师多年来致力于中国现当代文学，尤其是杂文的研究工作。2003年宁夏人民出版社出版了他研究新时期杂文的专著《游弋于历史与现实之间》。王老师平日和蔼可亲，特别关注学生的成长。书出来后也送我一本，我作为他的一名普通的学生，很是感激也很感动。读完这本著作，掩卷思索，就有了对于这本著作说一点什么的想法。

总的来说，这是我近年来读到的保持谨慎和敏锐的学术著作之一。

这是1978~2000年中国杂文专题研究的成果。建国后，受意识形态变化的影响，中国的杂文发展起起伏伏，多有坎坷，没有一个一脉贯通的清晰的线索，中间虽出现了许多有风骨的杂文作家，但多有反复，只是到了1978年后杂文创作基本的稳固队伍才保持住，并延续至今，在当时思想解放的感召下，杂文创作的数量、质量和作家参与的热情才逐日提高，杂文出现了繁荣的态势，并获得了长足的发展。时间跨入21世纪，对于上世纪末的这一段杂文创作，学术界的关注并不是很充分，而王岩森老师对此作了系统深入的研究，在《游弋于历史与现实之间》这本著作里，他从杂文创作的发展历程、基本主题、存在问题、作者类型等方面作了全面、深入、精辟的记述和探析。并对这一段时间内创作非常活跃的几个杂文作家作了个案研究。因此，要探窥这一时期中国杂文发展的全貌，并更加深入地了解这一时期的杂文创作，王岩森老师的这部《游弋于历史与现实之间》是目前这方面最好的著作。杂文作为文学体裁的一种，显得孤独而倔强，较之其他文体，它不光肩负着审美的要义，尤其是要具有思想上的高度。散文小说等或许和时代可以疏离一些，但杂文就不可，你必须关涉时代的特征和文化的弊病，必须具有击中时代病痛的力量。所以研究杂文较之其他文学研究行为就具有了更大的挑战和困难，它要求作者具有历史的时代的反思批评的意识，必须具有更多的文学以外的文化历史等方面的知识，并保持独立思考的精神向度和批评的锐气。基于此，王岩森先生的杂文研究综合杂文发展和社会思潮的演进两条线索来开展，此亦为这本书独具的特点和价值。不光是文学的研究，也是社会思潮的研究。1978~2000年这二十余年中，随着与“文革岁月”的彻底告吹和改革开放的逐步深入，中华大地上各种思想相对活跃起来。反思“文革”，反“左”批“左”，反封建，倡导民主自由，呼唤精神文明，反腐倡廉等思想观点先后兴起，并形成较大力量。由于社会思潮和杂文创作的要旨是紧密关联在一起的，所以这些思潮往往在杂文创作中集中而又直接地反映出来，成为杂文创作的主题。在社会思潮的影响下，杂文创作才形成一个个相对集中的群体和批判对象。所以综合起这两条线索来研究杂文是非常聪明有益的一个办法。同时，综合社会思潮和杂文发展两条线索，使得此著作具有了极深刻的思想性和深厚的思想价值。

难得的一点还有，在这本著作中，思想的纵深丰富、批评的中肯到位和语言的简约精到同时具备，这在当今出版的学术著作中是非常不多见的。更可贵的还在于，全书保持了严密科学的系统性，在出版业非常发达的今天，充斥于书市的各种著作不可谓不丰，然而大多数著作文字絮烦，思想体系混乱，个篇文章抽出来读或许会觉得很好，然读整本著作，往往有拼凑后的七零八落的破碎感。而王岩森老师的这本著作虽然不厚，全书六章紧紧围绕1978~2000年这二十余年中国杂文发展的状况来写，贯通其中的是社会意识形态的变化，线索清晰，结构有机有序，文字简约精到，观点新颖别致，而这正是一本优秀学术著作所应该具备的，也正是我们作为学生所欠缺的。

同时，书中清醒的知识分子立场和颇具价值的文学思想，是对当下文学思想界的一份贡献。

阅读延伸了我们的生活

——《萍遇十八个她——一个美国人的旅程》阅读随想

和《萍遇十八个她——一个美国人的旅程》的作者良人先生有过两次接触。一次是在银川，他的这部书稿将要在宁夏人民出版社出版，我有幸陪着先生于银川附近的几个景点看了看。这是先生的爱好，他走过地球上许多的地方，所去的地方名胜古迹、自然山水他都要一一览过，并写下了许多见闻感受的文字，要出的这本就是他记录自己脚印和见闻感受的文字。那次陪他的一天中非常愉快，我和良人先生一路不停地交流着，我给他介绍宁夏的历史文化，他偶有疑问，尤其是对历史的问题喜欢究其尽，对文化的独特性特别的敏感，我发现我有时候热衷于向他介绍的并不比一些普通的存在让他有兴趣，在一些细致的地方，他往往会有足够的注视和发现。那时候我还没有读他的书稿，不甚明了他独特的视角和丰富的情怀，不知道他的这本书其实就记述的是地球上不同地方一些奇特的事情和景观，他一路也给我讲他所知道的许多的新鲜事情，有许多是我并不详知的。那时候起，我就对他的书充满了期待。

我对先生非常崇敬，他身为材料科学与科学仪器领域的学者（他是一位美国化学博士、工商管理硕士、几所大学的兼职教授，以及佛罗里达州东方医学院的董事），又有宽泛的地理历史文化知识，能写出这样多的文学作品，让我羡慕。那次之后，我们有过简单的电子邮件的交流，他发了在银川给我拍摄的照片。我没有想到很快会和良人再次见面，2009年1月份，良人在中国参加一个行业的学术会议，转道来北京，我正在北京参加图书订货会，与本书序作者哈若蕙老师等一起又一次美好地相聚于北京。这次良人先生的书已经出来了，我们给作者也带来了一部分。

我读的就是良人那天给我的签名本。

作为一个挑剔的读者，我一般愿意把我能顺利读完的书推荐给其他人，而且似乎其他人读了后都没有失望过。《萍遇十八个她——一个美国人的旅程》是我最近读完的几本书之一，读完之后我很开心，也很意外，这本书带给我的东西远比我对之期望的要多。

整本书以作者的旅程为线索，通过地球上不同处所的十八个“她”，写出了作者旅程所及的世界各地的不同的生活形态和文化文明景观。十八个“她”的背后，是十八种完全不同的生活形态和意味，她们或乐观、热情，或自在、随意，或卑微、艰辛，却都是天地间美善之存的女性的真实生活存在。能引起一个走过许多地方的人感到新奇的事物，当然更是令我们狭小天地中的大众感到好奇的。这十八次旅程肯定是作者人生旅程中短暂的一部分，但作者把“她”用笔和情感记录下来，说明了作者对之的新鲜感也是充分的，记忆中的印痕是深的。当然相关的文字更是读者所期望读到的了。

更有意味的是作者通过十八个“她”为线索展开记述，或以她们的口讲述历史、地理、人情，或以作者和她们的对话为方式展开思想的交流和景观的呈现。其实我一直有一种感觉，即女性可能更靠近文学和生活的本质，她们情感细腻丰富，胸怀多彩斑斓的天性区别于男性的粗陋、坚硬和疯狂追逐，更靠近人类命题中的“诗意栖居”，所以通过“她们”来写作天然地就更加靠近文学和生活的温软本质。所以，我认为良人这样的一种叙述策略的选择也是一个聪明的选择，尽管作者可能并不有意。书中每一个故事都独具魅力，每一个“她”的背后都是不同的文化和文明，不同的生活和境界，不同的情感和趣味。因为她们各有各的理由，各有各的新鲜，各有各的状态，读来让人大开眼界，平添许多美好的情思。

这本书让我领受到的其实不光是这些，还增长了许多的知识和见闻。比如通过这本书，我知道了泰国男女比例的严重失衡，韩国法律的同姓不可通婚，造成无数有情人难成眷属，日本人细致到你定好宾馆去的时候他们能掌握你的基本情况，提供相应的服务，云南边境还存在没有文字和语言的民族，等等。这是一个人用脚力和时间获得的知识，而作为“偷懒者”的我只通过读一本书。

作为一名理工科的高级研究人员，良人文章的语言是去文学化去修辞化的，非常平白，非常简约，但却非常到位，世界的景观（人文、自然）在他的笔下更呈现出直接性和本色性，没有了文人刻意抒怀的蒙眬和“隔”，更加随意独到，更加开心优美，作为一本游记性质的作品，这样的特征其实更适合大众阅读的口味和要求。

对于我们这样没有机会和时间走遍地球的人，阅读就是延长我们脚步和生命生活的最好选择。在《萍遇十八个她——一个美国人的旅程》这本书中，我们仿佛随着作者和他笔下的“她们”一起走到五大洲，看到了那些美景，领略到了那些风情，感受到了那里的人生。这些，原本需要我们花许多的时间和脚步，然而，我们的获得可以只通过读这本书，甚至，通过作者质朴的文字，我们想象到领悟到的更多。

浅阅读的重要意义

对于青少年的“浅阅读”的现象，一直以来，许多文化界、思想界、不同知识阶层的人均报以不齿的态度，特别是自以为有品位的一些青少年的家长，对于孩子青春期的浅阅读多有担忧与不满。不瞒读者说，我以前也有过某种偏见存在，但不久我就发现了我的偏狭，今天我为此很后悔很自责。因为我通过调查研究思考后发现，其实儿童青春期的浅阅读是一个很重要的阅读的必须过程，这对于有效帮助孩子度过成长的浮躁期，帮助他们思想认识从幼稚渐过渡到成熟，保持成长中自我感受经验与外在规则的相对平衡，培养他们感受捕捉文学语言魅力的感觉等有着非常之关键的意义。尤其重要的是，青春期的浅阅读是他们以后步入合格经典性阅读的最重要的前奏和准备。

青春阅读作为图书市场中最活跃的一块，见证了时代的阅读变迁，而且不管时代发展到什么程度，都会是该时代阅读板块中最活跃的部分。这是一种无法否认的历史存在和规律，不可消泯。作为一名出版人，我越来越意识到，选择策划出版适合青少年胃口的、符合他们浅阅读需求并有积极提升意义的图书作品才是我们最应该为之的事情，而不是不屑与漠视。

为此，2010年，我们编辑出版了青春时尚类阅读文本《绝对彼氏》，这可以说是一本少男少女的恋爱指南手册，出版后受到同学们的普遍欢迎。青春期是每一个人都必须经历的成长过程，这个阶段恋爱心理的初步形成也是一个必然结果，我们没有理由忽视，更没有必要掩饰，那是传统的愚蠢的做法。社会和我们应该做的是用开放包容的心态面对，在阳光下正常公开科学地去总结探讨言说，探悉少男少女青春期对异性心理活动的规律特点，因势利导。因为青春期开始产生恋爱的心理再正常不过（不产生才不正常），这样的客观规律人们无法消泯，越遮蔽他们才越感到神秘，越神秘就越敢去尝试极端，情况反而更糟。而一旦他们在社会文化环境中获得符合成长需要的对恋爱的认识，则会获得必要的心理力量和间接经验，有分寸地去处理，较坦然地去面对，从而阳光健康地成长。

《绝对彼氏》就是这样，轻松、阳光、公开、有趣，它以少女的心思探测判断男孩的世界，写女孩恋爱的心理过程，总结男孩恋爱的行为特点，戏谑中有基本的道理和价值认同。这一方面是少男少女想渴望了解的，另一方面，少男少女读到这些内容之后，自然会解除他们青春期对恋爱异性的神秘，从阅读中分解对异性的向往，填补心理的空白点，从而降低他们盲目陷入的风险，帮助他们正确地理解恋爱，认识异性，有益于日后他们恋爱心理的成熟。

浅阅读是一种特征性阅读，在个人阅读史上，也是一种阶段性阅读，最终，这些读者不可避免地要进入经典性阅读。完整地越过青春期的浅阅读后，他们才会对经典性阅读产生向往和追求，才会培养出阅读的习性，掌握阅读的方法，体验到阅读的魅力，以更适应经典性阅读。青春的浅阅读是青春期的生理心理特征所共同决定的，一般来说，他们喜欢读的肯定就是最适合他们的作品，而且肯定是健康的阳光的积极的东西，经验告诉我们，低级邪恶的东西即使不加限制也绝对不会成为占主流的东西，所以我们尽可以放心。

《绝对彼氏》受到少男少女的欢迎，是我们出版者感到欣慰的事情。

柳向荣诗歌印象

说实话，如果不是编辑《第九条建言》这本书，我真还不大可能这么容易认识柳向荣这位同心的诗人。柳向荣在我开始有能力接触文学时，就已经“退隐”了，他写作的年代主要集中在20世纪80年代、90年代，那个年代我还在上小学、中学，没有可能接触宁夏诗人的诗。

编辑《第九条建言》，缘于同心的另一作家王晓静师姐的介绍。同心因为和我家乡相连，人文环境相似，我也曾在那里驻村扶贫过，对那里的人事颇有感情，文人更是。

接触柳向荣，已很少能在他身上发现诗人的气息了，他更多地像（是）一名基层文化宣传单位的领导。他现在也很少写诗了，听说正在写着一些传统文化题材的散文。我想，这符合年龄的特征，也符合时代的特征。

他是在中国当代诗歌最黄金的八九十年代写下了一些不错的诗歌的。我因为做编辑，每天要面对的不同质量的文字太多，往往很疲惫，少了纯粹欣赏的愉悦，多了些麻木和挑剔。但柳向荣的诗歌，我看后还是很有一些激动的。他的诗歌，富有那个时代诗人的气质和特点：情感浓烈、情绪饱满、对生活的发现和表现更有力量、有许多公共经验和意志的诗歌表达、有许多的政治激动、一些诗歌和政治环境气氛结合紧密。我没有刻意比较过那个年代和今天的诗歌，但读完柳向荣的诗歌，再看到今天的诗人创作出的一些诗歌，我依稀觉得当下的诗歌精神是在堕落，显得呻吟过度、情感乏力、自私隐秘、顾影自怜，情感不饱满畅达，作品中与大家共通的激动不多。当然，我不是非得要贬低当下的诗歌来抬高柳向荣，一个时代有一个时代诗歌的集体特征，不同气质的诗歌精神自有不同的美学价值，它与时代整体的文化精神和社会情绪有密切的联系。但相较而言，柳向荣的诗歌所具有的今天诗歌里正在减少的品质我更看重。

首先，柳向荣的诗歌对生活的言说非常有力量。这从他的一些诗歌的名字即可以看出，如《我不相信》《不再》《给你》《到北京去》《我不停留》等，都是些精短的短语，力量感特别强，语气不容置疑，也很“主观”，作者丰沛的内在力量溢于言辞。这在今天的诗歌题目中不多见。不光题目，他的诗歌的语句也多是这种有力量的表达形式，比如：“面对今天，我能说些什么/我只想说，青春难再/你就相信在月圆的夜晚没有离散/你就相信在花开的春天不用期待/是的，你就相信……”“我只想说”“你就相信”等等句式，语势决绝而坚定，主动而有力，带着一种不管不顾的豪迈、无与伦比的自信。这种表达方式的背后，实则是诗人精神力量的强大，有强大的精神力量的支撑，诗人对生活的发现和表现都显得更为有力、猛烈。

其次，柳向荣的诗歌中的情感境界都很大。他的诗歌中很少见当下诗歌中一些自我、碎小、沉溺的情感，没有神神叨叨的呢喃、无痛装痛的呻吟，是放开了喉咙的呐喊、咆哮和直陈。诗歌中，他选择的意象往往很大，如《潮水为何悄然离去》中：“此刻的潮水啊，为何悄然离去/留下一片空旷的海滩/裸露出我心的哭泣/一点一滴，烙进地平线外的思绪。”潮水、海滩、地平线，这些大的意象，当然更容易承载大的情感，其所表达出的喜怒或是悲欢，都感觉通乎天地之间、回荡在山谷旷野，持久而悠远。再如《一九九七》中："你是一百五十六个三百五十六/你有三百六十五个一百五十六滴热泪/你是九百六十万分之一个九百六十万平方公里/每一次激动都是九百六十万次欢呼。"大的数字的重复性使用，组成一种强大的语言气势，给人造成一种强大的情感的冲击，如潮水般有力地冲刷读者的感触，表达大情感的效果很明显。语言的背后是情感和思想，这些，都体现了作者情感的丰沛、情绪的饱满、思想的激越和人生的有力量。

另外，柳向荣有许多的诗歌具有政治情怀，如《你是一头牛——献给母亲祖国》《请听我歌唱——献给银南撤地设市、自治区成立四十周年》《红色同心》《大江东去·赞小平》等，表现出对时代发展中政治事件、政治题材、政治人物的关注和敏感，实则表达的是时代潮流中的某种集体热情。这些特点，在柳向荣这一代诗人的写作中，其实是共性的。但如今的诗人是鲜有人这样主动表达了，因此这点我也觉得是珍贵的。

新世纪来，新诗的发展逐渐地衰微了，柳向荣的诗歌创作也慢慢地减少了，可能随着那个诗歌的黄金时代的退潮，他写诗的激情也悄悄地退潮了。但在那个诗歌的黄金时代，能融入大潮，写下一些记录时代特征、言说自我胸怀、放飞自由灵魂的诗歌，于一个追求精神富足和超越的习文之人，是深有意义和价值的。

官场小说应该少去文学之外的阅读

——为高宏的《雪殇》一辩

作为一本官场小说，《雪殇》在拥有了广泛的读者的基础上，引起了较多的关注，本为好事。然而，从编者到作者、作品，受到多种非文学的关注，实为不该出现之事。

高宏是宁夏的作家，生于宁夏，长于宁夏，工作于宁夏的机关单位，对宁夏的事情包括官场有所熟悉，本应该是很必然的事情。但在文学创作面前，他和每一个单纯的创作者都是平等的。文学是艺术之一种，文学的创作过程是艺术加工的过程，是作家生活和情感的外化，是作家理解想象生活的产物，绝对不是对生活的照抄，这是有文学常识的人都知道的事情，这就决定了文学作品的艺术性和虚构性。如果读者把作品中的主人公和事情与作者的生活对号入座紧密联系在一起，从而做出非文学的批评关注，于作品而言是不科学合理的，于作者是不公平的。《雪殇》是一本小说，而非传记，小说是虚构之物，不和现实对等。在小说面前，高宏只是作者，而非官场中人。

《雪殇》描述的是西部朔州市在改革开放中所经历的平凡而又充满矛盾的发展历程，围绕着这个城市最高行政长官以及他手下形形色色的各级官员，描述了他们大胆创业、真实生活、有爱有恨、有情有仇的人生，交织出一幅现代官场图景。作品文笔流畅，故事吸引人，很值得一读。

然而，《雪殇》并不就是一本简单地写官场的小说，在当下官场小说比较流行的时代，《雪殇》没有流露出为市场写作的目的。其实这才是应该有真正的市场的作品。这本小说里，在意的不是高高在上的官和官事，而是人，丰富的、立体的、原形的、情感的人。这些人或在官场，或不在官场，他们都犯着人之错误，有着人之悲喜，做着人之追求。这是一种难得的保持，在写作上，这是一种近官而又远官的写法，写官却是在写官的普通人的属性，在写作上表现出了作者纯文学的素养和人性思考的深度。当然作品也具有描述官场生活内幕的性质，因之也成了吸引人眼球的内容，但它比较原生态地呈现的是人，是官的人性，而不是人的官性。在官场小说已模式化的当下，这是值得嘉许的。不论是程浩、金伟光，还是苏小文、林菲等都最大限度地展示了他们在官场、情场、商场的人性之美与丑，之成与败，之失与得。他们或在权力的便利下，或在欲望的诱惑下，人性开始迷失，善恶开始较量，心理开始斗争、动摇，灵魂有所醒动的复杂往复变迁的过程，是作者对人性之“习”的描述和探索，是对人与社会、物质、权力、欲望之关系等的深度探索。人性的主题本是文学的最大的主题，对人性开掘的深度是文学史进程中描述的内容。作为一种非风格化的写作，高宏的《雪殇》在具有读者市场的基础上能具有人性关怀的文学意义，是官场小说在市场之外取得的成功。

本书是作者高宏的第一部长篇小说，可以看出他在写作过程中所受的其他官场小说的影响是不大的，这是值得庆幸的，所以他在写他熟悉的官场时保持了自己纯文学的风格和理解判断，能经得起读者和评论家的双重阅读。

可能是因为官场小说的热读让《雪殇》拥有了许多的文学读者以外的读者，才引起了尤其是宁夏人们的格外关注，作为一本文学作品，在幸运的基础上，被较多的人关心文学之外的事情，对作者、作品而言，都是不应该的，不公平的。文学作品是应该用文学审美的眼光去读，去发现它里面的美和智识，而非其他。

弥足珍贵的情感厚度

——谈《爱让青春拐了弯》

长篇小说《爱让青春拐了弯》要面世了，作为编辑，我对它很自信，也因之有更多的期待。就这部作品，我非常想把它推荐给青年读者，所以就原因和本书的一些情况在此略作说明。

这本书题目中包含了“青春”二字，但这本书绝对不是当下青春读者阅读概念里的青春小说，较之时尚化的青春文学，它是一本更有情感厚度的书，是一本严肃而又认真的文学作品。它的时间跨度大，内容丰富磅礴，情感质量非常高，这些都不是青春写手可以实现的。作者戎栋是一位历经了生活之五味的成年人，他丰富的阅历和情感领悟决定了他作品的厚度和质量。全书三十多万字，故事时间横跨几十年，涉及的重点人物二十多个，驾驭了不同的场景：农村、小县城、大都市、军营、战场，等等，每一处的安排都是非常恰当并合理的。

本书的内容是磅礴而吸引人的。主要讲述了几对学子黎敏和柔红、戎建华和茵枝等有爱无终、有花无果的爱情故事以及伴随着爱情而激发的人生奋斗力量：黎敏由于家庭拖累两次高考落榜，上了大学的柔红一封分手信让他伤心欲绝，最后他毅然离开家乡走入军营，在驻守的小岛上他爱上了聪慧温婉的女子善淑，然而身为出家人的善淑不但无法与黎敏走向光明的爱情，反而在一次过海时永别了人世……

茵枝高中毕业后随姑妈去了香港，戎建华做了代课教师，与另一名女子张岚相爱无终后也走向军营，在那里他炽烈地爱上了军队干部于向阳，然而这场爱情之火却烧得他身败名裂……黎敏在前线受伤，意外地遇见了一直爱着他的婉君，当二人回乡准备完婚时，黎敏得知了柔红当初移情别恋的真相……

书中他们的人生如火车的铁轨一样沿着不同的方向延伸，在交叉中分离，又在分离中交叉，不同的分离延伸不同的故事，不同交叉又追加不同的记忆，演绎出一段段缠绵、感人、幸福或辛酸的人生、情感故事。

在读这部书稿的时候，受之启发，我一再地思考着一些问题，就是爱情、青春、成长和人生之间的关系。爱情让青春拐了弯，有甜蜜但更多的是酸楚，然而却让成长加快，让人生有了厚度和复杂的体验，这到底是一种幸运还是不幸？青春是易逝的，然而爱情就能长久吗？成长是必然的，但就一定要伴随着爱情的错位和沉重的代价吗？等等，《爱让青春拐了弯》当然不会也不可能给我们明确的答案，但给了我们多味的思考和有益的启示。

这也是一部全景式反映国家命运和时代变迁的作品，一代青年学子的爱情、命运折射着时代的变革与发展。时代的热烈、磅礴、丰富和激荡在小说人物的命运中得以恰当而艺术地呈现。作品大气热烈，丰富厚重，情节引人入胜，于此也取得了成功。

在时尚化的青春阅读里，这是一本尤其值得青年读者阅读的书。作品描述的青年一代对爱情和事业、人生的执着追求与热烈憧憬和为之奋斗的激情是我们这个时代的青年所普遍缺少的。作品中“他们”是积极的，认真的，“他们”从幼稚走向成熟，从简单走向复杂，从朦胧走向明白，经历了人生的成长和爱情的洗礼，尝到了爱的甜蜜和辛酸，取得了各自事业的成功和进步，有了丰富的体验和收获，“他们”的人生之帆永远处于高扬的状态，“他们”真诚的生活和热烈大气的情感在当下人们的情感日益萎缩的情况下显得弥足珍贵，“他们”昂扬的人生姿态和深入时代生活的力量也是我们的青年所匮乏的。这些，已足够组成我们阅读这本书的理由，况且，《爱让青春拐了弯》带给读者的，远远的不止这些。

真诚的写作让我亲切而欣赏

——谈《菩提树之恋》

本来，我认为写作的真诚应该是文学创作中的一个最起码的品质和要求，但我在日渐增多的阅读生活中发现，许多当下的作家创作的东西，恰恰是失去了这个最重要最基本平常的品质的，他们或许写作技术很圆润，或许编造的故事很精彩，或许蕴涵的信息很充分，但我随着阅读年龄的增长，对这样的作品产生了越来越多的厌倦和警惕，尤其有些失去品格操守的作家之曲意逢迎的作品更让人有恶心的感觉。他们的写作中缺乏了心灵的真诚，生活的真诚，情感的真诚。

真诚的写作成为一种稀罕的写作，这让我感到怪异。难怪巴金老先生当年要把“把心交给读者”当口号一样来提出呢。

《菩提树之恋》算是异数之一。

《菩提树之恋》读完后，说实话，我不认为它是一本完美成熟的小说。但我很感动，感到很亲切。真的，我被小说中的人物感动了，尤其是他们的事迹让我的心灵久久难以平静。这种感动来自于主人公坎坷的遭际，巨大的勇气，勇敢抗争世俗生活的不懈奋斗的生命力量，这是一方面。另一方面，我为本书作者这样真诚朴素而原味道的写作而感动，感到可贵。

故事发生的背景是黄土高原上的陕北，那片朴素、真诚、热烈而又大气的地方，和我的家乡宁夏西海固地区有着太多的相似。杨飞和路爱玲这对同学、恋人、夫妻所走过的人生道路让我感到亲切，熟悉，他们的人物形象活灵活现，仿佛跃然于纸上。他们普通的就和我一样，和我的亲人一样。他们所演绎的故事、经历的生活、具有的心理让我真感觉他们就是我的哪一门亲戚，哪一个老乡，或者哪一个曾经的伙伴、同学。他们所经历的考学、补习、当兵、打工、被迫创业等等，有些是我经历过的，有的是我周围的人经历过的，我很熟悉，都是世纪之交陕北人民生活的最原始呈现和最激情描述。作者保持的尊重生活、尊重时代、尊重细节的态度或许她不以为然，但我很欣赏。

《菩提树之恋》的故事细节不用我在这里细述，读者自可阅读体味。需要提前说的是，它有着受《平凡的世界》影响的明显痕迹，有着《平凡的世界》一样的对土地生灵的忠诚，对人生现实理想的膜拜，有着作者强烈的真诚的生活体验和情感诉求。不同的是，它写的时代离我们更近，尤其是离我的生活和年龄更近。它写到的杨飞和路爱玲的初中毕业未考上补习的事我也干过，今天的学生已经不明白补习的含义了；它写到的杨飞和路爱玲在上学中互相爱慕时交流写信，并用借书的机会掩饰并夹带的事也是我们上中学的时候普遍干的事，甚至他们写信的内容我都感到是我们当时的心声，今天的学生已经不用这个方法了，他们有了新的媒介：手机和网络。这也是我感到这本书亲切的一个重要的原因。

《菩提树之恋》真诚的写作中保留了陕北特定时代的文化背景和人们的文化心理演变的轨迹，展示了时代变化下这片土地上人们发生的各种艰难的精神阵痛、裂变和被迫的文化认同，描述了古老土地上新事件发生的过程、意义，展现了一代陕北儿女艰苦奋进、顽强抗争、打破世俗、艰难创业的心路历程，也奏出了他们终有突破、收获的壮丽的人生凯歌，同时也思考了他们人生的方向和事业成功后情感的出路以及幸福的归宿。我觉得黄土地上成长起来的儿女们都可以满怀虔诚地翻一翻这样一本书。

是生活，也是文学

——《幸福心灵的乡宴》阅读随想

作为一个三毛式的行走在中国大地上的作家，莲子，一直以神秘的身份出现在读者和追踪者的视野里。她多重的流浪，她丰沛的情感，她野性的张扬，她敏感的领悟，她真诚热烈的生活，曾让许多的读者追求，所向往，所敢想而不敢实践。

可莲子实现了，并带给我们最直接的体验和感受，可以说是一个我们认识中理想中的作家，纯粹的作家，为文学和写作而生的作家。

所以，对于莲子的书，许多有缘的读者充满了期待。她带着西域的忧伤和高原的热烈以及山水的柔情走进你，走进我们疲惫的现实，走进我们渴望的心灵，走进我们惯性的节奏。自从《活着走着爱着》出版受到广泛的注目与欢迎之后，莲子的创作越来越走向了生活的细节，回归到了心灵，进入到了生活的内部，她的写作开始步入了“慢”的状态，进入一种纯粹的心灵加工的状态。

于是，野性的莲子开始用另一种心情告诉我们，花开了，有许多的秘密，是我们不知道的，是她感受到的，是我们想知道的。

《幸福心灵的乡宴》就是这样一本充满了“秘密”和“细节”的书。

如果说莲子以前的作品是在西部大地上行走的记录和感悟，我觉得《幸福心灵的乡宴》更是一本记录心灵行走的脚印。文字的开心和祝福是随时随刻的，对情感万物的领悟也是随时随刻的，“此刻，听啊，听啊，雨声！啪啪的雨声！无言的雨声！宁静而祥和的雨声，就落在我的心里，就落在你的心里，就落在野草的心里，就落在所有生命的心里。”“如果不从内心深处去观察自己，认识自己，料理自己，真正的改变是不可能发生的，不管你谈了多少次恋爱，走了多少地方，挣了多少钱，成了多少名，生了多少孩子，交了多少朋友，受了多少高人的指点，干了多少惊天动地的事情……”等等，这些都是来自心灵的语言，来自心灵的启示。也是她对“慢生活”的诗意品味，对自然的、生命的领受，对心灵的开发和延伸。

这些年来，莲子在行走着、生活着、感悟着，更重要的是在记录着。

这是一些诱人的存在，心灵，我们需要完成的一生的追求，在她的昭示下，我们获取着进步。就像花朵开放一样充满了太多的诱人的秘密，瘾一样牵引着我们心底的问号。《奇妙的开放》《我对樱花说》《与花儿的约会》《红色郁金香》《为什么那些最小的花儿也要开放》《令人心碎的开放》，这么多关于花的文章，真是一个花的“大观园”啊，令人着迷、陶醉而久久不知归。

心底有真、美、善的人，花是一种永远的昭示。

花有什么样的文章呢？曾经浪迹天涯的莲子对于一朵花又有多少感受呢，曾经野性的她会给花怎样的情愫呢？花开的秘密有多少？这些，都是读者心中一个大的诱惑。《幸福心灵的乡宴》告诉我们的是无穷……

这也是一本心灵的问答书，《渴望谁的回答》《生命就是一场开放的盛宴》《当前一念》，这些充满生活和领悟的文字，是那样的清新，是那样的贴近，又是那样的鲜活，是作家对生活的认真的听、读、体悟、呵护和表达。作为读者，我们是否当像她那般地热爱和呵护生活心灵呢?

一本轻松的《幸福心灵的乡宴》，让我们在缓缓的阅读中沉醉。

作为记录行走、心灵和生活的文字，莲子总是带给我们别样的生活和感受，这是一个人在路上的风景，这是一个人在追求中的脚印，这是读者心中涌动着的不息的热情和澎湃。是生活，也是文学。

执着的行走，真诚的生活，激扬的生命，幽微的内心，多情的表述，组成一个多重的、丰富的、神秘的莲子，《幸福心灵的乡宴》是一处解释，是一个延伸。

一本有充分的精神力量的书

——略谈《我的康巴汉子》

我越来越觉得，读一本书，其实就是在读一个人，读一种生活，读一个人对另一个人的理解和他精神力量的全部。随着离开校园的时日渐长，工作和社会事物、个人生活的事情逐渐多了起来，读书对我越来越成为一种紧迫然而奢侈的事情了。所以，对于一本我决定读完的书，我往往是做了足够计划的，并且是注入了足够热忱的。

《我的康巴汉子》，这本游记似的作品，我用了一整块的时间读完，之后我发现这真是一本补充我阅读视野的书，是一本净化我情感的书，一本提升了我灵魂的书。在读它的时候，我被里面的故事和作者的自由飞舞的灵魂状态吸引了。这是一种我热爱的书，这样说不是因为这本书有多高的艺术水准，我喜欢的是回荡飞舞在书中的生命精灵和情感体验，那种自由超越、理想脱俗的生命的存在状态确实吸引了我，令我无限向往，这种我们只在幻想中出现的生活，在作者的笔下出现了。

《我的康巴汉子》，是一本有充分的精神力量的书。

“我”挣脱了尘世的牵绊，踏上游走西藏的征程，按照自己的纯粹想法，在那里放逐我的梦，感觉找到了真正的“生”的状态，一次偶遇，我遇上了高原的“雄狮”康巴汉子，爱情的烈火于是燃烧了起来，“我们”建造了爱的小木屋，在他的引导下，我认识了解了高原上行走的朗玛厅，感受了梦幻天浴，也在风雪中不停歇地搏命，倾听到高原人的野性的呼唤，收获到了真正的爱情，也受了爱情的伤。在高原，在雪域，在人间天堂，“我”用真情和生命真正地活过了一次，爱过了一次。

这是作者笔下“真实”的生活。

这些事情，多么让人的骨头里发痒啊。彻底抛弃了世俗的羁绊和缠绕，在广阔的青藏高原放飞灵魂，爱上一个高原的男人或女人，是我等俗人梦中出现的事情。但作者在《我的康巴汉子》中实现了，那里纯净的情谊、热烈的生活、秀美的自然、空灵的境界、丰沛的情感体验，让我好生羡慕。

作者杨银娣是一个有激情的人，更是一个会捕捉激情的人，她是一个享受生活而没有被生活享受的人。她的写作很粗朴，很真诚，很原味。在创作的技法和结构的经营上，她虽然还不是很讲究，但她朴素的、直接的写法，对表现主题是合适的。这是一种真诚的写作，这是一种自我的写作，这更是一种心灵的写作。

《我的康巴汉子》文章不是很长，但是很有生气，很有感染力，作者对青藏高原上生活的描述让我产生无限的向往和憧憬。“云彩是天空梦幻的情人。天是那么无所顾忌，呼啦啦地扯出漫天的蓝交给云彩，由着白的绒的净的云彩，在蓝的世界自由自在尽兴地玩。一会儿，云彩是一只两头翘起的帆船，一会儿，云彩是一只调皮的小兔子，一会儿，云彩又变幻成一位玉树临风的剑客，有时，它还会是回眸一笑的丽人，还可能是一匹奔跑的骏马，或者，是三三两两在草原上啃草的羊群，就这样，云彩以娇美千变的姿态，为天空慷慨赐予的那种迷幻的蓝，制造一个又一个惊喜，一场又一场梦一样的迷幻。”

“康巴站在珠峰下，奔驰在草原上，飞翔在蓝天上，康巴歌声停了，风雪中大片大片的雪花铺天盖地涌向了康巴，在一片雪白纯净的天地间，红色的英雄结火样的耀眼夺目。”

这些句子，这些意境，让我读来感觉心灵被水洗了一样的洁净。在尘世中，我们的双眼往往被生活和忙碌蒙蔽着，何时才会有心境看看蓝天呀！更别说留心云彩的姿态和它的变化万千了。“草原，蓝天，白云……”这些离我们很近然而被我们忽略得很远的事情，在作者的笔下复活，是多么让我们向往啊。读着这些话，我产生对生活、自然、生命、爱情的向往和追求。

读着这本书，我发现作者是一个用生活写作的人。她用脚行走高原雪域，用爱体验高原雪域，用笔记述高原雪域，带给我们向往的风景。

对于这种生活，我很好奇，也很向往，更是羡慕。感叹的是，我只能在《我的康巴汉子》这样的作品中感受这种生活、境界和体验，而不能与作者看齐。我只做了读者，而不是作者。这让我的内心充满了遗憾。所幸，读着《我的康巴汉子》，可以让遗憾变得很轻。

> 我骑着一匹白马/向着高原穿越喜玛拉雅/梦中的卓玛/告诉我哪座帐篷才是你的家/我骑着一匹白马/向着雪山寻找美丽的童话/月光落地的声音/格桑花听得清/卓玛我的卓玛/无论山高水远/我听得见你的声音/只因为你的牵动/牵动我的心
>
> 阳光走路的声音/雪山听得清/卓玛我的卓玛/无论天荒地老/我珍藏你心跳的声音/只因为你捧给我的爱/我感动一生一世
>
> ……

读完书，这些歌词应和着作者笔下的故事，在我的心里长久地停留着。这是一种不停歇的幸福的感动和享受。

《九十九节人生路》编后

读者诸友，感谢您有缘打开了《九十九节人生路》。让我们为能共同有缘结识这本书和它的作者而感激。

这是一本什么书呢？本书的作者——张京艽又是一个怎样的女人呢？可以说，这是一本中国版的《阿信》，一本中国版的《红字》，一本中国版的《钢铁是怎样炼成的》。

这本书是张京艽女士的一部自传体的回忆录，记录了作者从童年到现在所经历的成长、求学、工作、婚嫁、几度创业、失败后再创业的经历。内容真实而具体，翔实而生动。作为一个女人，她几乎经历了一个女人能经历的所有的不幸，吃过了一个女人能吃的所有的苦：移民、挨饿、失学、坐牢、离婚、辞职、创业失败等等。但最终，张京艽女士成为了一名百折不挠、愈挫愈勇的成功的女企业家，令许多人叹服、敬仰。

这本书会让人懂得苦难是人生的一部分，没有苦难的人生，就不是真实的人生。不愿吃苦的人，也难以享受到成功的快乐。承受了苦难，也就享受到常人不能享受的成功。

当今的世界信息发达，又灾难迭起，地震、旱灾、水灾、泥石流等等。就业难，看病难，求学难，孩子入托难，房价高，生存压力大，竞争激烈，婚姻稳定程度差，真诚的感情难寻。所有这一切，自然会有许多人感到困惑和迷茫。一部来自美国的电影《2012》竟然也影响了许多人的心态。

2010年4月16日张京芃女士亲自带车前往玉树抗震救灾，途中公司一名90后的年轻人问："听说2012年地球要毁灭，我们几个同学都到西藏去寻找方舟去了，董事长你说这世界上有方舟吗？"张京芃董事长笑了笑说："有，我们的爱心和坚强就是方舟，只要有爱心这个世界就不会毁灭。"

亲爱的读者朋友们，如果你生活在底层，如果你正在遭遇挫折和不幸，如果你贫穷，如果你困惑和迷茫，如果你渴望成功，那么我建议你读读这本书，它会给你启迪，给你力量和坚强。

读者朋友可以把这本书当做一本励志的书读，因为她记述了一个女人所有的艰难和战胜艰难、激发力量的勇气。也可以当做一本了解中国近几十年来社会变迁以及这种变迁下创业者心路历程的书来读，它里面珍藏着创业者们无尽的智慧、汗水和喜悦，是比金子更珍贵的东西。

本书还启示我们，除了承受苦难和磨砺，高度的责任感也是走向成功的必须。用张京芃女士的话来说："责任是一种美好的信仰。"从这本回忆录里可以看出，作者是一个富有高度的责任心的、勇于担当的、不怕苦累的、胸怀宽广的、意志顽强的女性。和作者有限的几次交流，也都听到的是她这方面的事迹和心得，卖血救父、承包工程、借贷支付工人工资、成立"中国人协会"、捐赠救灾等等。她的有些担当似乎超越了常理，比如在阿拉善左旗投资时他们被忽悠，在其他投资人都撤走的情况下，并非主要负责人的她，却贴钱完成了楼房的建设，为的是不损害购房者的利益。在俄罗斯经商的时候，她被别人欺骗，却在不断地原谅挽救欺骗她的人。听起来有些太高调，但如果不是这样，这个人也就不是张京芃了。她因为此种品格吃过亏，但也因为此赢得了朋友，成就了她的事业和在企业界的美誉。

保持积极心态，善于学习也是张京芃女士的一大优点。阅读她的书，你可以感觉到她敏而好学，积极上进，无论何时何地都在寻找积极的东西滋养着自己的身心。书中有一篇题目是《生活是不沉的水》，写的是她十六岁遭遇欺辱时的一段心理历程："黄河之水原是雪山之水，清澈透明，流动后带动了泥沙，而成为浑水。流动是它的生命，浑浊是它的颜色。多少泥沙也阻不住它强大的生命力，正因为此，人们才赞美它。池水是清的，因为它静止。河水是浑的，是因为它流动。我们应该像这黄河水一样，包容泥沙，包容挫折，才有强大的生命力。"她能从滚滚流动的河水中找到哲理而使自己站立起来，向书本学习，向生活学习，向大自然学习，随时随地学习、思考、总结。正是这种品格使她从弱小一步步走向强大。

张京芃女士的一生可以称得上是一部现代的传奇。1998年她在俄罗斯生意如火如荼时遭遇金融危机，从千万富翁跌落到身无分文，卖掉随身的首饰才带女儿又回到银川。可贵的是她跌倒了有勇气、有力量再爬起来。她从到职工市场摆地摊、卖袜子和短衫开始干起。现在她是宁夏昊城房地产开发有限公司的董事长、总经理。这其中又有怎样的故事呢？作者正在创作整理这部分的回忆录。她告诉我们，这部分和第一部分相比，内容更精彩，也更理性。我们和读者一样，期待着早日拜读《九十九节人生路》的第二部分。

《幸福之道》主要的价值意义

——《在幸福之道》研讨会上的发言

今天的发言我的内心是忐忑的，因为这本书毕竟不是我较为熟悉的文学题材。但这不影响我对这本书有这样的一个判断：这是一本对社会、群体和个体都价值独特的书，它适时地产生，系统、全面、深刻、到位，体现了作者丰富的积累、专业的精神和深入的思考。

这本书的价值我认为主要是体现在这样的几个方面：

一是对幸福研究本身对于社会时代的意义。这几年我们国家也在大提特提幸福指数，要不断增进人民群众福祉，民众更是对自己生活的幸福与否有颇多的各自不同的思索和关注。关于幸福学的探讨起源于什么时间我不知道，但我觉得似乎没有热到许多人都重视的层面。今天，能在我们宁夏，有作者、政府官员，如此重视对幸福的研究，而且能出这么相对成熟厚重的一本著作，这是我们宁夏经济社会水平发展到一定程度的表现，是社会精神文明充分发展的表现，试想，如果大家都在努力解决温饱或者争取心灵初步自由的状态，那谈何幸福，至少不会把讨论幸福当做一回事吧。所以吕先生的《幸福之道》的诞生，是一种标志，标志社会的进步，文明的发展，更标志着宁夏的人们开始对自身生活状态、心灵状态向内向外的同时关注，对于引发人们对幸福的深入思索与具体追求，引发政府对人民幸福指数的重视有着充分的意义。本书第十二章专门论述了制度与群体的幸福总量，分别论述了群体幸福总量的最大化是群体生活的总目的，领导能力与群体幸福总量，领导的政治品质与群体幸福总量，中国民主制度的回归与群体幸福总量等命题。对领导能力提出了要求，对领导品质提出了要求，对政治制度建设和完善提出了要求，这些其实都是对社会或政府客观外在的要求，对于促进政府提高此方面的认识、推动政府做出相关决策具有积极的促进和影响作用。

二是对于普通读者的意义。在读这本书之前，我对幸福其实也是有自己的朴素的认识的，比如，我认为简单的生活是幸福的，平安的生活是幸福的，健康的生活是幸福的，明天的生活比今天的更好就是幸福的。但我还是有许多的困惑，比如，幸福到底是主观的还是客观的，幸福到底是过程还是结果，一个精神力量更强大的人更幸福还是一个物质资源更充分的人更幸福。这些问题我都说不好，说不清楚。我的一些简单的认识在这本书中都得到了印证或是修正，我以前认为快乐的就是幸福的，但作者的观点修正了我的观点，作者在书中谈道：“有些快乐是幸福之花发出的芬芳，有些快乐则是实现幸福的绊脚石。因此，不能把幸福与快乐完全画等号，更不能把快乐作为人生追求的目的。”通过他的论述，我才知道，有些自私的掠取甚至是犯罪可能在主观感觉上是快感的，但绝不是幸福的范畴。作者对幸福的界定是主观的，更是客观的；既是过程的，更是结果的。整体上是趋于客观的。作者在书中对幸福有个定义：“幸福是以体内平衡、心灵安逸和价值实现的最大化为目的的合理需要的满足。”体内平衡应该是客观的，心灵安逸和价值实现有主观的很大成分，所谓合理需求也是客观的。我赞成作者对幸福做更多的客观层面的论述，因为客观对于社会或者是个人更好衡量，更好把握；主观是一个很不好捉摸、不好衡量的东西。比如有些犯罪很有可能有主观的快乐，但那不能说是幸福。作者在书中不断地谈到一个词：“幸福量”，既然可以量化，那相对来说就是客观的了。客观的便于研究，便于操作，便于提升，对社会和个体来说意义更重要，更现实。通过读这本书，作者对幸福的阐述让我对幸福的理解更为清晰，更趋客观，更感到便于追求，这是本书带给我这样的普通读者的启迪意义。

三是对于幸福学学科的意义。幸福学是一门研究人类幸福的本质规律、用以指导人类获得幸福的综合性科学。幸福学也可以称之为幸福哲学。幸福学是一门新学科，涉及伦理学、心理学、文艺学、经济学、法学、生态学、生命科学、精神病理学等许许多多社会科学和自然科学中的学科，同时与哲学也有不解之缘。幸福学属于一门将幸福问题作为迫在眉睫的问题来研究的学科。吕先生在本书中，从先哲的幸福观分析出发，系统全面地论述了人类需要产生的本原，人类需要产生的特点，幸福与快乐的区别，幸福的定义，幸福如何衡量，幸福与金钱、爱情家庭、社会制度等的关系，可以发现他参考了大量的经典著作和最新研究成果。大部分章节我是细细地看了，都是足够深刻、全面、深入和细致的，关键的是很有作者的见地。每一章节中一般都有列举，有归纳，有分析，有判别。基本梳理清了学科脉络，提炼出了思想的精华，衍生出了作者自己的判断。书中总结出了许多的生活经验和智慧，介绍了许多获得幸福的可衡量或操作的方法思路，引导人们争取认识幸福与快乐的区别，明确幸福的内涵，把握幸福的指标等。我不太了解幸福学研究的发展状况和水平，无法纵横向结合起来谈《幸福之道》的学术地位，它肯定会有它的不完美之处。但我觉得这样严谨而细致的作品肯定是在领域内有充分的价值的，有资料性的价值，有思想性的价值，有指导实践的价值，对于推动学科建设和发展肯定有足够意义。

有爱才有杂文

——略说牛愚的杂文

这两年对宁夏的杂文说了一些“胡话”。是因为一些朋友的关系，他们评论着天下事，心怀着国家忧，写着杂文，喝着烈酒，消解着内心的抑郁，也不断地感染着我。由于本人缺少写杂文的敏锐，就只好读点杂文。起初谈他们的写作时还是有一些自信的，但慢慢地就丧失了。越来越发现，我可能并不是真懂他们的，也是并不真懂杂文的。

我一直在当然地认为杂文应该写什么，而忽略了杂文到底能写什么。这样的情况多少影响了我的心态，使得我对一些一直努力着坚守着的杂文作家的作品缺少了中肯的理解。

牛愚先生是宁夏杂文界的前辈，多年来一直坚持写杂文，执着而坚韧，我虽知道他，但一直没有系统地读他的作品。他的第一本正式出版的杂文作品集出版后叫我评说，我看了之后，有亲切感。

总体上说，他的杂文写法很传统，很中正，很规矩。毕竟是老作家了，创新的玩法可能不是很适合他。他的文章中规中矩，按部就班，徐徐道来，朴素而又直接，仿佛是一个老人在用好脾气教育着顽劣的年轻人一样。很和气，很受益，很中听。可能对于读者未必觉着解气过瘾，但接受者一定容易接受这样的说教批评，所以这样的话他的杂文可能对批评对象会更有意义，更能起到杂文的现实功用。他的杂文不是很跋扈，也不是很另类，朴素地说着基本事例，怀着对规范的建设之爱心评析着社会事件，情绪激动，观点鲜明，但价值取向明确，批评到位。

和众多的杂文作家一样，牛愚的杂文也是多议论新闻事件，讽刺腐败作秀行为，鞭挞丑恶灵魂，关心百姓疾苦等，反映出了作者对现实社会人生的关注，对国家民族命运的关心和忧虑，对时代文化的责任和担当，对家乡宁夏的热爱。《打黑除恶必须打击“保护伞”》《加强对党政“一把手”的监督》等许多的文章论说精辟，说理透彻，揭开了表面上的虚伪，直指问题的核心，让读者明辨是非，体现出了作者的智识和明理。

他的观点和批评的内容也是多反映在题目中的。比如：《效率不应该以生命为代价》《群众是反腐败的英雄》《社会矛盾宜解不宜结》等，这反映出他对一些问题的迅速准确的判断和急于批评的心态。

我曾经说，有爱才有杂文，因为爱这个社会和它的规范，才会批评这个社会。爱之深，恨之才切，批之才淋漓。牛老先生退休赋闲在家，有着这样的热情和担当实在是令人尊敬的。

马后有炮，诗后有杂文

——关于张不狂杂文创作的几句话

认识张不狂时，他是个诗人，长得粗陋中有飘逸，很有一种诗人的感觉。那时候我还寄居在某文学期刊编辑诗歌，亲自编发过他的几首关于宁夏地理的诗歌，对他的诗歌存有足够的欣赏。

稍后我知道张不狂开始写杂文，但我一直认为是他的闲笔，实在没有想到，他竟然能在如此短的时间里出这么厚一本杂文集：《马后炮》。这几年我对宁夏的杂文创作多有了解，知道了这支队伍的活跃、整齐和他们取得的不俗的成绩。张不狂被目为后起之秀。

在我的理解中，杂文写作是一种需要勇气的写作，需要理性的写作，担当更多的写作；诗歌的写作则需要想象力，需要对现象的感受力，需要飘逸放纵的情感思维。马后有炮，攻击性会更强；诗后有杂文会不会让他的文学创作更有境界呢？诗人张不狂对这两极驾驭得如何？是我所迫切想知道的。我也是在这样的疑惑中读了《马后炮》的。

张不狂的杂文和现实结合得都比较紧密，多议论新闻事件，讽刺腐败作秀行为，鞭挞丑恶灵魂等，反映出了作者对现实社会人生的关注，对国家民族命运的关心和忧虑，对时代文化的责任和担当。许多的文章论说精辟，鞭挞有力，揭开了表面上的虚伪，直指问题的核心，让读者人心大快，体现出了作者的胆识和锐利。《说一句实话有多么可怕》对一些地方官员的霸道行为和他们肆意践踏言论自由的行为提出了严厉的控诉；《省长手机被打爆说明什么》一文直指我们社会中民不信官、积怨甚深、矛盾上交等客观的现实问题，并呼吁社会建立一支公开、公平、公正的管理者队伍。《高度重视有多高》一文对部分地方官员只做表面文章、只喊空洞口号糊弄老百姓的行为提出辛辣的讽刺，同时也表现出了作家的忧虑。

批评对象的明确性和批评方式的直接性是张不狂杂文的显著特点。他的杂文的批评往往直接到位，不绕弯子，不做保留，治病总是一针见血，议论总是一语中的。一些文章的题目就起得非常有力，也非常吸引人，比如《除了水管，还有什么要暴怒》《监督好比驴笼头》《求求你处分我300次》《我似乎看到了“高度重视”的屁股蛋》《倒霉是倒霉蛋的通行证》《企业文化不是手纸一张》等等，让读者一看就明白作者批评讽刺的对象是什么，读者很容易共鸣。

有爱才有杂文。正是因为张不狂对家乡土地的热爱，对现实生活的热爱，才让他有如许的激情发表一些对现实事件的批评。《向横山警察致敬》《一个横山人致苏志中书记的一封公开信》两篇都是对家乡那片土地上一些荒谬的事情的批评和讽刺，体现出的是作者对家乡人民的爱和体恤。这是作为杂文作家最应该受人尊敬的地方。

对现实事件的热切关注是张不狂杂文锐利、敏捷、有效的原因，批评对象的明确性和批评方式的直接性是他的杂文受到读者欢迎认可的地方。但张不狂的杂文中，相对地缺少对历史文化的反思，对民族性格成因的探悉，对体制层面的探析。他对各种社会问题和人心幽暗的批评往往针对事件本身。针对事件本身的批评是能得到读者短暂的共鸣，但留给读者反思自省的内容相对较少。我觉得他的杂文创作要取得更高的新的成绩，在这方面应该有所加强。

张不狂现在一边做着杂文，一边还写着诗歌，偶尔还能见到有诗歌在《诗刊》等杂志发表。其实我感觉他本质上应该还是个诗人，可能随着年龄的增长和阅历的丰富，他的文学创作慢慢消退着诗歌的浪漫和飘逸，迈向了杂文的理性和担当，这也是符合作家的人生心灵轨迹的。

期待他的诗歌创作永葆青春，期待他的杂文日趋深刻有力。尽管这之间存有某种矛盾，但却是我对他最真诚的希冀。

后　记

我的爱好不多，文学算是重要的一块，喜读喜写。囿于才华吧，很多的时候我在阅读，而没有写作或者不能写作。阅读有时候并不促成写作，我的体验是，阅读有时候倒让人无语，被优秀作品“欺压”后无法出其右的困苦的无语。由于学习背景和工作的原因，我的阅读并不算深入，都是些杂而乱的东西，历史的、科学的、文学的、艺术的、古典的、玄幻的，当下90后的，我都翻，为的是保持一种开阔的视野、综合的基础和敏锐的感觉。这也可能决定了我没有沿着学术走向深入，尽管我很想做精深的严格的学术，日后也不打算放弃这方面的努力，但我目前的素养似乎还没有登陆学术的殿堂。其实在我上大学的时候，我的许多老师非常看好我的学术前景，并至今念念不忘，可我只让他们看到了在学术边缘徘徊的身影，而没有一个正面的挺进。这本册子要面对他们的时候，我的忐忑是持久不息的。

近年来，工作与生活的压力益增，我撰写并发表的文章渐少，但还是坚持写着一些东西，如此习惯，让我在奔忙浮躁中感到了一些安慰与踏实，虽不足以抵御人生的平庸，但总归有一些好处。这本评论集不厚，作为一份收成，显然是太歉收了。一方面是我写的不多，另一方面是因为我对它进行了一些删改。一些应景性的文章淘汰，一些不方便归类的文章舍弃，写法与思想内容相同的部分文章也删掉了。为的是保持一份相对的谨慎。可能在读者看来，一些内容还远没有达到真正的谨慎，那就留做我以后努力的方向吧。

在我平常比较局促的写作中，我尝试着散文、诗歌、小说和评论的写作，诗歌已出过单行本，散文从创作量上也能出单行本了，小说也发过几篇。但至今没有写出什么像样满意的作品，有许多沮丧于此，却一直不愿放弃努力，坚持不懈地写着一些东西。

能在文学阅读与创作方面恒久坚持并有小的收获，需要感谢的人很多，有几位促成此书稿累成的老师在此特别提及。固原一中的马正虎老师是我文学上的启蒙人，他当年是固原民族师范学校“春花文学社”的辅导老师，不吝时间与精力的培养，使我喜欢上了文学并能初创作品并获发表。宁夏大学人文学院的李生滨老师在我读中文系的时候，给我的厚爱尤多，教会了我规范的学术论文的写作，他的直接督促与不断“逼迫”促使我在文学上取得了初步的成绩，指导我的多篇评论文章在《作品与争鸣》《朔方》等区内外各刊发表，本科论文最后还获得了宁夏社会科学奖，至今犹荣。西南民族大学的孙纪文老师，把我纳入他的课题组，引领我在《文艺评论》《宁夏社会科学》《宁夏大学学报》等刊发表了数篇规范的学术论文，使我获得了一定的学术信心。

特别感谢为本书赐序的李生滨老师与马金莲女士。李生滨老师在现代文学研究领域颇有成就，今兼及当代文学批评，其文本细读的方法和性情说的解读尤可称赞。马金莲是我在固原民族师范学校读书时的同班同学，积累深厚，文采斐然，创作颇丰，享誉文坛。二位老师今慷慨赐序，是对我的重要鼓励。感谢我的师姐王晓静女士，她聪慧贤淑，文采斐然，通读了全稿并提出了中肯细致的建议，为本书增益不少。感谢我的同学、本书责编靳红慧女士，她学养深厚、专业精深，细致的编校兜住本书的质量底线。

《精神诗意的唯美表达》这本书，是我在读书与工作中思考的时候写下的部分类似评论的文字的综合。有些文章可能用力深，写得不算差；有些可能多了些随意和清浅，但都表达的是自己的见识和学习的方法。有些文章今日回看，幼稚浅薄、拘谨偏狭之处明显，但因写于当时，符合当时的认识思考，改了倒显虚假，故保留了原貌。因而不足之处，自己也有认识，再请读者批评。

作者于2016年11月28日星期一